兰心蕙质

当极美诗词邂逅倾情才媛

【兰泊宁 著】

中国铁道出版社有限公司
CHINA RAILWAY PUBLISHING HOUSE CO., LTD.

图书在版编目（CIP）数据

兰心蕙质：当极美诗词邂逅倾情才媛 / 兰泊宁著 . — 北京：中国铁道出版社，2018.4（2022.1 重印）

ISBN 978-7-113-24061-5

Ⅰ . ①兰… Ⅱ . ①兰… Ⅲ . ①女性－历史人物－生平事迹－中国－古代②古典诗歌－诗歌欣赏－中国 Ⅳ . ① K828.5 ② I207.22

中国版本图书馆 CIP 数据核字 (2017) 第 292679 号

书　　名：兰心蕙质——当极美诗词邂逅倾情才媛

作　　者：兰泊宁

责任编辑：田　军　曾山月　　**电　　话**：（010）51873012

装帧设计：成晟视觉　　**电子信箱**：tiedaolt@163.com

责任印制：赵星辰

出版发行：中国铁道出版社有限公司（100054，北京市西城区右安门西街 8 号）

印　　刷：佳兴达印刷（天津）有限公司

版　　次：2018 年 4 月第 1 版　2022 年 1 月第 2 次印刷

开　　本：700mm×1000mm　1/16　**印张**：15　**字数**：221 千字

书　　号：ISBN 978-7-113-24061-5

定　　价：45.00 元

目录

第一卷　卓文君：倾心一恋，怎堪负心汉 …………………………… 1

首富千金 …………………………………………………………… 2

琴挑 ………………………………………………………………… 3

凤求凰 ……………………………………………………………… 5

雪夜私奔 …………………………………………………………… 7

文君当垆沽酒只为情 ……………………………………………… 8

买田宅，为富人 …………………………………………………… 10

文君励志 …………………………………………………………… 11

衣锦荣归 …………………………………………………………… 12

千古一悲《白头吟》……………………………………………… 13

万般无奈《怨郎诗》……………………………………………… 17

弦断镜缺《诀别书》……………………………………………… 20

爱的回归 …………………………………………………………… 21

当不负卿 …………………………………………………………… 23

第二卷　薛　涛：繁华落尽出红尘，枇杷花下闭门居 ………… 25

枝迎南北鸟，叶送往来风 ………………………………………… 27

出入幕府的女校书 ………………………………………………… 28

贬罚边塞远 30
枇杷花下闭门居 31
繁华落尽出红尘 36
十一年相思 38

第三卷 李清照：隔世胭墨，凝字生媚 41
千年一清照 41
绿肥红瘦如梦令 43
眼波才动被人猜 47
风情万种的今夜纱厨枕簟凉 50
七夕相思：霎儿晴，霎儿雨，霎儿风 57
易安居士归来堂 61
赌书空忆泼茶时 63
海棠开后，正是伤春时节 65
颠沛流离 67
慷慨悲歌：生当作人杰 68
天人两隔赵明诚：抛舍爱妻，绝尘而去 71
孤雁儿李清照 73
伤心枕上三更雨 75
风住尘香花已尽 76
在孤寂与凄凉里辞别尘世 79
婉约绚丽的旷世奇葩 80

第四卷 朱淑真：今夜，许我一场凌寒盈雪的温婉 83
美好童年：娇痴儿女态 83
伤春 85
哭损双眸断尽肠 90
一点残灯伴夜长 92
昨宵结得梦夤缘：娇痴不怕人猜 94
风光紧急 99
黄昏却下潇潇雨 103
白头生死鸳鸯浦 108

湖水潋滟薄命断 ……………………………………110
一生忧伤《断肠集》…………………………………112

第五卷　冯小青：画中人，向黄昏，争知我千古伤心 ………115
老尼谶语 ……………………………………………117
命运的谜底：话雨巴山旧有家，逢人流泪说天涯…………118
为爱而屈尊为妾 ……………………………………121
同心而离居 …………………………………………124
炉烟剪声，孤鸿唳悄悄 ……………………………126
冷雨幽窗不可听，挑灯闲看牡丹亭…………………129
春衫血泪杜鹃花 ……………………………………131
风流债：心可在，魂可在 …………………………132
瘦影自临秋水照，卿须怜我我怜卿…………………134
宁作霜中兰，不作风中絮 …………………………138
洒作人间并蒂莲 ……………………………………140
芙蓉睡醒欲如何 ……………………………………142
倩女魂：夕阳一片桃花影 …………………………143
冯小青早夭原因：不是“自闭”是“他闭” ……………145

第六卷　吴　藻：命与才妨，寂寞如夜漫长…………………151
清代天真少女的《如梦令》…………………………152
依旧春来，依旧春又去 ……………………………154
英雄儿女原无别 ……………………………………155
风光的婚嫁，淡漠的新娘……………………………158
一腔风情无人解 ……………………………………159
卿不解怜我 …………………………………………160
走出金丝笼……………………………………………162
易男装：一洗女儿故态 ……………………………164
待买红船，载卿同去…………………………………165
长夜迢迢，落叶萧萧…………………………………168
不上兰舟只待君 ……………………………………173
寂寞如夜漫长…………………………………………176

人为伤心才学佛 178
才媛吴藻：命与才妨 风格奇异 180

第七卷　徐　灿：河山变，家国叹 182
当年娇小日 183
清照之后又一人 184
嫁为继室 186
归岫好，莫矜霖雨出人间 187
英雄泪血，断垣悲咽 188
梦到乡关惊鹍鴂 192
悲壮凄咽，欲言未言 194
几日愁风和恨雨 195
恩爱共咏亭前合欢树 197
拙政园时光：出有朋友之乐，入有闺房之娱 202
我来叹兴亡 204
肠断塞垣秋 205
日夜乡心逐去鸿 207
漫长而悲惨的十二年流放 209
扶柩回乡：生还偶然遂 212

第八卷　陈端生：彤管声名终寂寂，怅望千秋泪湿巾 214
《再生缘》：堪称史诗 215
少女作家彩笔写缘 217
频遭变故，中途缀笔 222
锦瑟喜同心好合 224
心伤魂杳渺，肠断意犹煎 225
停笔十二年， 再续《再生缘》 227
笔下遗留未了缘 229
南缘北梦 230
光华夺目的孟丽君形象 232

第一卷

卓文君：

倾心一恋，怎堪负心汉

春花朵朵，为文君染一季嫣红。三月的天空下，听庭院里春花诉说着一段关于青春和爱情的话题。是谁的手指起落摇醒前世今生斑驳的记忆，点点滴滴穿梭于荒烟蔓草的年月？场景恍惚，那千里之外的牵挂，于今夜走进断句残章中。

犹记青春岁月，郎打马而行，路过户列珠玑，穿过酒旗风幡，眸光与亭亭玉立的文君相望。文君羞涩浅浅，笑颜深深。那一刻，一朵花就这样轻轻叩开了爱情久闭的心门。从相遇到离别，不断黯淡文君此后的春天。怀念那些良辰美景，从此，记忆就只剩下那一季的馨香。曾经的过往，零落成一地痴缠破碎的故事。这场爱赶赴不了那场姹紫嫣红、落英缤纷的梦境，文君执着地站在一场倾城的泪水里，毅然决然。在红尘中，忧伤渐次分明。谁的心海里浪起云涌？谁的容颜渐渐苍老？谁的爱情成了镜花水月？

卓文君（公元前175年—公元前121年），原名文后，西汉临邛（今

四川邛崃）人，原籍邯郸冶铁家卓氏。卓文君为四川临邛巨商卓王孙之女，姿色娇美，精通音律，善弹琴，有文名，是汉代的一位精诗文、好音律的美貌奇女子。为中国古代四大才女之一（另外三位是蔡文姬、李清照、上官婉儿），与薛涛、黄娥、花蕊夫人齐名，并称蜀中四大才女。

卓文君与司马相如的一段爱情佳话至今被人津津乐道。她的诗"愿得一心人，白头不相离"堪称经典佳句。

首富千金

临邛县的卓府，是当地的首富，主人名叫卓王孙。卓家祖居赵国，赵国的邯郸是当时著名的冶铁中心，卓家就以冶铁致富，等到秦始皇灭赵国进行统一之际，强迫赵国富户迁移到川峡等地，邯郸城卓氏被迁临邛。卓家辗转迁到蜀地的偏僻小邑临邛定居，仍以冶铁为业。到汉代文景之治，卓家传到卓王孙这一代，由于社会安定，经营得法，已成巨富，良田千顷，华堂绮院，高车驷马；至于金银珠宝，古董珍玩，更是不可胜数。

卓文君为四川临邛巨商卓王孙之女，长在高楼深阁，自幼聪敏，琴棋书画，无所不精，更兼花容月貌。十六岁家世良好的少女，无忧无虑，娴静美好，闺阁里闲时拨弄琴弦，弹一曲轻歌，让无数年少子弟倾慕不已。

然而这样一位绝色聪颖女子，却成了她父亲手中的一颗棋子。父亲早早地就将她许配给了一位皇孙，以期能找一个好靠山。可卓文君进门不久，那位皇孙便一病不起终辞世。

就这样，卓文君十岁嫁人，十七岁丈夫过世，新寡的她便返回娘家住。她的眼中，飘动着诗情画意；她的耳里，灌满了风花雪月；她的脑内，充满了柔情蜜意；她的心中，涌动着缠绵悱恻。可事实上，这一切都随着那位皇孙的离世而成空。可怜她青春年少，空有如青山远望之眉黛，若芙蓉朝阳之面容，似脂粉柔滑之肌肤，却无奈何于寡居的生活，她面对春花秋月，感物伤人，倍感凄凉。

战国时期，女子已开始用铅粉扑面、黛黑画眉。宋玉的《大招》中即有“粉白黛黑，施芳泽只。长袂拂面，善留客只”的描绘；《韩非子》云：“故善毛嫱，西施之美，无益吾面，用脂泽粉黛，则倍其初。”先秦人用的“黛”，是一种黑色矿物质（可能是石墨之类），可用以画眉。《释名》说：“黛，代也，灭去眉毛，以此代其处。”到了汉代，妇女画眉更为普遍，并且也开始讲究画眉之方法和艺术。汉武帝曾令宫人扫八字眉。卓文君画眉如“远山”，则又别具一格，时人争相仿效。画“远山黛”，方法就是用“黛”将眉淡淡一抹，故又称薄眉。时至今日，这种薄眉淡妆还为众多中年妇女所青睐而乐此不疲，此为两千多年前卓文君之遗风。

一个爱美爱生活的诗情画意的女子却只能寂寞孤单地虚度时光。

琴挑

蜀中山明水秀，地灵人杰，孕育了不少出色的文人雅士，司马相如便是其中的一位。他因钦慕战国时代赵国蔺相如的为人行事，以“相如”作为自己的名字，也立志要为国家作一番轰轰烈烈的大事。

司马相如出身贫寒，家徒四壁，但才高八斗，文采席卷天下。天生气宇不凡，虽处贫穷落拓，气节却不输人，拿得起放得下，落落大方。穷困却不潦倒，人穷志短的沮丧和自卑感在司马相如的身上丝毫窥测不到。落魄而不失豪气，正是司马相如本色。

汉景帝即位不久，司马相如来到长安，遇到颇有书卷气息的梁王，当时名重一时的辞赋大家邹阳、枚乘、严忌等都追随左右。司马相如十分倾慕，便追随梁王而去。在梁地作赋弹琴，生活过得十分得意。梁王盛赞其才情高华，赐给他一把名叫绿绮的琴，上面刻有“桐梓合精”的字，是当时不可多得的名贵乐器。这把琴就是后来司马相如用来弹奏《凤求凰》，卓文君听后夜奔的那把琴，所谓“绿绮传情”使得这把琴更富传奇色彩。

临邛县令王吉与司马相如交好，对他说：“长卿，你长期离乡在外，求官任职，不太顺心，可以来我这里看看。”于是，那一年，司马相如在四川临邛都亭住下，临邛的地方长官王吉天天拜访司马相如，司马相如托病不见，王吉更显恭敬。

临邛首富卓王孙得知“（县）令有贵客”，便设宴请客结交，司马相如故意称病不能前往，王吉亲自相迎，司马相如只得前去赴宴。

司马相如身材颀长，衣着得体，雍容儒雅间显出一种傲岸；面容素洁，皮肤白皙，清瘦之中流露着几分清高。身后，跟着一位童子，手抱一把古琴，那古琴质朴典雅，古色古香。

司马相如款款入座，酒宴在丝竹声中开始。

爱情能使一个女人决绝，义无反顾地奔向烈火；爱情能使一个男人疯狂，为了得到心仪的女人不惜手段和代价。

卓文君因久仰司马相如文采，听说司马相如过府赴宴，遂从屏风外窥视司马相如。她将身子藏在屏风后，偷听司马相如的谈吐，偷窥司马相如的风雅举止。

宴会开始后，司马相如侃侃而谈，谈吐和举止都令四座倾倒。卓文君的心里更加爱慕，几次从屏风后面偷偷地探出头来，一睹心中偶像的风采。

司马相如豪爽而心细，喝酒畅谈之时竟发现屏风后面人影晃动，知是有人窥探，于是多加留意。不一会儿，屏风后面的人不满足于偷听，又将头探出来。司马相如好生纳闷，也将双眼紧紧盯住屏风，想知道是何许人也。结果，四目相对，激情碰撞。司马相如惊叹于卓文君的美貌。她的眼神，秋波婉转，释放出超强的吸引力，饱含着倾慕和深情，使原本应该存在的陌生感荡然无存。

司马相如顿感自己陷入温柔陷阱。他追随着那眼神，一刻也不忍游移，仿佛一旦离开，将导致终生遗憾。如果相信一见钟情的话，这种情况就是了。仅在一瞥之间，四目紧紧地凝结。爱情来临的时候，圣人也会失态。司马相如如痴如醉，眼睛直勾勾地盯住屏风。

司马相如的这种痴醉神情，让卓王孙非常不悦。他提高了嗓音，连声咳嗽。

屏风后的卓文君也知有失闺门体统，将身子缩回屏风后面，却没舍得离开。司马相如的风度翩翩，潇洒倜傥，比她预期中犹胜一筹。卓文君禁不住心跳加速，脸色绯红。

酒席宴上，正当人们酒酣耳热之际，县令王吉从司马相如的随从手中拿过古琴，对众人说道："这把琴名叫'绿绮琴'，为梁王所赐。司马大人精通音律，才高八斗，曾追随梁王为国出力。梁王盛赞其才情高妙，特赐此琴。琴身刻有'桐梓合精'四字，乃当世不可多得之名品。现在请司马大人用这把绿绮古琴为大家弹奏一曲。"

司马相如并未推辞，恰恰相反，他为了向屏风后的女子倾吐爱慕之情，正需要这一举。

他弹奏了自编的一曲。这段流传于世的著名曲子，后来被命名为《凤求凰》，顾名思义，主题乃是用来表达爱意的。

凤求凰

司马相如和卓文君，一个是被临邛县令奉为上宾的才子，一个是孀居在家的佳人。一个是才华横溢但家徒四壁的大才子；一个是文采斐然且富比王侯的富家千金。原本异路的两个人，偏偏碰撞出爱情的火花，这契机便是绿绮传情文君乱心。

他们的故事，是从司马相如做客卓家，在卓家大堂上弹唱那首著名的《凤求凰》开始的：

有美一人兮，见之不忘。
一日不见兮，思之如狂。
凤飞翱翔兮，四海求凰。
无奈佳人兮，不在东墙。
将琴代语兮，聊写衷肠。
何时见许兮，慰我彷徨。
愿言配德兮，携手相将。

不得於飞兮，使我沦亡。

凤兮凤兮归故乡，遨游四海求其凰。
时未遇兮无所将，何悟今兮升斯堂！
有艳淑女在闺房，室迩人遐毒我肠。
何缘交颈为鸳鸯，胡颉颃兮共翱翔！
凰兮凰兮从我栖，得托孳尾永为妃。
交情通意心和谐，中夜相从知者谁？
双翼俱起翻高飞，无感我思使余悲。

第一首诗表达了司马相如对卓文君的无限倾慕和热烈追求。司马相如自喻为凤，比喻卓文君为凰，在本诗的特定背景中有多重含义。

其一，凤凰是传说中的神鸟，雄曰凤，雌曰凰。古人称麟、凤、龟、龙为天地间“四灵竹”（《礼记·礼运》），凤凰则为鸟中之王。司马相如在当时文坛上已负盛名，卓文君亦才貌超绝非等闲女流。故此处比为凤凰，正有浩气凌云、自命非凡之意。“遨游四海”更加强了一层寓意，既紧扣凤凰“出于东方君子之国，翱翔四海之外，过昆仑，饮砥柱，濯羽弱水，莫宿风穴，见则天下安宁”（郭璞注《尔雅》引天老云）的神话传说，又隐喻司马相如的宦游经历。此前他曾游京师，被景帝任为武骑常侍，因景帝不好辞赋，相如志不获展，因此借病辞官客游梁。梁孝王广纳文士，相如在其门下“与诸生游士居数岁”。后因梁王卒，这才返“归故乡”，足见其“良禽择木而栖”。

其二，古人常以“凤凰于飞”“鸾凤和鸣”喻夫妻和谐美好。此处则以凤求凰喻司马相如向卓文君求爱，而“遨游四海”，则意味着佳偶之难得。

其三，凤凰又与音乐相关。卓文君雅好音乐，司马相如以琴声“求其凰”，正喻以琴心求知音之意，使人想起俞伯牙与钟子期“高山流水”的音乐交流，从而发出“芸芸人海，知音难觅”之叹。

果不其然，惊鸿一瞥之余，卓文君惊羡司马相如的儒雅英俊，佩服司马相如的才华。对于眼前这位才子，她已经为之倾倒。她由是相信，之前的怨叹和不幸，都只是为了让自己遇见他。那一刻，她勇敢坚定地握住了上天垂怜的手。

悠扬的琴声，在大厅里回荡，喧哗顿时鸦雀无声。悠悠琴音透过屏风，卓文君感受到旋律中所表达的爱恋与追慕之情，司马相如的情意已深深地融进了他的手指间，那旋律不是从琴上流出，而是从心底涌来。一曲才罢，又一曲响起。爱如潮水将她淹没，让她透不过气来。仍是那首《凤求凰》的旋律，但第二首比第一首更激越，更火热，更为大胆炽烈，像烈火一般烧得她浑身发烫，心儿发抖。一个少女的心，被琴声勾走了。第二首暗约卓文君半夜幽会，并一起私奔。“孳尾”，指鸟兽雌雄交媾。“中夜”，即半夜。前两句呼唤卓文君前来幽媾结合。琴声、歌声，声声扣动着卓文君的心扉，她听出了男欢女爱的谐音，满面绯红。三四句暗示彼此情投意合连夜私奔，不会有人知。五六句表明远走高飞，叮咛对方不要使我失望，徒然为你感念相思而悲伤。司马相如对卓文君寡居的心理状态和对爱情的渴望亦早有了解，而今复以琴心挑之，故敢大胆无忌如此。

大胆而热烈的表白，感情真挚，渲染得当。字里行间洋溢着对世俗礼法的蔑视，琴挑着那个不凡女子心旌摇荡，一见倾心。他们突破世俗的樊篱，毅然地走到了一起。一曲《凤求凰》，千古传唱。

雪夜私奔

司马相如对卓文君的追求，遭到了势利眼卓王孙的坚决反对。司马相如当时的生活并非琴书雅集，诗酒逍遥，风月无边。由于梁王短命去世，宾客星散，司马相如回到老家成都，而家里已是父母双亡，家徒四壁。在无以自立的情况下，他抱着渺茫的希望来到边陲小县临邛投靠担任县令的好友王吉。联系到当年司马相如的志向，当年的生活，算得上是十分失意，十分潦倒了。卓王孙的态度，让司马相如失望。于是他决定冒险：携卓文君私奔。司马相如让随从买通卓府的门卫和卓文君的贴身侍女，将自己的心意传达给了卓文君，希望卓文君早作决断。

司马相如的一曲《凤求凰》，撩拨起了卓文君强烈的情感，让她不能自持。收到司马相如传来的口信后，卓文君确信，她已经找到了今生今世可以相依的人。可父亲会同意这门亲事吗？以司马相如目前无官、无钱的处境，只怕父亲是不会答应他的。靠明媒正娶，是无论如何不会成功的。况且，现在向父亲提亲的人很多是有权有势的贵公子，父亲随便挑一个，就可以把自己的婚姻大事定下来。卓文君考虑再三，同样大胆地决定：私奔！

傍晚时分，白雪纷飞。纷纷扬扬的大雪，给僻静优美的山城，增添了几分神韵。

卓文君来到父亲的书房，向父亲道一声晚安，然后，回到自己的房间。她是那样的从容镇定，熄灭了房间中的灯火，坐在黑暗中静静等待。等整个卓府一片静寂的时候，她借着窗外白雪的映照，把衣服、首饰悄悄装好。四更天的时候，她小心翼翼地打开房门，然后从后门溜出了卓府。

雪还在纷纷扬扬地下着，到后半夜，寒气袭人。深一脚、浅一脚地走在雪地上，她不知摔了多少个跟头。但迎着刺骨的寒风，她只感觉脸在发烫，心在飞翔。

于是，卓文君就是在司马相如失意潦倒的时候，凭着司马相如的一曲《凤求凰》，在封建时代礼法森严的社会里，不顾嫌隙，在夤夜私奔住在客舍的司马相如，彻夜绸缪。郎情女爱，如露滴牡丹开。卓文君爱上了他，愿意随他离家去友，抛落富贵荣华，舍弃名声地位，甘心随他跌落尘埃，只要他爱她怜她珍惜她。

然后，双双驰归成都司马相如老家，情有独钟，便不管不顾了。史书中这样写道：“文君夜亡奔相如，相如乃与驰归成都。”

卓文君为了爱情舍弃了一切，包括亲情和财富。这种勇气和毅然决然的态度，千古之后犹令人钦佩。

文君当垆沽酒只为情

四川邛崃文君井有一联：

君不见豪富王孙，货殖传中添得几行香史；停车弄故迹，问何处美人芳草，空留断井斜阳；天崖知己本难逢；最堪怜，绿绮传情，白头兴怨。

我亦是倦游司马，临邛道上惹来多少闲愁；把酒倚栏杆，叹当年名士风流，消尽茂林秋雨；从古文章憎命达；再休说，长门卖赋，封禅遗书。

这一副对联赞美了卓文君、司马相如的爱情。女人往往把爱情摆在首位，其次才轮到生命、财富、亲情，其他的一切更是十分遥远，无暇多作计较，卓文君夜奔司马相如、当垆沽酒就是一个鲜明例子。

爱情可以是浪漫的，但生活是现实的。开门七件事，柴米油盐酱醋茶，哪一样都离不开孔方兄。到了成都以后，失去了经济来源的生活令他们无所适从。司马相如典衣沽酒，卓文君也脱钏换粮，这日子是过得有今天没有明天。

面对着家徒四壁的窘困境地，不得已，他们开了一个小酒馆，卓文君亲自当垆卖酒，司马相如则忙前跑后，充当杂役。这种自食其力的小日子，倒也颇为惬意和闲适。但朝不保夕的危机感时刻威胁着这对为爱情而私奔的小夫妻。他们不得不为未来谋划。最终，司马相如决定携卓文君复归临邛。到了临邛，他们卖掉车马，在卓王孙府邸所在的大街上，择一处热闹所在，重新开张小酒馆。

卓文君不慕虚荣，她完全放下身段，当垆卖酒，掌管店务。她淡妆素抹，围着素朴但不失清新之美的镂花围裙，别是一番风情。是怎样的勇气、智慧和不羁，才可以从容地换一身荆钗布裙，将前尘悄悄掩起，当垆卖酒。

司马相如则系着围裙，穿着洒鞋、牛犊鼻裤，夹杂在伙计们中间洗涤杯盘瓦器，忙里忙外地跑堂，居然一点都不自卑一点都不羞愧，丝毫不显文人落魄时的穷酸和窘急。司马相如虽处穷窘的境地，仍泰然自若，豪情不减，不失为千古风流人物，也是卓文君深恋他的根由所在。

“相如与俱之临邛，尽卖其车骑，买一酒舍酤酒，而令文君当垆。相如身自着犊鼻裈，与保庸杂作，涤器于市中。”

这对才子佳人开的小酒馆远近闻名、门庭若市、熙熙攘攘。大家

为了能够一睹这对因私奔闹得满城风雨的才子佳人的风采，都不惜沽上几两酒，边饮边赏。卓府的小厮们一看自家的小姐在对面开了一家小酒馆，也都前来捧场。

买田宅，为富人

事情渐渐为卓王孙知晓，但他依然盛怒难消。卓王孙认为司马相如有辱衣冠，而自己的宝贝女儿也太不争气了，夤夜私奔，败坏门风，使他丢尽脸面。当年，对于女儿私奔，卓王孙曾放出狠话：“小女很不成器，做出这等丢人现眼的事来。虽然我不忍杀之以雪卓家之耻，但我卓某也绝不能对这种行径有丝毫姑息迁就。我决不给她一文钱的嫁妆和财产！她也永远不要再回这个家来！”虽然有很多人劝解，但并不能化解。（卓王孙大怒曰：“女至不材，我不忍杀，不分一钱也。”人或谓王孙，王孙终不听。）

而现在，女儿的当垆卖酒同样让卓王孙深以为耻。首富的女儿当垆卖酒，好说不好听。他觉得没脸见人，就整天大门不出。（卓王孙闻而耻之，为杜门不出。）

卓王孙的弟兄和长辈都劝他说：“你只有一子二女，并不缺少钱财。如今文君已经委身于司马相如，司马相如一时不愿到外面去求官，虽然家境清寒，但毕竟是个人才，文君的终身总算有了依托。而且，他还是我们县令的贵客，你怎么可以叫他如此难堪呢？”

无奈之下，卓王孙只得送给女儿奴仆百人，铜钱百万，让他们把小酒馆关张，又把她出嫁时候的衣被财物一并送去。对于那位已将生米煮成熟饭的女婿，卓王孙也采取了挽回的态度，承认了司马相如的女婿身份。于是，卓文君和司马相如双双回到成都，购买田地住宅。（卓王孙不得已，分予文君僮百人，钱百万，及其嫁时衣被财物。文君乃与相如归成都，买田宅，为富人。）

卓文君和司马相如在成都“买田宅，为富人”之后，才算真正安定下来，不再为生计操心了。从此，这对小夫妻又过上了整天饮酒作赋、鼓琴弹筝的悠闲生活。

文君励志

司马相如整日与文君饮酒弹琴，早忘了他的理想与抱负。卓文君看在眼里，急在心里。她固然也希望司马相如能与她这样长相厮守下去，但大丈夫毕竟应当做出一番事业来，不应该只沉醉于儿女情长、温柔乡中。可是，如何想办法提醒夫君一下呢？

一天，司马相如从外归来，只见平素的琴房中绿绮琴不见了，却摆放着一些书卷，只是书卷上已蒙上一层灰尘；墙上挂着一把剑，也失去了往日的光泽。司马相如沉吟良久，猛然醒悟！此时，卓文君奉上一杯香茶，笑吟吟地看着丈夫。司马相如又明白了许多，他深情地注视着妻子，内心充满了感激和欢喜之情。

从此，司马相如便每日早起练剑，重拾书卷，再著新赋，卓文君也乐于陪伴丈夫。她不但能解司马相如琴声，更是司马相如文章的第一位鉴赏者，他们在许许多多方面心灵相通。司马相如愈来愈觉得卓文君秀外慧中，真真是一位难得的红颜知己，他无论如何也不能辜负妻子这一片苦心。于是，司马相如更加勤勉，恢复了往日立志要做“相如之才”的夙愿，等待着仕进的机会。

不久，机会就来了。

这时，汉景帝已经去世，雄才大略的汉武帝继位。他对司马相如原来随梁王时所写的《子虚赋》十分赞赏。有一天，汉武帝谈到已在京中广为流传的《子虚赋》，万分感叹地说：“朕独不得与此人同时哉！”恰好汉武帝身边有位管理猎犬的官员叫杨得意，乃是蜀中人士，与司马相如相识，就向汉武帝介绍说：“臣邑人司马相如自言为此赋。”汉武帝大喜，立即下诏宣司马相如进京。

司马相如奉诏，非常兴奋。心想：这回又遇明主了，我一定要做出许多功绩来，让大家都知道司马相如不止是一个只会舞文弄墨的儒生。但此去便要与卓文君分别一段时间，他心中却又十分不舍。卓文

君早就洞悉丈夫的隐衷，便劝相如说："男子三十而立，四十正是强壮之年，正当为国效力，做出一番事业来，不可为儿女情长而影响功业！"她对丈夫说，"明日一早就起程。"

司马相如只得辞别卓文君，来到长安。

衣锦荣归

由于汉武帝重视文化事业，选贤良，设乐府，立学校，置五经博士，各地著名文士如严助、朱买臣、吾丘寿王、主父偃、东方朔等都云集于此。司马相如到长安之后，得以与他们交流作品，切磋文艺，还可以饱览石渠、石室、延阁、广内、麒麟、天禄等国家馆的丰富藏书，因而技艺日精、创作益丰。

司马相如在向汉武帝详细介绍了自己的《子虚赋》之后，很快又在《子虚赋》的基础上，竭尽才智写出了一篇《上林赋》，别名《天子游猎赋》，盛赞皇帝狩猎时的盛大场面，举凡山川雄奇，花草繁秀，车马垣赫，扈从壮盛，皆纷陈字里行间。这篇大赋用铺张手法，分别描绘并渲染了诸侯（梁王）和皇帝（汉武帝）的皇家苑囿之盛，畋猎之乐，也描绘了山川的壮丽，物产的丰饶。结构宏大，辞藻华丽，排比对偶，极尽铺陈夸张之能事，是我国大赋的代表性作品。司马相如以超群的才华得到了好大喜功的汉武帝的赏识，一见之下，便拜司马相如为郎官。

这时，唐蒙奉武帝之命开辟出从今四川通往贵州、云南地区的道路，在巴蜀大肆征调人力，胡乱屠杀地方首领，引起"巴蜀民大惊恐"。汉武帝便命司马相如为特使速往巴蜀，设法抚慰巴蜀民，并分析、批评、纠正唐蒙的过失。

司马相如立即入蜀。他写成了一篇《喻巴蜀檄》的专文，晓谕巴蜀各地，讲明朝廷开通西南少数民族地区是为了解决"道里辽远，山川阻深"的困难，唐蒙"发军兴制，惊惧子弟，忧患长老"等做法"皆非陛下之意"，希望各地安定毋恐。同时，司马相如又对西南少数民族地区的情况，西南少数民族与内地的关系做了调查，然后回京向汉武帝做了汇报。他认为，西南少数民族是很愿意同内地和睦相处、加强联系的，道路也不难打通。如果纠正了唐蒙所采取的“蜀民及汉用事者多言其不便”的错误政策，“为置郡县”、一视同仁，西南少数民族的问题是完全可以顺利解决的。汉武帝欣然同意司马相如的看法，任命他以中郎将的身份作为朝廷的全权代表，随即带一批副手，前往成都，处理有关西南少数民族的事务。

中途经成都，司马相如回到自己在成都的宅第，与卓文君相见。司马相如感慨万千，对卓文君说：“全仗贤妻提醒，要不然我还在这里纵酒弹琴呢！”卓文君谦虚地说：“还是夫君才艺出众，能得当今圣上赏识，为妻不过是做分内之事罢了。”

就这样，中郎将司马相如持节出使西南边陲地区，对当地少数民族进行宣慰。在与卓文君会合后，拥旌旗、饰舆卫，声势赫耀地一路朝西南进发。

当然一定要绕道临邛去看望卓王孙。这时的司马相如，已是受到汉武帝荣宠并以中郎将的身份重返临邛了。

司马相如的衣锦荣归，着实风光了一把。当地官员纷纷出郭相迎，百姓更是夹道欢呼，岳父卓王孙前倨后恭，大叹女儿慧眼识英雄，女婿亦是人中龙凤。不仅献金相认，还执意挽留这位乘龙快婿与宝贝女儿小住数日。人情冷暖，可见一斑。落魄时，一文不值；飞腾时，前呼后拥。世俗的眼光就是这么功利，往往鼠目寸光。对困窘之人，嗤之以鼻，不屑一顾，待到人家时来运转，飞黄腾达的时候，像变脸一样，把脸一抹，将原先丑恶充满鄙薄的嘴脸换之以恬脸嘻笑，媚态百出。令人可发一笑。

千古一悲《白头吟》

司马相如的宣抚工作很顺利，诸少数民族都顺表归降。如此大功一件，汉武帝本要重重地封赏，但司马相如怀着一颗忠君爱民的心，

上书劝谏汉武帝停止上林苑的狩猎活动，更借谀讽劝，大拂汉武帝兴致。因此只授予他一个名位清高而闲散的官职，不再让他参与政事，但仍不失荣宠和富贵。

无论如何，司马相如开始大展宏图了，诗意江山，才气风发，风流倜傥，开汉大赋之先河。

司马相如在长安踌躇满志，卓文君则在成都独守空帏，这时他们仍是分居状态。卓文君静待丈夫衣锦荣归，久而久之，便产生了“忽见陌上杨柳色，悔教夫婿觅封侯”的心情。

俗话说：“饱暖思淫欲，饥寒起盗心。”司马相如虽才华出众，也未能免俗。果然，司马相如也一样让人失望，他负心了，也忘记糟糠之妻了。当他在事业上略显锋芒，终于被举荐做官后，由于久居京城，他也开始学会了眠花宿柳，而此时的卓文君也由当初他眼中唯一的凤凰而模糊成了背景。赏尽风尘美女，加上官场得意，他竟然蒙生出了弃妻纳妾之意。

曾经患难与共、情深意笃的日子此刻慢慢消逝于脑海之中，哪里还会记得在千里之外还有一位日夜思念丈夫的妻子。

所有的浪漫在生活里终会褪尽美丽的颜色，“当垆卖酒”并不是传说中那样浪漫。当司马相如终凭自己的手段挤进了上流社会，在得志的日子里，他风流放浪，与不同的女子夜夜笙歌。而卓文君又是那样好强与坚韧，断不会承认自己年轻时有眼无珠看错了人，于是独守空房，日复一日年复一年地过着自己寂寞的生活。

风光无限的司马相如打算纳茂陵女子为妾，于是极为冷淡卓文君。冷淡不算，他还不顾卓文君舍弃一切与之私奔的深厚感情以及她将受到的巨大伤害，竟然提出来想要纳妾。至于纳妾的原因，一个是司马相如在长安做官，家眷并不在身边。卓文君独自居住在成都，两人之间只有鱼雁往来，司马相如难免寂寞，故生出纳妾心思，属于男人的下半身在作祟，可耻且不可恕。另一个原因则是司马相如与卓文君结婚数载，卓文君未能产下一男半女，司马家有绝嗣的可能，司马相如为了延嗣，不得不纳妾。这一点貌似可原谅，但也可知司马相如用情不专、不贞、不坚。

司马相如出现了这样的事，卓文君亦伤透了心。她彻夜长哭，神情凄惨。泪水伴着残灯，从傍晚到天明，几天几夜折腾下来，面容憔悴，独守着窗儿，看天地万物都是一片绝望的颜色。

曾经的凤与凰，而今何处缠绵？凤求凰，已是回忆。在那些个浓烟暗雨的急夜里，也许她后悔过，后悔自己年少时的幼稚和冲动。所有的爱情故事在红尘的颠簸里都会显出它的弱不禁风来，不然一个心高气傲的女人哪来这样的愁苦叹息。

然而事情已然发生，卓文君在痛苦之余，并不想除了谩骂和痛恨以外毫无作为，她清醒地认识到，要为自己的爱情负责，要做爱情的主人。当初选择司马相如的时候毅然决然，现在到了这个份上，也应该尽量地挽回局面，找回失去的爱情，而不应终日以泪洗面，徒作兴叹。有许多美好的事物，终因当事人的无所作为而成憾事。爱情需要呵护，但不区分主动者和被动者。男人不是天经地义的主动者，女人也不是天经地义的被动者。只有双方都是主动者，爱情才可能收获永远。如果采取偏执的观点，都要等着对方主动，恐怕事情就不会有完美的结局。

长久以来，司马相如便为消渴症所苦，消渴症也就是糖尿病，必须有所禁忌，善加调养。然而司马相如衣食丰足之后不但不知珍摄，反而更加放纵，时常周旋在脂粉堆里，已经年逾知命之年，仍不收敛。独守空房的卓文君也不与他计较，直到锦衣玉食的司马相如意欲纳茂陵女子为妾，弃糟糠而慕少艾时，卓文君才忍无可忍，感伤所作《白头吟》：

皑如山上雪，皎若云间月。
闻君有两意，故来相决绝。
今日斗酒会，明旦沟水头。
躞蹀御沟上，沟水东西流。
凄凄复凄凄，嫁娶不须啼。
愿得一心人，白头不相离。
竹竿何袅袅，鱼尾何簁簁。
男儿重意气，何用钱刀为。

三千红颜，她是最华丽最高贵的女子，她的华贵在于，即使最不堪的时刻，依然挺直了纤秀的背，有无比的风姿。

爱情应该像山上的雪一般纯洁，像云间月亮一样光明。听说你怀有二心，所以来与你决裂。今日犹如最后的聚会，明日便将分手沟头。我缓缓地移动脚步沿沟走去，过去的生活宛如沟水东流，一去不返。当初我毅然离家随君远去，却不像一般女孩凄凄啼哭。满以为嫁了一个情意专心的称心郎，可以相爱到老永远幸福。男女情投意合就像钓竿那样轻细柔长，鱼儿那样活泼可爱。男子应当以情意为重，失去了真诚的爱情是任何钱财珍宝都无法补偿的。

难道天下男儿皆薄幸吗？卓文君的心被深深刺痛着，曾经的沧海桑田，曾经的山盟海誓，曾经自己深爱的那个俊雅的男人，如今却也要负心移情吗？当她听到那一曲《凤求凰》，决意与富贵断绝，与亲人相隔，忍受礼教指责，甘心为世人唾弃时，她怎能料到今日的局面？一曲白头，淡然忧伤，然而更多的是一个女子的决绝、魄力和深明大义，她只求一段平等的以真心相待的爱情。山上的皑雪，云间的皎月好像我的白发，更似郎君的情意，留不住、触不着，也永远没有同一的方向。凄伤之中，朝丝暮雪，伤心到白头的女子呼出了心声：愿得一心人，白首不相离！

这是一个如此简单的梦想，然而在当时，女子要呼出这么一句心声却需要多么大的勇气？只是想守着一份爱，平淡地度过一生一世。这单薄的理想纯洁且美丽。

《白头吟》可以说是闺怨诗的起始，但相对后世的“过尽千帆皆不是，斜晖脉脉水悠悠”“东风吹断紫箫声”“奈何劳燕两别离”，卓文君是自尊且激昂的。《白头吟》丝毫没有卑微，没有请求，甚至读不出多少怨气，它传达着坚定与决然。

如此决然而悲切的词句表达了她对爱情的执著和向往，以及一个女子性格的坚定和忍耐，给他们的故事增添了几分美丽的哀伤之意。雪夜私奔，当垆卖酒，白头怨叹，一个才女的痴情和诀别，在深邃的历史星空里展现得淋漓尽致，勇敢、不懈又坚定。为着一个超脱的梦想，一种不屈服的精神，一种对信念的执着和热爱，青云淡墨，在青册之上，留下了思想的光华。

似乎男子总是要薄情。在卓文君年老色衰之时，司马相如欲纳茂陵女子为妾的念头，对于完美主义不畏礼教的夫人卓文君而言，实在是一个不小的打击。曾经放开一切去相信、去追求，以为是真爱的胜利，然而那记忆里最狂烈的爱恋，却终究抵不过时间。如若我是同行女子，定然也会心有不甘。然而卓文君是个聪明的女人，她不是一味地悲戚和忍让，也没有自毁形象学泼妇一哭二闹三上吊。而是朱笔挥舞，墨如轻烟，一首传唱千古的《白头吟》横空出世。

但《白头吟》究竟是否为卓文君所作，后人多疑出于附会。据《西京杂记》卷三记载卓文君作《白头吟》，此说似乎不足信。《白头吟》最早见于《玉台新咏》，另据《宋书·乐志》看来，它与《江南可采莲》一类乐府古辞，都同属汉代的“街陌谣讴”，带有浓厚的民歌色彩。《乐府诗集》和《太平御览》也都把它作为“古辞”。《玉台新咏》题作《皑如山上雪》，非但不作为卓文君的诗篇，就连题目也不叫《白头吟》。惟有《西京杂记》有卓文君作《白头吟》以自绝之说，然而却不著录歌辞。清人冯舒在《诗纪匡谬》中也力辩其伪。因而这或许是一首来自民间的作品，或许卓文君自有别篇也未可知。

习惯了冰冷严肃的历史的人们，仿佛更愿意相信这些若有若无的传说，但其实《白头吟》是否为卓文君所作，这全然不重要。只是这女子有一种超凡脱俗的心境，一种敢于抗争的精神，这是中国女性的灵魂，是华夏女儿之大才！诗的语气决绝而又不舍，怨恨而又抱有期望，思想感情复杂而深沉，尤其是“凄凄复凄凄”四句，艺术手法很是巧妙。正如张玉谷《古诗赏析》所说：“妙在从人家嫁娶时凄凄啼哭，凭空指点一妇人同有之愿，不着己身说，而己身已在里许。”《白头吟》的思想艺术价值是不可忽视的。

万般无奈《怨郎诗》

事情还在向着不好的方向发展。司马相如纳妾的心思愈来愈重，

以至于他给卓文君写来一封决绝的书信。书信的内容至为简单，但含义却令其芳心寒彻。

那是一封奇怪的十三字信，内容是：

一二三四五六七八九十百千万。

当年，司马相如要进京的时候，卓文君含泪地叮嘱，然后眼睁睁看着马车消逝在山的尽头。从此，留给卓文君的只有痴痴地盼！

卓文君满以为所爱之人也会在京城如自己一样地思念，她是多么地爱他、想他、念他，梦里时常会喊着他的名字惊醒。多少个夜晚，冰冰的月像冷盐洒在卓文君孤独的枕上，她有时候会夜半起床，写信给长安。

那天地间仿佛都写满一个女人对爱人回信的期待。可是，所爱之人的回信迟迟没有到，但思念的人总是痴傻地相信，那份真情，正奔跑在路上。日子久了，卓文君青丝间的白发越来越多，脸色也越来越枯黄，可是，依旧等不到远方的消息。可是卓文君的心依然在牵挂着他，暑热的时候，她怕他的堂上吹不到南风；天寒的季节，她担忧他的咳嗽；夜半，她害怕他熬夜写文章；朝廷上，她担心小人对他妒才生恨。

终于，司马相如给她寄去了一封家书。

那一日黄昏，卓文君坐在窗子前痴痴地看着花儿，突然，她听到有家书的消息，来不及穿上鞋子，竟摔在出门的石阶上。卓文君接过那一封穿越千山万水的家书，捧在怀里，她觉得那何止抵万金啊！激动的泪浸湿了衣裳。

然而，当她看到那信里的内容，膝盖的疼痛比起心里的痛楚来，不知道是轻了多少倍啊！她万万没有想到，这封望眼欲穿盼来的信竟然这样写："一二三四五六七八九十百千万"。这是什么意思呢？聪明的卓文君读后，顿时泪流满面。原来一行数字中唯独少了一个"亿"字，"亿"与"意"谐音，没有"亿"字，即"无意"也。"无亿"岂不是表示夫君对自己"无意"的暗示？

卓文君哭得撕心裂肺。她好恨，好恨自己是个女人，好恨时间偷走了青春；她也好恨所爱之人的绝情，好恨那阻隔的千山万水……

此时，窗外下起了大雨。雨像铁犁似的，把大地的心翻得稀烂。

她此刻心凉如水，但她不甘心，她想挽回这份来之不易的感情，于是怀着十分悲痛的心情，回了一封《怨郎诗》，也称作数字诗。

一别之后，二地相悬。
只道是三四月，又谁知五六年。
七弦琴无心弹，八行书无可传，
九连环从中折断，
十里长亭望眼欲穿。
百思想，千系念，
万般无奈把郎怨。
万语千言说不完，
百无聊赖十倚栏。
重九登高看孤雁，
八月仲秋月圆人不圆。
七月半，烧香秉烛问苍天。
六月伏天人人摇扇我心寒。
五月石榴似火红，偏遭阵阵冷雨浇花端。
四月枇杷未黄，我欲对镜心意乱。
急匆匆，三月桃花随水转；
飘零零，二月风筝线儿断。
噫，郎呀郎，巴不得下一世，你为女来我为男。

这篇传唱千古的数字诗，语气凝重伤感，让人哽咽。语言平白，爱恨交织。如泣如诉的怨叹逼人而来！两地分居长达五年的辛酸和相思跃然纸上。“郎呀郎，巴不得下一世，你为女来我为男。”此一句虽说怨气太重，但也只是男女角色换着来做，不变的是两人还要成双成对，还要做夫妻！

红豆生南国，那是很遥远的事情吗？相思是什么？真的无人在意了吗？相思本是有情物，别让相思又成空！

“君不见珠帘不卷五更寒，日夜把君盼；怎奈何念君君无意，却把妾心置云端。”一个女子孤零零地等待，她心中始终怀抱着那些最

初的温暖，始终记得当年那曲《凤求凰》。碧水河畔，伊人悠然，琴音有意，芳心仍在，可心上人却负心背叛，多少情空流五六载，心中意却无人猜。

这封信非常有力度，既说出怨恨之情，又表明了自己不想“劳燕两离分”的坚决态度。此乃是呵护爱情，挽回局面的第一步。接下来，卓文君还要发挥自己的智慧，把爱情从偏离的轨道里拽回来。她绝不能与别的女人共享一个丈夫，因此她决心与司马相如决裂，以表达对爱情坚贞的态度，于是便有了决别书中的《白头吟》之语。

这首《怨郎诗》也便成了卓文君一生的代表作。细细品读后，发现其爱恨交织之情跃然纸上，但《怨郎诗》显然与卓文君无关。“百无聊赖”一词在卓文君死后数百年才出现，且当时转世这一说法并未流入中原。历史学家王立群的观点，数字诗应该是宋末以后出现的，因为那是元曲风格。

弦断镜缺《诀别书》

卓文君还写了两篇《诀别书》作为家信给司马相如：

春华竞芳，五色凌素，琴尚在御，而新声代故！锦水有鸳，汉宫有水，彼物而新，嗟世之人兮，瞀于淫而不悟！

随后她再补写两行：

朱弦断，明镜缺，朝露晞，芳时歇，白头吟，伤离别，努力加餐勿念妾。锦水汤汤，与君长诀！

意境轻浅，却如同一把匕首掷在司马相如的心上。

朱弦断裂，明镜残缺，朝露干涸，芳时消歇，白头怨叹，伤痛离别。五种浅浅的意象，勾勒出一幅伤心欲绝的图画。

画中，桃花飘零，美人迟暮。她伏在几案上，正在给负心的男人写信。周围是昏黄的灯晕，窗外是凄冷的清风。她痛楚地执笔写信的时候，往昔夫妻恩爱的场景浮现眼前。白天当垆卖酒，夜晚红袖添香。转而又想到分手在即，旧梦难再续，痛苦伤心，泪如雨下。锦水汤汤，与君长诀！此前仍不忘嘱咐负心人多加餐饭，勿以妾为念。此情此景，千载后读来，仍被深深打动，泪水夺眶而出。

对于卓文君所写的《绝别书》，据《西京杂记》说“文君为诔，传于世”，可不载其辞。《司马相如诔》原载明代人梅鼎祚《历代文纪》，然而出处不详。据前人考证看来，《司马相如诔》一文当是后人伪托（参见清代人严可均校辑的《全上古三代秦汉三国六朝文·全汉文》卷五十）另外，《艺文类聚》与《史记·司马相如列传》索引所记稍异。

爱的回归

司马相如看完妻子的信后，不得不从内心深处惊叹妻子的才华。试想，要是自己再找个女人，还能像卓文君那样懂自己和爱自己吗？卓文君哀怨的《白头吟》和凄怨的《诀别书》，使得司马相如大为不忍，遥想昔日夫妻恩爱之情及当年的患难相随、柔情蜜意的种种好处，实在羞愧万分。于是他不再一意孤行，以免弄到月缺花残、香消玉殒的地步。

那天，司马相如在窗前久久凝视，手不释卷，那是一封来自千里之外的信，一封写满了才情和感动的信。窗外的雨，像一位带着淡淡幽怨的女子，断断续续地飘洒，潮湿了长安的街道，也潮湿了司马相如的心。雨仿佛要穿透岁月，让这个才子凝思过往不得回返，让他的思绪随着雨点洒在了当年，洒在了记忆里。面对内心深处的烦忧，他又如何从容处之；面对时光荏苒，他又如何不困于情。曾经最美的情怀，曾经最纯的初心，面对生命的起伏，面对而今的自己，他又该如何不惑于世。雨一滴滴地下，一丝丝地下，一阵阵地下，将司马相如的心洗涤得坦荡无泥垢。若时光可以，请把爱情留在雨里，留在青春的回忆里，留在当年当垆卖酒的时光里！遥想当年，卓文君“眉色远望如山，脸际常若芙蓉，皮肤柔滑如脂”，是万里桃红中的一瓣粉霜，冰清玉

洁、淡雅芬芳，多少蜂围蝶绕。但她不恋富贵，只爱才子的俊颜，哪怕随他漂泊天涯海角，哪怕是落入贫困时候的当垆卖酒。日子虽艰苦，爱却浓浓，两情相伴，生活新鲜而倍感甜蜜。此时此刻，不断背诵着卓文君诗的司马相如，涕泪交加。

距离长安遥远的地方，也是细雨蒙蒙，如泣如诉。卓文君和司马相如一样，坐在窗前凝思，她思念远方的爱人，思念曾经的时光！遥想当年，司马相如那满腔的才华，到如今，他还肯为被思念缠绕的卓文君写下那绝美的《凤求凰》吗？

爱回归了，大为感动的司马相如从此不再提遗妻纳妾之事了。

爱情的生命需要通过时空的经纬，才能沉淀出它的价值。一生的情缘犹如大浪淘沙，始见纯金的本色。卓文君即使最后以横溢的才华唤回了丈夫的良心，却也无法重拾过往的纯粹爱情。这一段白头兴怨的故事也是司马相如一生的瑕疵所在。生死相依，身心相许，这才是对无瑕真爱的承诺。

卓文君是明智的，她用自己的智慧避免了丈夫的背弃。她没有任由自己的命运被他人掌握，而是积极去争取属于自己的幸福。她用心经营着自己的爱情和婚姻，终于苦尽甘来。他们之间没有背弃最初的爱恋和最后的坚守。这也使得他们的故事百转千回，以司马相如的文采，以卓文君之美艳，当垆卖酒，长门灵赋，封禅遗书，而传为千古佳话。

此后不久，司马相如回归故里，两人安居林泉，白首偕老，终于将“浪漫”进行到底。

那一年，他们安居林泉。也是春暖花开，春草重生；也是锦水有鸳，大雁归来。

又度过了十年夫妻恩爱的岁月，司马相如终因糖尿病溘然长逝，卓文君再次尝到未亡人冷冷清清的孤寂滋味。

回首前尘，恍然一梦。

第二年深秋，霜降草枯，长空雁鸣，形影相吊，孑然一身的卓文君也随司马相如到九泉之下。

当不负卿

后来人们根据这个事还有一首诗：《望江亭》

当垆卓女艳如花，不记琴心未有涯。

负却今宵花底约，卿须怜我尚无家。

句首四字连起来为：“当不负卿。”

史上一直认为卓文君与司马相如私奔是“史公欲为古今女子开一奇局，使皆能自拔耳”。王闿运弟子陈锐说：“读《史记》，疑相如文君事不可入国史，推司马意，盖取其开择婿一法耳。”钱钟书先生在此意味深长地评注：“目光如炬，侈谈‘自由婚姻’者，盖亦知所本。”

卓文君，一个有思想，有勇气，敢爱敢恨的才女。她大胆追求爱情，这在封建社会是离经叛道的行为。她当垆卖酒迫使父亲承认她的婚事说明她很机智。从前的女子无才便是德，可是卓文君有才有德。在晚年，司马相如移情别恋的时候，她不像懦弱女人那样逆来顺受，一味隐忍，只懂得哭泣；也没有丧失理智成泼妇，她要做最后一搏，以换来司马相如的回头。她饱含着热泪，写下了哀怨的《白头吟》和凄伤的《怨郎诗》。一首《白头吟》将陈年的往事唤醒，一篇《怨郎诗》将伤别的感情挽回，其爱恨交织之情跃然纸上，也为他们的爱情故事增添了几分美丽的哀伤。

卓文君的经历为后代的知识女性树立了自由恋爱的榜样。卓文君以她对爱情的执着和向往，以一个女子独特的坚定和坚韧，用聪明挽回了丈夫的背弃，用智慧经营自己的爱情和婚姻，带着尊严去爱才有真爱！

他们当年私奔的码头，早已成为青苔斑驳之石梯。多少文人墨客来过这里，发思古之幽情！绿水苍苍，白露茫茫，素色衣裙，幽立水方。微风拂过，轻舟摇荡，文君与相如从这里乘船远去了吗？一曲《凤求凰》，款款东南望：“凤兮凤兮归故乡，遨游四海求其凰。有艳淑女在闺房，胡颉颃兮共翱翔。”

当垆女，艳如花，负却今宵花底约，卿须怜我尚无家。春华竞芳，

琴尚在御，而郎却要以新人代替文君！朱弦断，明镜缺，朝露晞，芳时歇，白头吟，伤离别，锦水汤汤，与君长诀！

卓文君的爱何其坚定而执着，又何其纯粹，不容亵渎！风雨凄切，对古道亭，芳草无声，文君心酸泪眼，无人来牵念。念郎的是卓文君，万里烟波，朝雾漫漫随波荡。

多情自古难别离，怎堪那冷落愁滋味。曾经《凤求凰》，已是回忆。黄花已落，此时良辰怎奈何？纵有那刻骨痴情，又对何人说？

卓文君写下《白头吟》，从此，她决定生命中只剩下思念和等待，回忆成了她研墨弄笺时笔尖下唯一流淌着的主题。

这一季，已经走失了太多的笔墨。这一季，卓文君那张扬的爱终成一场凄美的夭折。多少个晨暮黄昏中，卓文君目送飞鸿一去杳杳，只想知道，郎在何处？是否水袖轻扬的刹那，天涯会传来鸿雁声声？把此岸彼岸等待的梦连起来，是不是就可以铺设一条柳岸花明的路？当初说要和她一起写地老天荒的郎，而今在哪里？卓文君只有站在一首诗的开始之处幽幽怅望。一段心事连着宫商角徵羽，卓文君展开一张素笺，把郎曾对她说过的每一句话，编成一瓣又一瓣的花骨朵，收藏在经久的梦里，在相思的枝头上绽出婉婉约约的声音，芬芳深处，静候成一世的风景。不再想，誓言的尽头，谁的眼波里流转如一曲《凤求凰》。不再想，诗赋的深处，谁的眉心间微蹙如一阙华美文章。也不再想，梦醒的时分，谁的睫毛下湿痕如一行古乐府。如果可以，请再借卓文君一份隐忍，然后，把尘世中所有的浓情浅恨、聚散离合，用郎的姓氏连缀起来，织就一卷绵长的绸缎，缝制成一件爱的衣裳，上面只书一个词：相思。可卓文君，仍然要为这段风花雪月等待一个完美的句号。

春天的花又开了，映着蓝天，映出了郎的笑靥。郎用温柔的手牵引着卓文君走进甜蜜之乡，那袭宛如惊鸿的身影，已经披一身明月风露，跋山涉水，同她执手于西楼画堂之上，轻诉离别后的点点离愁，然后一起并肩观望风月无边。

第二卷

薛　涛：

繁华落尽出红尘，枇杷花下闭门居

浣花溪边的花又凋谢了，薛涛的窗前已经是月偏西天，她编结的相思草还是没有情缘。伫立在楼头的唐朝女子薛涛，烟雨笼罩着眉山，泪水和愁怨如浪涛水，独自空流，从春到秋。

阳春三月收敛了一冬的凛冽肃穆，还世间以桃花流水鳜鱼肥，桃花灼灼与柳条新绿，细雨微风燕子斜飞。九眼桥边，满园苍翠竹，风竹如松茂春华，正昭示了千年前那个心如芰荷，“万里桥边女校书，枇杷花里闭门居。扫眉才子知多少，管领春风总不如”的薛涛，是那个取木芙蓉皮作花笺写诗的薛涛，是那个满含缱绻缠绵情思咏下牡丹诗的薛涛。

蜀地的秋风谢落了薛涛的容颜，繁华的锦城中，已不见空老蜀江的薛涛。千年以前，每当夜色来临，一个唐朝的女子便会拿起笔来，在深红的小笺上写诗。

蜀中多出才女，汉代有卓文君，后蜀有花蕊夫人，明代有黄峨。而唐代有薛涛，一生飘零流离，沦落章台柳色烟花巷里，依然品行高洁，

如水中芙蓉出淤泥而不染清心。八九岁而知音律，咏下“枝迎南北鸟，叶送往来风。”幼年的她不知道，日后的自己正如现在所咏的枝叶一般，无依无靠流离于红尘滚滚之中。

“蓊郁新栽四五行，常将劲节负秋霜。为缘春笋钻墙破，不得垂阴覆玉堂。”摇笔泼墨写下洋洋洒洒的十首《十离诗》，而这诗，却并非飘逸洒脱的，而是饱含了满腹委屈与悠悠怨情，是为了求回韦皋的垂怜宠爱。是献媚？不是的，是生活所迫，情深所迫，让她这样一个孤高自傲的女子低下姿态去写这样的诗。才名、艳名皆是虚名，簪花弄影，折尽春风杨柳烟，蓦然回首才发现自己依旧只是一个弱女子罢了。苍天知她有情，送给她和元稹相遇、相识、相知的机会。她希望如那池上双鸟，双栖于绿池之上，朝暮共飞还，同心戏游莲叶中。他赞她：“锦江滑腻蛾眉秀，幻出文君与薛涛。言语巧偷鹦鹉舌，文章分得凤凰毛。”然而多情总被无情误，春衫轻薄不胜春寒，薄情终究是酿成痴情之忧，元稹只是个风流过客，并非她可以托付终身的良人，纵然才名满天下、艳名冠群芳又如何？她孤独了一生，泪浥鲛绡，罗帕掩面，竟无人为她拭去满腹委屈与哀婉。情深不寿，慧极必伤。千帆尽后，鬓发微霜，回顾往事如烟，千万盏灯花迷人眼眸，细细探寻，才发现世间竟无人与自己相知，而平生所历悲痛、哀伤、欢欣，风华与落魄，全都只似梦幻泡影，如露如电，唯余修竹华茂、天心月圆。

校书妙笔，消散于岁月历史的烟尘之中，桃花悠悠流水脉脉，斯人已逝，唯余飒飒风竹笑东风。寒渐轻日渐暖，依水观清莲。掬一把涟漪，细流不定。恰缤纷时节，云霓霞映，文绣玲珑，一枕好梦。

薛涛美，桃争妍，菊好斗，显傲骨牡丹王后。娇水仙，洁莲藕，风碎梨花骤。情丝绾夜昼，花解语，梦泪红颜瘦。

薛涛泪，碧海丹心，如泣如诉。凌霜傲雪，沐雨经风香犹在。不邀恩宠不谄媚，仙葩从来冰肌玉骨。

薛涛悲，流年去不回，孤旅云烟寂寂，一捧相思难与。西北风萧飒，飘飞羽。红尘心事，翻作相遇。晴空蓝璨，望春阡陌，高山流水古弦锵，深情浓诉衷肠。

枝迎南北鸟，叶送往来风

薛涛（768 年—832 年），唐代女诗人，字洪度，长安（今西安市）人。父薛郧仕宦入蜀，死后，妻女流寓蜀中。薛涛姿容美艳，性敏慧，洞晓音律，多才艺，声名倾动一时。德宗贞元（785 年—805 年）中，韦皋（746 年—805 年）任剑南西川节度使，召令赋诗侑酒，遂入乐籍。后袁滋、武元衡、杜元颖、郭钊、李德裕等相继镇蜀，她都以歌妓兼清客的身份出入幕府。韦皋曾拟奏请朝廷授以秘书省校书郎的官衔，格于旧例，未能实现。脱乐籍后定居成都浣花溪。

薛涛的父亲薛郧，历来恪守祖训一心报国，可谓皇家的心腹，所以朝廷将他从兵部主事提升为成都刺史，奉旨西出，于是薛郧携全家人来到成都。当时薛涛只有四五岁，是薛郧唯一的掌上明珠。

成都地处岷江上游，坐落在素有“天府之国”之称的成都平原中部。这是一座历史悠久的城市。早在二千三百多年前秦灭蜀国以后，就在这里大规模修建城池，其后历代为蜀郡郡治、益州州治，为蜀汉政权及前、后蜀政权所在地。在汉代，成都因织锦业发达，设专门锦官管理，被称为锦官城或锦城。后蜀皇帝在城区遍种芙蓉，因而又称为芙蓉城或蓉城。公元 8 世纪，随着大唐帝国开元盛世的出现，成都迎来了经济发展的高峰：物产殷阜，商业发达；市区铺肆林立，货物山积。各类商品交易活动，往往从白昼延续到深夜。“江山之秀，罗锦之丽，管弦歌舞之多，伎巧百工之富”，实为“天下繁侈”（《成都记序》、《元和郡县志·逸文》卷二）。“九天开出一成都，万户千门入画图”（李白《上皇西巡南京歌》），成都的富庶繁荣，引来各类游人，激发了无数骚人墨客对它的称颂与赞咏，这一切，使这座历史悠久的古城极富诗情画意，充满一种浓厚的文化艺术气氛。

薛涛幼时即显过人天赋，八岁能诗，其父曾以“咏梧桐”为题，吟了两句诗“庭除一古桐，耸干入云中。”薛涛应声即对“枝迎南北鸟，叶送往来风。”一语成谶，薛涛的对句似乎预示了她一生的命运。

薛涛六岁那年，离成都不远的绵竹县发生了一场兵变，身为成都

刺史的薛郧自当出面平息这场动乱，不想在平叛后回程的路上，却中了暗箭，回府不久就身亡了。

薛郧一生，居官清廉，生前只靠薪俸节俭度日，薛郧死后，撇下薛涛孤儿寡母。

薛涛与母亲裴氏相依为命，开始靠微薄的抚恤金还勉强度日，随着经济的动荡，不得不变卖些家产衣物补贴生活，再以后就无以为计了。薛涛之母本也是出身书香之家，为人忠厚本分，丈夫在世时虽然生活十分俭朴，却也从未作过大难。今天只留下自己这个半老不少的妇人，领着一个不成年的女孩，实在是时光难熬，终日里愁眉不展，泪染衣襟。一个本分的妇道人家，哪里经得起这如此重创，不几年就因饥寒交迫而重病缠身了，还不到十岁的薛涛，叫天天不应、叫地地不灵，眼睁睁的看着母亲痛苦地离开了人世。

出入幕府的女校书

韦皋对薛涛的诗才、口才以及敏捷的应对能力大为欣赏，在把薛涛留在府中时，列其入乐籍。

于是，在赳赳武夫韦皋的强横之下，十六岁的妙龄女诗人薛涛，被迫身入乐籍，成为官属贱民。从此，薛涛身陷污淖，开始了她那任人摆布，辛酸坎坷的人生经历。

薛涛此时的身份是官妓。也就是我们常说的歌妓，其实唐宋时期的妓并不等同于清朝的妓，这时的妓多以卖技的形式出现，我觉得应该称呼为歌姬更恰当一些。此后，薛涛便以清客的身份出入于幕府，接触了很多上层社会的名流。

当薛涛进入了节度使幕府之后，如鱼得水、如鸟投林，不仅生活等物质条件得到了改善，而且得到了阅读古今图书、名人字画的机会，凭借着她的聪明才智，她尽情地漫游在书林史海之中，广收博蓄，极大地充实了她的知识，使她的才华得到充分发挥。所以在这段时间里，薛涛的琴棋书画、诗词歌赋都有长足的进步。

几案青灯，手执秀毫的她，模样端庄美丽。停在笔底的墨，风格古丽含蓄，颇有几分书圣嫡传风骨。加之她高绾的发髻、紧束的抹胸，除却因应酬所需而施的淡淡的粉和暗暗的香，骨子里便是纹丝不乱的端庄、清雅。

于是，韦皋便试着让她整理书函表奏，起草文案。

薛涛从小在严格的家教中长大，自然颇有见地，她的文章之犀利、远见之卓识，就连阅人无数的军营权贵也有些惊讶。

薛涛的字，无女子气，笔力峻激。其行书妙处，颇得王羲之法，少加以学，亦卫夫人之流也。每喜写己所作诗，语亦工，思致俊逸，法书警句，因而得名。若公孙大娘舞“剑器”，黄四娘家花，托于杜甫而后有传也。然涛字真迹今皆佚。晚年的她，孤身一人，常常自取溪水，磨砚展卷，“意匠经营，一丝不苟”（《唐才子传》）。经过长期的刻意追求，薛涛的书法艺术日益精进，“故词翰一出，世人争以为玩”（《宣和书渤》）。后人对薛涛的书法艺术，评价很高，认为薛涛“字无女子气，笔力峻激。其行书妙处，颇得王羲之法”（同上）。元代诗人杨维桢对薛涛书法十分推崇，曾作诗云：“写得薛涛萱草贴，西湖纸价可能高。”清代学者李斯煌也留下赞美薛涛书法的诗句：“吟诗底事如豪杰，作字何曾类妇人。”现存薛涛亲笔翰墨，仅有其书录曹植《美女篇》一百五十字。

慧眼识明珠的韦皋，总是特召她在府中大会宾朋时侍宴赋诗，还让文采出众的她做一些文字工作。于是薛涛成了他的“女秘书”，不过那时叫“女校书”。

这一年，薛涛仅十五岁，梅子一般的青，莲藕一般的嫩。身入成都府乐籍以后，她立即成为最受蜀帅韦皋喜爱的宠妓。

薛涛曾即席写下一首《谒巫山庙》：

乱猿啼处访高唐，一路烟霞草木香。
山色未能忘宋玉，水声尤是哭襄王。
朝朝夜夜阳台下，为雨为云楚国亡。
惆怅庙前多少柳，春来空斗画眉长。

韦皋看过赞叹不已，传阅给席间众宾客，大家也都叹服。薛涛这首诗写的是过巫山神女峰，拜谒巫山庙的情景。其实这样的诗不算特别出奇，只不过自从宋玉的《高唐赋》以后，巫山云雨已经成了男女欢爱的代言，薛涛却偏偏写出了点惆怅怀古的味道，大有凭山凭水吊望、感喟世事沧桑的味道。所以薛涛的诗好，后人赞："工绝句，无雌声。"

贬罚边塞远

韦皋打算向朝廷举荐薛涛任校书郎，韦皋手下几个满脑子封建意识的卫道士，认为此事不合大体，反对上报，此事就不了了之了。

卓绝的诗才，蜀帅的宠爱，使薛涛身价倍增。幕府僚属，纷纷与薛涛结识；文人名士，争以诗文相邀。四方入蜀官员或使者，首先去见薛涛，赠以金帛及各种礼物，然后再去见韦皋。出门有车相随，达官贵人为了求见她，纷纷送她钱物，她照单全收，真是红极一时、风光无限。

此时的薛涛，衣罗绮，食粱肉，敷粉施朱，出入车马，生活在灯红酒绿的豪奢生活之中，远非昔日居家贫窘的日子所能比。

韦皋越来越吃醋，爆发的体现就是薛涛由官妓降至营妓，送往松州边地"慰问"军士。这是怎样一种难堪的经历啊，那种粗鲁的蹂躏令薛涛绝望而窒息。当然也有说是在途中即被召回，但我认为事情不会这样简单，粗暴的摧残还是发生了。《十离诗》正是这种无奈的结果，在她写出的十种脱离依附的悲伤结局里面，有自己的悔恨，有对韦皋的哀求，却唯独没有对韦皋的爱。

薛涛此时表现她突出的特点：聪明冷静。身虽为妓，心洁如冰雪，花容月貌不减清烈。

被开恩召回的薛涛，这时却看清了权贵反复无常的真面目，于是她提出"辞职"，韦皋没有批准。脱籍之后，薛涛仍然时常应召参与韦皋幕府的各类应酬活动。韦皋镇蜀长达二十一年，幕府人才济济，其中不少人后来成为唐代著名将相。薛涛出入幕府，与诸人赋诗酬唱，诗作日益广播于士林，知名度越来越高。

枇杷花下闭门居

李德裕在长安时，已从刘禹锡、白居易等人处得知了薛涛被罚戍边之事，当他奉召入川时，刘禹锡、白居易等人也都希望他能在入川后替薛涛开脱。忆及他与薛涛的父亲薛郧同窗之谊，当然对薛涛更加照顾。李德裕根据她在军营中的良好表现，将薛涛在官妓中除名，废除了薛涛的贱籍，让她重获自由之身。并且在万里桥边、浣花溪畔枇杷小巷内专门为之营造了一座幽雅别致的小楼，让薛涛过上了独守深闺的安逸生活。

在韦皋死后四年，她等来了元稹。

元稹这一年三十岁，正值男人的青葱岁月，建功立业的雄心和拈花惹草的心思并行不悖。

韦皋去世后，朝廷派宰相武元衡挂印来蜀。武元衡听闻薛校书之名，便下令准许薛涛脱籍回家。后来的历任节度使，她都以歌妓而兼清客的身份出入幕府。她熟知历代幕府的政绩得失，成为节度使们咨询的对象，受到极高的礼遇。

薛涛虽然已脱籍，但曾经艳帜高张，芳名远播，早已成了蜀地文人墨客的指南，要入蜀，必然要去拜她的码头。

她的交往圈子里，除了权倾一方的节度使和著名文人外，还有幕府佐僚、贵胄公子和禅师道流。薛涛和当时著名诗人白居易、张籍、王建、刘禹锡、杜牧、张祜等人都有唱酬交往。

元稹对薛涛的艳名和诗名，倾慕不已，“常悄悒于怀抱也”（《云溪友议·艳阳词》）。元和四年（公元809年）三月，元稹以监察御史身份出使剑南东川，司空严绶曾为韦皋幕府属僚，任成都尹，与薛涛熟悉，当即表示愿意帮忙，让他与薛涛见面。

司空严绶成人之美，驱遣薛涛前去与元稹会面，会面之前，司空

严绶肯定将元稹吹嘘了一番，给薛涛一种感觉：此次前去相见的，是一位前途远大、才华横溢的青年才俊。等到见到比自己小十一岁的元稹之后，这位四十多岁的女人第一次经历了爱情的强烈震撼。

尽管那时的薛涛已经青春不再，但在美丽与才情的裹挟下，风华正茂的元稹，依然为之倾倒。多情的元稹说："相识满天下，知心又几人？"年龄的差距又算得了什么呢？每个人都会老，而且薛涛的美已不止于容貌，更在于成熟稳重的优雅和时光雕琢后的风骨，以及她顾盼生辉的回眸。

这样的解释，薛涛信了，因为此时的她也同样渴望爱情。

薛涛虽为风尘女子，但她以前都是属于那种卖艺不卖身的高级诗妓（姬），周旋于蜂蝶之中，却一直是洁身自好。而这次一切都不同了，与元稹见面的当天夜里，她就把自己毫无保留地献给了心爱的人。第二天清早起来，还满怀真情地作了一首《池上双鸟》：

双栖绿池上，朝暮共飞还。
更忙将趋日，同心莲叶间。

这首诗俨然就是一个柔情万种的小妻子，在向丈夫诉说对生活的向往，奏响追求挚情的心曲。在薛涛身上，可以说谁也没能像元稹这样真正享受到她内心深处的恋情。

诗中浓情蜜意，还有"朝暮共飞还，同心莲叶间"的表白，大有和元稹双宿双栖之意，想来在浓情蜜意的时候，薛涛还是想过嫁给元稹的。不过好景不长，这年七月元稹离开四川。薛涛芳华已至秋暮，元稹又是一个放纵多情的人，她就静静地了断了这场情缘。聪明如她，是明白她和元稹之间的关系的。露水情缘，朝生暮死，何必恩恩怨怨、反复纠缠？

多情公子元稹也深为薛涛那绮丽的情意而沉醉，当时他留下的一首诗就记载了这样的情事：

诗篇调态人皆有，细腻风光我独知。
月夜咏花怜暗澹，雨朝题柳为欹垂。

同居到第二年二月，元稹完成了蜀地的任务，离开成都返回京都时，两人不得不挥泪分手。

元稹离开成都后，薛涛对他的思念是刻骨铭心的，她相信元稹说的要回成都见她的誓言，不惜以全部身心等待与心上人再度相逢。

在长庆元年（821 年），元稹入翰林时，薛涛寄去自创的“深红小笺”，元稹在笺上作《寄赠薛涛》七律一首，托人捎来给薛涛。诗曰：

锦江滑腻峨嵋秀，生出文君与薛涛。
言语巧偷鹦鹉舌，文章分得凤凰毛。
纷纷辞客多停笔，个个公卿欲梦刀。
别后相思隔烟水，菖蒲花发五云高。

在元稹写给薛涛的这首诗中，说她蛾眉秀美如卓文君，口才与文采都好，“言语巧偷鹦鹉舌，文章分得凤凰毛”，并发誓说：“别后相思隔烟水，菖蒲花发五云高”。言下之意，我要走了，走得远远的，但是我会想你的。

不能否认，元稹才华极高。大凡像薛涛这样的奇女子，都不愿仿效娥眉婉转之态，她渴望男人承认她的豪迈和志气。元稹恰好就点题了，无论是“鹦鹉舌”“凤凰毛”，还是“公卿梦刀”，取譬极巧。身不在，男儿列，心却比，男儿烈。千万人矣，独我能解君！薛涛能不被感动吗？而且，她从来没有机会与人平等相爱过，难得遇上一个，她想安宁了。

“我不知道他会不会辜负我，但如果好不容易碰到一个喜欢的都不敢去爱，那我也太辜负自己了。”歌手王菲的这段话，放在这里似乎很合适。

或者说，一个成熟女人应该以实践这样的感情方式为荣。一千多年前薛涛就这样做了。

薛涛也写了《寄旧诗与元微之》，其中有“长教碧玉藏深处，总向红笺写自随”的表白。

一个女人，身无依靠，是很希望能够在婚姻爱情上找到支点，寻到依靠的。但是苦苦寻觅，先后经历了很多男人，但以歌妓的身份总是成为男人生命中的过客，来来去去的，很快都没了结果，没了踪影。

这一时期她碰到了抑郁不得志的元稹，并且爱上了这个比自己小的风流才子。好景不长，元稹因为回京任职，从此各自分开。

据说，薛涛是举着酒杯笑着给元稹送行的。也许她知道这一别将永远不会再见吧？所以才这样超然洒脱地为心爱的人送行，为的是留下的尽是美好。

那天，锦官城外西风猎猎，纷乱了她的紫衣白裙。她站在远处，望着他的背影渐行渐远，薛涛在《赠远》诗中是这样描绘她的心情：

知君未转秦关骑，月照千门掩袖啼。
闺阁不知戎马事，月高还上望夫楼。

起初时，薛涛只是揪心地相思和期盼，期望情人重续旧欢的时日；可是春去春归，音信渐渺，薛涛越盼越失望，她甚至望着天上的云彩、江畔的垂柳、院中的春花，都幻化成元稹的形象，与它们诉说离情之苦。她的一首《咏牡丹》，就是以牡丹拟人，在夜深露重中与盛开的花儿细诉衷情。诗云：

去年零落暮春时，泪湿红笺怨别离；
常恐便同巫峡散，因何重有武陵期。
传情每问馨香得，不语还应彼此知；
只欲栏边安枕席，夜深同花说相思。

面对盛开的牡丹，薛涛不着笔眼前，却从去年与牡丹离别落墨，离情别意泪湿红笺。笔锋一转，顺手拈来宋玉《高唐赋》中楚襄王与巫山神女梦中幽会的故事，给花和人的恋情抹上了一层梦幻迷离的色彩。又将陶渊明《桃花源记》中武陵渔人发现桃花源仙境，给花与人笼罩上了神仙奇遇的面纱。趣典妙用，曲折淋漓。花似香传情，人以信见著；花人相通，人花同感，尽写了作者与牡丹的依恋之情，相思之渴，爱慕之深，跃然纸上，见触笔端。诗以拟人手法，情人倾诉衷肠的口吻，把人花的感情反复掂掇，营造成情意绵绵的意境。构思新颖，亲切感人，实在是别有一番醉人的艺术魅力。

去年零落暮春时，泪湿红笺怨别离：别后重逢，有太多的兴奋，无限的情思。对眼前盛开的牡丹花，却从去年与牡丹的分离落墨，把深情厚意浓缩在重逢的特定场景之中。

常恐便同巫峡散，因何重有武陵期：化牡丹为情人，细腻又传神。"巫峡散"承上文的怨别离，用宋玉《高唐赋》中楚襄王和巫山神女梦中幽会的故事，给人花抹上梦幻迷离的色彩。担心离别会像巫山云雨那样一散而不复聚，望眼欲穿而感到失望。在极度失望之中，突然不期而遇，更感再度相逢的难得和喜悦。把陶渊明《桃花源记》中武陵渔人发现桃花源仙境和传说中刘晨、阮肇遇仙女的故事捏在一起，给人花相逢罩上神仙奇遇的面纱，带来了惊喜欲狂的兴奋。两句妙用典故，变化多端，曲折尽致。

传情每问馨香得，不语还应彼此知：以"馨香""不语"影射牡丹花的特点；以"传情""彼此知"关照前文，显而不露，含而不涩。花以馨香传情，人以信义见著。人花相通，人花同感，以达"不语还应彼此知"。以上诗句写尽诗人与牡丹的恋情。

只欲栏边安枕席，夜深同花说相思："安枕席"于栏边，抵足而卧，情同山海。深夜说相思，解其相思之渴，相慕之深。这两句想得新奇，将诗情推向高潮。

此诗将牡丹拟人化，用倾诉衷肠的口吻描述，新颖别致，亲切感人，有醉人的艺术魅力。诗人写牡丹从去年暮春的牡丹开篇，去年春天，牡丹花开得特别热闹，但暮春的来临依然凋零了牡丹花的热情。诗人看着随风散落的已干卷的花瓣，任凭微风的摆布，凄清惆怅之感顿时袭来，心里一堵，泪水夺眶而出，滴落在铺在书桌上的红笺上。当时诗人正在为心爱的人写赠别诗，要在那粉红的笺纸上，载满离别的愁绪。没有不散的筵席，繁华过后一场空，为什么相聚相守的日子那么短暂，牡丹花的花期究竟敌不过暮春的到来。只一个"怨"字，把离情说得令人心痛。经过这样的别离，对相聚已不存在任何幻想，虽然望眼欲穿，却从不敢奢望。因为一切的相会都会像巫山云雨一样容易飘散难再现，只是徒增郁闷罢了。

对于薛涛而言，一切欢聚都是短暂的，如巫山云雨一样容易消散。作为歌妓的她看惯了身边频繁的悲欢离合，没有一个与她有过深交的

人真心想娶她为妻。最后一句“因何重有武陵期”才显示了她的喜出望外，用武陵渔人发现桃花源及传说中的刘晨、阮肇遇仙女的故事来说看到牡丹二度重开的欣喜。诗人苦恋着牡丹却从不敢奢望。牡丹花开，花虽不语，却以其特有的馨香传达着自己的情愫，含情脉脉。只要静静地看着，就知足了。“心有灵犀一点通”，抑或是“此时无声胜有声”，真正有情的人在一起，多少言语也是多余，一切尽在不言中，只要能够相望相偎着就足够了。

这种无言的默契才是最感人的。末一句“只欲栏边安枕席，夜深同花说相思。”诗人爱牡丹之深，在相会的短暂欢愉过后平静下来，再默默无语显然不够。就想在栏边安枕席，倚着枕头，沐着清幽的月光，叙相思之苦，中间一个“闲”字表达诗人在相聚后的恬淡、怡然。来日方长，再苦的别离也已熬到头了，以后的日子就是长相厮守，其中“闲”字包含无限惬意。

这首诗与其说是描写相聚后的快乐，倒不如说是其实她一直很寂寞，这不过是遣抒胸怀的方式，她“枝迎南北鸟，叶送往来风”的生活看似热闹非凡，每天都与达官贵人、文人骚客吟诗唱和，实则最为冷清。心中的寂寞无法诉说，每次的信誓旦旦都是没有结局的美丽谎言。那么多与她来往唱和的文人骚客都没有想要真心给她幸福，包括元稹，“曾经沧海难为水，除却巫山不是云。取次花丛懒回顾，半缘修道半缘君”，一边叙相思，一边又别有新欢。而唯有牡丹，没与她立下海誓山盟，终究不期而遇，这种心中的抑郁总算疏解了不少。她只是借牡丹来自我安慰罢了。那么多情思唯有与牡丹一叙，足见诗人的孤单。知她者，唯有牡丹。

繁华落尽出红尘

又经过一段时间的痛苦思虑，薛涛悟出一些道理，觉得只有出家修道，摆脱红尘，才能超脱这人间的烦恼。

李德裕出资，为她在远离闹市选一幽静之地，另筑一室，闭门隐居，吟诗作画，玩风弄月，也不必削发进庵。

过了不久，就在那青山环抱、碧水长流、桃李争艳、鸟语花香的锦江之畔，浣花溪旁，出现了一座风格典雅的小院。从此薛涛就鹤衣道冠、琴棋诗书，在这里隐居下来。

她清茶淡墨对流年。月光也是一种怜爱，穿过轩窗，薛涛定是已然感受到那洁白得纯净的触抚，将她美丽得寂寞的年华，轻摊在一页薄薄的素笺上。

其实，有一种爱并不需要很多，只一点，就可令孤独的守望变得温暖。

薛涛无法抑制自己浮白于平仄的空间里，去打发每一个多情的韵律。于是将自己折断成伤感的节拍，把已成往事的记忆轻吟成一朵风干的流云。

曾经的美好是否就真的被淡漠流放了？肯定或者否定，都不足以令失落的时光就此找回。看，那些秋的心事，不也是躲闪成淡淡的霜华，在粉面桃腮里寻找可以倾诉的夜晚吗？薛涛难道可以拒绝一种令人怜惜的脆弱，为她美得憔悴的朱颜着色？

或许所有的一切真的已经过去了，已经在窗外瑟缩成褪色的寒烟，等待冬天的风雪让所有的痕迹消失。那么，一杯清茶，足以饮出一个世界；一笔淡墨，足以写来一片新天。薛涛将以一种自信的从容，主宰自己的流年。

幽静的环境，安闲的生活，也并不是轻而易举就能适应的：

前溪独立后溪行，鹭识朱衣自不惊，
借问人间愁寂意，伯牙弦绝已无声。

——《寄张元夫》

退隐于成都西郊之浣花溪畔，竹林依依，树影婆娑。抛却了尘俗的羁绊，薛涛了无牵挂，一身青衣，遁入空门。

无为的清静之地，她的世界里只剩下了诗。那是她漫长的人生几起几伏铸就的。她不哀、不怨、不怒、不嗔，只用那平仄的格律记录自己残余的人生。

十一年相思

黄昏时分，她在流淌的河水里淘洗岁月的残渣，在红色的花笺上书写着过往的历史。

屋后的乐山长满胭脂木，一株一株娇润的粉红，她如耕樵，采木伐薪，以半生馥丽，换一夕烟雨，亦无怨无悔。这是她自己的选择。山外有华堂绮宴、酒绿灯红，却再不能触动她的心弦分毫。她要的，只是一个可供回忆的人，有，便足够。寒冷的子夜，她守窗静静地坐着，看窗外漠漠星河，帘下时而被风拂进一星灯火。

浣花溪清冷寒凉，水上浮着碧澄的荫，每到秋天，乍起的秋风便将一溪的萍藻吹成帘幕。她临水坐着，偶尔会感到些许的寂寞。她隐约听到元稹的消息，说他新结交的爱人，他新写成的诗，他的日子风光绮丽，一如他愈来愈盛的才名。她掬起一捧水，水色映着天空，她仿佛看到他从前的模样，眉目干净，眼神温柔，植在她门前的枇杷树叶，还留着他袍袖上荫翠的颜色，她在微微的心痛中，折一枝胭脂，放进水中。

玉津井的水是有香气的，在每个黄昏和清晨，井沿上漾着一圈一圈靡靡的淡香。她束了发，结一根绳，汲来井水，路边有野树闲花，撩拨衣襟。繁华喧嚣的岁月是旁人的十丈软红，她只想静静地看日升月落。她闭了门，将井水放入陶罐，掺入云母粉，和以胭脂木捣成的细浆，不多时，便制成了一张粉红花笺，清雅别致，玉津井水的香气飘出笺外，淡若微风。望着手里的素笺，她常常会想，若岁月可以风干成一张这样的书笺，那上面，会留下怎样的痕迹呢？她的心，轻轻一痛。素笺悄悄滑落裙边，浣花溪畔，落了一地清冷的寂寞。

但在她的无边清冷中，鼎鼎大名的薛涛笺就这样流传开来。薛涛笺多用于写情诗情书，表达爱慕思念之意，在当时及后世极为流传。因为薛涛所发明，所以称为薛涛笺。

元稹五十二岁时，在武昌得病暴亡。就在第二年，终身未嫁的薛涛也跟着郁郁而终，时年六十四岁。

她大了他十一岁，两人相遇时，她四十二岁，他三十一岁。从一开始她就知道，他，始终都会离开。在那些缱绻温柔过后的岁月里，她一直在等待，她等着他，十一年的时间，她的天空是灰色的。其实，结局早已写就了，以一生的寂寞换取片刻的华彩，也是值得的。

浣花溪的水面上起了风，微凉穿过她的衣裳，她仿佛看到一树花开的繁茂与寂寞。她已经盛开过了，在遇见他之后，她便一直盛开着，以一种绝然的姿势，将生命最后的华美全部绽放。而现在，她静静地坐在草坡上，红颜不再，心境荒芜，她拾起素笺，读着上面自己写下的诗句，四周弥漫着青草的香气，在那一刻，她知道，在她的心里，他一直都在，从来不曾离开。

残阳如血，复又变淡，渐渐地融成一片灰色。她在落日的余烬下独自坐着，山风阵阵，将她的背影定格成一幅画卷，永远地，刻入世人的眼帘。

可是“取次花丛懒回顾，半缘修道半缘君”的元稹，实际上是一个负心汉，薛涛在锦江畔刻骨铭心地思念着他，元稹却又到浙西与年轻貌美的刘采春热恋得如火如荼。风尘才女薛涛毕竟只是他生命中的一支小插曲，这不能不说是一种悲哀，而这份悲哀伴随到这位才女的生命尽头。

若落雨便是天涯，薛涛惟愿静寂如那朵浮世的莲花。

若飘雪便是尘封，薛涛惟愿以笔为刃，深深把流年刻画。

若澄澈了心影便是永恒，薛涛惟愿栉风沐雨，冷了繁华。

若文字能够开出最美的花，薛涛惟愿凝血为墨，勾描红尘阡陌，小桥流水，满园的桃花。

怕只怕，转身心已冷，薄了七情，谋了冷静；懂了取舍，换了性灵，不喜不悲，不真不假。

入秋几许，望江楼畔青柳少了些清欢，锦城的芙蓉花瓣，晨露逝去几分温暖，在黄昏雨后夕阳的弦音里是否也带了些忧郁？望江楼畔的青冢落叶是否厚了些许？步履声声是否惊扰了安眠之人？红尘滚滚而来，最是惹人惦记的还是那凉凉的秋。水暖的时候，几处青竹，一居茅屋，三两窗扉，一女子轻轻展开纸笺，溢满相思，一骑飞鸿穿过几重山水，然后是对着镜儿梳洗妆容，黄花易瘦，不觉已是清秋。

“花开不同赏，花落不同悲。”有什么比春花烂漫时却觅不到一起赏花人更悲哀的呢！难道花开花落的时候，才有相思吗？天涯同看一明月，又怎能强于比肩携手的甜蜜依偎。

自古以来蜀地就是个繁华之地，不乏才华横溢者。薛涛在浣花溪畔的小屋里度过了多少个春秋日夜，扫着落叶昏黄的时候，钻心痛就像那凉凉晨露一样更是清透澄澈，天上的明月里都有薛涛写的相思。

“曾经沧海难为水，除去巫山不是云。”浣花溪的桃花漫天飞舞的时候，或许云朵沉淀的也似那巫山的云雨，最是让人难以忘怀，粉色纸笺是否也在巫山的云儿流过淡淡的回忆。

虽然我们选择不了出生，但是我们可以活得出彩。没有等到爱情来临的时候，人就已经渐渐老去，那写满粉色纸笺的思念，早已渐渐的满眼横泪，不愿看到花落之时却常常独自徘徊在花盘锦簇之径，不知多少次泪眼问花花不语？或许也只有在赏花之时才是寂寞并快乐之时罢了。等不到思念的归处，那就孤傲地做个看花人吧。一个女子，如此多情，混迹于烟花柳巷，却能高贵地活着。文字隽逸，多愁善感，离恨笃定，思之切切似海之涛涛不绝，细腻之词让后世感叹三分，寂寞但不落寞，孤独却不凄清。她，就是薛涛。

第三卷

李清照：

隔世胭墨，凝字生媚

千年一清照

李清照那首著名的《声声慢》，美得绝决而凄冷，那句“寻寻觅觅，冷冷清清，凄凄惨惨戚戚”，几乎成了她个人的专有品牌，彪炳于文学史上。在中国三千年的古代文学史上，特立独行、登峰造极的女性作家，只有李清照一人。李易安，一位才华横溢、懿德睿智，从锦衣玉食到颠沛流离的旷世才女，一朵不修藻饰、傲立千年文坛的绝世奇葩。清人这样评价她：“易安在宋诸媛中，自卓然一家，不在秦七、黄九之下。词无一首不工，其炼处可夺梦窗之席，其丽处直参《片玉》之班。盖不徒俯视巾帼，直欲压倒须眉。”是的，她是横绝一时、独一无二的，是中国文学史上一等一的女才子，被誉为“词家一大宗”。

一首弹断了千年的《声声慢》泊在水里，而青梅黄菊依然，一叶兰舟轻渡，赌书泼茶和着红藕深处的欢乐，响彻再响彻。阳关唱到千千遍，潇潇微雨闻孤馆。独抱浓愁无好梦，夜阑犹翦灯花弄。相思苦，

终会有团圆甜如蜜。雪砌空庭，寂寞泪染梅花袖，久困诗笺瘦。惆怅成结，月霜遍地轻寒后，晓色沁凉袖。无语泪空流，天上人间，云水相依旧。

然而国破家亡，沧桑暗换，清照，我多想，给你一把檀木梳子，梳去你三千丈的烦恼。你的一阕清词，怎么能挽回大厦之将倾？三更细雨，知你的焦虑越陷越深，如汪洋肆虐。黄昏到，你的双鬓如雪，萧萧华发无法抵消一纸凄凉。木兰舟泊在逼仄的水面，你的《如梦令》伴着孤雁儿在往昔歌唱，晓风疏雨，又催下了萧萧千行泪。

你也曾嬉戏于藕花深处，也曾蹴罢秋千，倚门嗅梅，回眸偷觑翩翩美少年，欢愉的时光乍现即逝，忧伤寂寞了纤指素笺，寂寞深闺，独饮清愁，灯暗杯空，满室凄然，梦锁春闺不能休。“萧条庭院，又斜风细雨，重门须闭。”院落清冷，重门紧闭，帘幕低垂，湮灭了斜风细雨，奈何，看不破离愁别怨，深夜春寒，柔肠一寸愁千缕，相思唯有化作两行泪，洒尽梦里梦外尽凄凉。

那年那月的那天，你于“寻寻觅觅、冷冷清清、凄凄惨惨戚戚”的蹒跚中，随手抓一把古色古香的词牌一抛，便成了一个朝代的符号。你孤身一人，如瘦瘦的慵倦黄花，脚踩十来个叠字的韵律，碎步走过胭脂与铁蹄的世道，跌跌撞撞地到多雨的江南。

一度看似繁华的岁月，身居官宦，锦衣玉食，夫妻恩爱。这一切在金戈铁马中皆化作过眼云烟。颠沛流离的日子里，你常借三杯两盏水酒的意境，来打发那些哀哀怨怨的惆怅，可是，为什么你的眼中总是浸润着撕心的凄凉？春寒料峭，鸿雁北归，孤倚窗棂，极目苍穹，心已化作残云如碧，“归鸿声断残云碧。背窗雪落炉烟直。”此情此景，怎不叫天自忧怜，云自伤怀，清俊疏朗的笔锋下是一颗残碎的心，寄予残云飘散天涯。你的文字就像一个个寂寞的音符，在我心底汇聚成一首首缠绵的忧伤，透过浮世，透过风尘，至今依然于江南小桥流水的诗情画意中，衣袖飘飘，裙袂飞扬。

李清照（1084年—1155年），号易安居士，汉族，山东省济南章丘人。父李格非为元佑四学士之一，母王氏亦善属文。宋代（南北宋之交）女词人，擅长书画，通晓金石，尤精诗词，为婉约词派代表，有“千古第一才女”之称。李清照十八岁嫁赵明诚，赵明诚的父亲赵挺之时任吏部侍郎，李格非为礼部员外郎，后来李格非因列入元佑党籍被免职，赵挺之则官至尚书左丞。宋徽宗大观元年（1107年）赵挺之被罢免了左相一职，五日后离世，此后李清照与赵明诚屏居青州（今山东青州）长达十年，共同校勘金石古物，尽得其乐。靖康之后，赵明诚重新被朝廷授予官职，到江宁村上任。宋高宗建炎三年（1129年），在赴建康途中染疾身亡。李清照自此孤苦无依，飘泊无定所，晚年来往于金华、临安两地，境况甚为凄凉。七十二岁时，李清照抑郁而终。

李清照词的风格以婉约为主，屹然为一大宗，人称“婉约词宗”。沈谦《填词杂说》将李清照与李后主并提说：“男中李后主，女中李易安，极是当行本色。”李易安词在群花争艳的宋代词苑中，独树一帜，自成一家，人称“易安体”。“易安体”之称始于宋人。侯寘《眼儿媚》词牌下题曰：“效易安体”。辛弃疾《丑奴儿近》调下题曰：“博山道中效易安体”。词作自成一体，表明已形成鲜明的个性。她所作的词，前期多写其悠闲生活，后期多悲叹身世，情调感伤。形式上善用白描手法，自辟途径，语言清丽。论词强调协律，崇尚典雅，提出词“别是一家”之说，反对以作诗文之法作词。李清照也很会作诗，但留存不多，部分篇章感时咏史，情辞慷慨，与其词风不同。

绿肥红瘦如梦令

李清照于宋神宗元丰七年(1084年)出生于一个官宦人家。这是一个爱好文学艺术的士大夫的家庭。父亲李格非是济南历下人，进士出身，苏轼的学生，官至提点刑狱、礼部员外郎。

李格非是学者兼文学家，又是苏东坡的学生。藏书甚富，善属文，工于词章。现存于曲阜孔林思堂之东斋的北墙南起第一方石碣刻，上

面写有："提点刑狱、历下李格非，崇宁元年（1102 年）正月二十八日率褐、过、迥、逅、远、迈，恭拜林冢下。"李清照在《上枢密韩公诗二首》诗序中称"父祖皆出韩公门下"。韩琦在当时名重一时，与范仲淹同是以文人领兵的朝廷重臣，并称"韩范"。当时，能出身韩琦门下，是一件很了不起的事情。李清照母亲王氏，也是名门之后，其祖父是汉国公王准，父亲是岐国公王珪，王珪曾任宰相。祖父曾中状元，很有文学修养。

这样的出身，让李清照从小就在官宦门第及政治活动的濡染中，变得视界开阔，气质高贵。而文学艺术的熏陶，又让她能更深切而细微地感知生活，体验美感。

少年时，李清照就存有诗名，她早期的老师是大名鼎鼎的晁补之，与秦观、黄庭坚、张耒合为苏门四学士。十六七岁的时候，李清照作了《浯溪中兴讼诗和张文潜》两首古风，受到当时一干名士的叹赏。

北宋时候的女子教育并不开通，男权社会期许女子终日针凿女红。大多女孩子也就是学习一下古代的《内则》《曲礼》等即可，读史书乃至诗文杂说等迁移性情之作一般并不被允许。有的家庭还有更为严厉的约束。

李格非作为苏门"后四学士"之一，学术思想、人生态度以及家教思想无不深受苏轼影响。苏轼崇尚自然，提倡个性，鄙视扼杀人性，对于宋朝理学家们那套"灭私欲则天理明"的伦理规范十分不齿。苏门才俊的文学创作，也多是出于真性灵，超脱世俗之上，如苏轼《文说》中的自述那般，"万斛泉源，不择地皆可出"。故而，李格非给李清照提供的是一个宽松的家庭环境，不束缚言行，不限制读书，任其身心自由发展，使李清照的人格及创作都能得到健全的发展。李清照幼年接受了良好的教育，书法、绘画、琴艺这些全都不在话下。而据她后来在诗文中引用典籍的情况看，她读书涉猎极广，从四书五经等儒家经典，到《左传》《史记》《汉书》等历史典籍，再到《楚辞》《文选》、建安七子诗文、唐人散文及诗等历代文学，还有《淮南子》《吕氏春秋》《世说新语》等诸多杂书，建构起来的是一个完整的知识体系。正如《女性词史》云："李清照所受的教育，是一种全面的'人'

的教育，而不是狭隘的‘女人’的教育。”

所以，聪慧颖悟、才华过人的李清照，被评价为“自少年便有诗名，才力华赡，逼近前辈”（王灼《碧鸡漫志》）。曾受到当时的文坛名家、苏轼的大弟子晁补之（字无咎）的大力称赞。朱弁《风月堂诗话》卷上说李清照“善属文，于诗尤工，晁无咎多对士大夫称之”。《说郛》第四十六卷引《瑞桂堂暇录》称她“才高学博，近代鲜伦”。朱彧《萍洲可谈》别本卷中称赞她“诗文典赡，无愧于古之作者”。

李清照少年时代随父亲生活于京城汴京，那时的京城极其繁华。春天，整个京城被盛开的艳丽花朵装点着。街巷、庭院的楼台，沿街的窗扉皆被鲜花环绕。年幼的李清照就生活在这样一个如花的城市里。优雅的生活环境，特别是京都的繁华景象，激发了李清照的创作热情，作诗与作词都崭露头角，写出了为后世广为传诵的著名词章《如梦令》。此词一问世，便轰动了整个京师，“当时文士莫不击节称赏，未有能道之者”（《尧山堂外纪》卷五十四）。

昨夜雨疏风骤，浓睡不消残酒。试问卷帘人，却道海棠依旧。知否？知否？应是绿肥红瘦。

——《如梦令》

《蓼园词选》说此词“短幅中藏无数曲折，自是圣于词者。”这首小令，写得曲回委婉，层层转折，步步深入，惜花之情表现得丰盈婉转。此时的李清照，横溢的才华，满腹的豪情，细腻的情思，婉约的词风，让世人为之倾心与侧目。

一首小令，短短六句，如何曲折？且看起拍，一疏狂，一急骤，可知昨宵之恶。敏感而多情的青春期少女，内心深处有着一份别样的寂寞与感伤。海棠花有“女儿棠”的美称，像极了娇慵美艳的少女。浓睡之后，酒意仍未消，心中却仍牵挂，醒来便急忙询问。借侍女的答话透露，道是“海棠依旧”。问得急切，答得淡然，两下里对花的感情深浅立见。这个时候的李清照正是那个躁动不安的年龄，正陷入一种说不清、道不明的迷茫和怅惘之中。她会忽而欢笑，忽而忧伤，忽而莫名地叹息，忽而叽叽喳喳，说个不停，忽而又沉默不语，静若

处子。这样一个活得率性、元气饱满的生命，那些时光流转的细枝末节，那些人们时常忽略的地方，总是能牵惹着少女内心的潮起潮落。就像那后花园里的雨疏风骤，海棠花的绿肥红瘦，总让一位纤弱清瘦的少女心思婉转，多情牵挂。

“昨夜三更雨，临明一阵寒。海棠花在否。侧卧卷帘看。”这是韩偓《懒起》中对落花的关切。然而如题所言，他仍懒懒地、舒适地侧卧在床上，只是卷帘一望而已，仪态慵闲从容。与许多以红颜女子口吻写春愁秋感闺怨词的男性词人不同，李清照的词是从自身的女性生命体验出发，显得真实、细腻而深刻。在女性词人的作品里读不到那些男性词人假托的矫情和男性视角的赏玩态度，有的只是一种生命情感与渴望的真实书写，对自己命运体验的从容思考。所以，少女的惜花之情直接与她对自身未来命运的关切联系在一起，那是一种莫名的寂寞与忧伤，指向生命最终的依归。那花就宛然是女人生命的一个隐喻，摇曳在红尘中，随风轻轻摆动，经历着一样的风雨和悲欢。

“知否？知否？应是绿肥红瘦。”寥寥数字，明白如话，将风雨之虐、心中之忧、他人之淡漠、自身之深爱悉数道来，一字不多，一字不少，只是刚刚好。最妙的是“绿肥红瘦”，造语之新，直如横空一笔，但见奇崛，但见精工，待要探幽却又不知其所往，所谓神来之笔也。俞平伯从着色上讲：“全篇淡描，结句着色，更觉浓艳醒豁。”解得也妙。

由济南到汴梁不久，李清照的才名便迅速传开，“绿肥红瘦”（《如梦令》）深得时人赞誉，据文字记载：“当时文士莫不击节称赏。”

朱熹也称：“如此等语，岂女子所能？”明代陈宏绪夸这首诗：“奇气横溢，尝鼎一脔，已知为驼峰、麟脯矣。”黄了翁在《蓼园词选》中说：“一问极有情，答以‘依旧’，答得极淡，跌出‘知否’二句来。而‘绿肥红瘦’无限凄婉，却又妙在含蓄。短幅中藏无数曲折，自是圣于词者。”《藏语话腴》有云：“李易安工造语，如《如梦令》‘绿肥红瘦’之句，天下称之。”李清照笔下的随意一抹，嫣红可人的海棠花也从此有了个雅称：绿肥红瘦。

眼波才动被人猜

绣面芙蓉一笑开，斜飞宝鸭衬香腮，眼波才动被人猜。

一面风情深有韵，半笺娇恨寄幽怀，月移花影约重来。

——《浣溪沙》

这是她青青涩涩的初恋，心头藏着那份暗暗的甜美与羞涩，那种心如鹿撞的慌乱，那种秋水般闪动的眼波，那份幽幽在怀的牵挂与眷恋。

在这首《浣溪沙》里，透出了李清照在那最美好的年华里最隐秘的心事。"眼波才动被人猜"真是神来之笔。"巧笑倩兮，美目盼兮"，美目流盼间，宛如弯弯明澈的秋水，闪动着少女内心的秘密，怕人猜，却又忍不住内心的喜悦，就这样春情无限，就这样爱意缱绻，像一朵水莲花不胜凉风的娇羞。

十六七岁时，清照已经春心萌动，已经有了心事。这位博览群书、过目不忘的小才女，她最喜欢读的那些书，一定是诗词。自古"词为艳科"，如晚唐五代的《花间词》，南唐词大多是写风花雪月。而李清照所处的宋朝，艳丽的词更是盛极一时，柳永、秦观、晏殊、晏几道等无不善写男女艳丽恋情之词。久习诗词，岂不会绮想联翩，如黛玉"每日家情思睡昏昏"。名门闺秀，倾城之貌，如花似玉，冰雪才情，正是这些诗词，完成了最初的情爱启蒙。

这时，年轻的赵明诚走进了她的生活。

这时，赵明诚正在朝廷太学里读书求学。而京师太学里多的是当时一流的文人墨客，也多的是官宦人家的子弟。读书累了，闲时也少不了要八卦一点文人圈子里的新鲜事。那些自命风雅的文人更少不了要私下品评一番风流韵事，诸如某相府里的千金如何美貌，某御史家的小姐如何有才情。而早有才名的李清照肯定是其中最引人注目的。

李家是书香门第，门风好。李格非是名扬天下的苏东坡的门生，李清照的母亲亦系出名门。此次李格非在京城升官，李清照自然成为众人瞩目的对象，公子翘首，媒婆穿梭。李清照的文学名声早在济南

城就传开了。她的小词起笔落笔，清雅秀丽，风行一时，成为众多闺阁少女的珍藏，更被当时名震一时的文学大家晁补之所赞赏。但她并不是一味地沉浸在诗书中，扑蝴蝶、划船、荡秋千、弹琴、赏花都是她的兴趣所在。

王灼《碧鸡漫志》中说李清照“自少年便有诗名，才力华赡，逼近前辈。在士大夫中已不可多得”，这样的评价不可谓不高矣！与李清照同时期的朱弁《风月堂诗话》中说：“李格非的女儿善属文，于诗尤工，晁补之经常向士大夫们称赞。”可见在当时的文人圈子里，李格非家有位待字闺中、才貌俱佳的小才女是众所周知的。李清照的父亲李格非曾在太学为官，可能还在太学里教过书。他家有位才貌双全的女公子，太学里一班才子们更不会不知道。

于是，好奇心大起的赵明诚便拜读了出自才女笔下，流传一时的那些华美篇章。一读之下，免不了惊艳之感叹。于是，这位翩翩赵公子怦然心动，爱慕之心如滔滔江水绵绵不绝。

蹴罢秋千，起来慵整纤纤手。
露浓花瘦，薄汗轻衣透。
见客入来，袜刬金钗溜。
和羞走，倚门回首，却把青梅嗅。

——《点绛唇》

无忧无虑的少女从秋千架上下来，将发酸的纤纤小手揉了揉。这时的她香汗淋漓，绣衣微透。这时，她听到了有客人进来，急忙躲避，连鞋子都来不及穿，只穿着袜子走开了。她头上金钗也失落了，头发微乱。可是快要临进门的那一刻，她忍不住要回过头瞧瞧来人是谁，于是攀过青梅，装作是在嗅闻，以掩饰尴尬。那回眸一望，如一朵水莲，无限娇羞可人。

天真任性的李清照怎会如此紧张、害羞和失态？可见这客人不是一般的人，否则她也不会专门写下这首词。这位客人就是那位儒冠青衫、浑身弥漫着书卷气息的书生，那位眉清目秀、养尊处优的公子赵明诚。

在机缘天定的一个时刻，赵明诚和李清照应是有过一面之缘的。

为目睹梦中“词女”风采，赵明诚其实并不难找借口，因为李清照的父亲李格非前不久还是太学学官，很可能还为赵明诚上过课。“金风玉露一相逢，便胜却人间无数。”那个时刻，十七岁的李清照美丽如花，“绣面芙蓉一笑开，斜飞宝鸭衬香腮”，站在人前显得亭亭玉立、明艳照人。顾盼间，“眼波才动被人猜”。“怎当她临去秋波那一转”，美人的秋波流转顿时倾倒了那位太学里的翩翩书生赵公子。

在那个时代，若是一般的年轻文人面对有着明星光环的少女李清照，多多少少是有点心理障碍的。这个女孩名气太大，才情又高，家世门第也是如此显贵。谁有这个勇气去独占花魁？而赵公子却偏偏要摘下众人眼中那朵高处最美的花，可见少年赵明诚也是自视颇高，眼光不俗。

赵明诚出身于官宦富贵之家，也是书香门第。父亲是北宋朝廷著名的新党中坚人物，时任吏部侍郎的赵挺之，后来曾官至宰相。因丰厚的家学渊源，赵明诚从小就饱读诗书，喜欢舞文弄墨，还在父亲收藏金石文物的熏陶下，尤其喜欢收藏古代的金石刻录文字，甚至到了痴迷的程度。由于这一爱好，他也交游甚广。在他十八岁时，咸阳出土了一枚古代的传国玉玺。当时朝中的“将作监”李诫亲手拓印了两本，其中就有一本送给了赵明诚。可见他在收藏界也是小有名气。而作为李格非的掌上明珠，李清照自小随父亲游览京城名胜。名胜古迹的断壁残碑、诗词书画中的佳作珍品她都会多看一眼，她记忆力极好，一眼瞥过，即便最为细微末节之处也能记住。

“低首弄青梅”，她含了娇羞的笑靥，等待那个命定的如意郎君走来，偕她走过这一场人世。和她共偕连理的那个男子，门当户对、才华横溢、温善敦厚。李清照的爱情是人性舒展的水到渠成，是诸般因缘的殊胜圆满。那一刻，她遇到了她生命的神祇。

赵明诚为赵挺之子，赵挺之是新党的中坚人物，而李清照的父亲李格非却出自旧党苏轼门下。北宋后期新旧党争水火不容。如果父亲不同意的话，这赵、李两人就要上演一场中国宋代版罗密欧与朱丽叶式的悲剧。

据元代伊世珍《琅嬛记》载：赵明诚幼时，其父将为择妇。明诚昼寝，

梦诵一书，觉来惟忆三句云：“言与司合，安上已脱，芝芙草拔。”明诚以告其父，其父为之解释道：“汝待得能文词妇也。‘言与司合’，是‘词’字；‘安上已脱’，是‘女’字；‘芝芙草拔’是‘之夫’二字，非谓汝为词女之夫乎？”

上面这段话是说赵明诚少年时曾经做过一个神奇的梦，在梦里读过一本书。等醒来时，那书上写的内容大多忘记了，只记得三句：“言与司合，安上已脱，芝芙草拔。”他将这个怪怪的梦告诉了父亲赵挺之。父亲想了想，给他解释道：

这“言与司合”是个“词”字，“安上已脱”，是个“女”字，“芝芙草拔”是“之夫”之意。合起来就是“词女之夫”。难道上天要安排你做女词人的丈夫吗？

于是，为了儿子赵明诚的终身大事，赵挺之请了媒人，去李家提亲。

这则小故事有点神秘色彩，所以今天的人们多不采信。其实，即使是假的，也是古人的一种娱乐八卦。谁叫李清照才华那么高、名气那么大呢，谁叫赵明诚和李清照这一对金童玉女式的情爱那么引人注目、让人羡慕呢？这个八卦故事其实为他们的爱情增添了几分浪漫与神奇。

风情万种的今夜纱厨枕簟凉

李清照在爱情中，享受过一场华美的盛宴，即便后来历尽悲欢离合，可她热烈地拥有过。十八岁的她能嫁给深爱的有情郎，那是人生一段晴暖的记忆。即便后来有颠沛流离，仍然可以让她生命的空白因此填充进亮色，那是仓惶中的美好。凝眸深处，罗裳与兰舟伴着楼台箫声带来的慰藉，安抚了岁月，更惊艳了时光。

在李格非的府上，媒人为赵明诚求得了李清照的生辰八字，再经过“草帖”“送帖”等礼仪后，与李清照“八字相合”的赵明诚携着酒礼来到李清照的家，当着赵、李两家父母的面，将一只金钗插在了李清照的头上，以示订聘之礼。

宋徽宗建中靖国元年（1101年），李清照十八岁，与时年二十一岁的太学生赵明诚在汴京成婚。

在繁花似锦的阳春里，明眸如水波流转，腰肢似柳枝轻摇，十八岁的李清照终于走出了深闺，乘一顶花轿，跨入了赵家的府邸，走向一个年轻男子的怀抱。从这一刻起，这个世界对于她有了完全不同的意义。她已经是那个叫赵明诚的年轻男人的娇妻。而二十一岁的赵明诚也终于圆了当年那句“词女之夫”的梦。

赵、李两家地位显赫，这场婚礼自是热闹非凡。成亲的前三日，赵家便送来了催妆的冠帔花粉。婚礼的前日，由李清照母亲派出的亲信仆妇、陪嫁的婢女等带着华丽的绣枕、锦被等在他们的新房内挂帐“铺房”。婚礼当天，通身红妆的李清照，携着丰厚嫁妆，坐着喜轿、伴着乐队的欢庆吹奏从李家抬出，绕过长长的惠民河堤，到达赵家的大门。一路上，鼓乐四起，讨要喜钱的孩童、“拦门”的青年，还有撒谷豆的妇人络绎不绝。

据李清照在《金石录后序》中说：“余建中辛巳，始归赵氏。”李清照与赵明诚既是恩爱的夫妻，也是心心相通的知己，志趣相投的亲密朋友。哪怕在生活比较拮据的那些日子，他们两人仍以诗佐酒、把玩金石，“夫妇擅朋友之胜”，生活得好似“葛天氏之民”，单纯而快乐。

晚来一阵风兼雨，洗尽炎光。理罢笙簧，却对菱花淡淡妆。
绛绡缕薄冰肌莹，雪腻酥香。笑语檀郎：今夜纱厨枕簟凉。

——《丑奴儿》

这首词据说是在李清照新婚后不久所作。《漱玉词》可以说是李清照的私人日记，字里行间将她的心理感受和情感体验释放得淋漓尽致。

盛夏的夜晚，雨水洗尽了暑热。一位丽人刚刚弹过瑶琴，又对着镜子上了一层薄薄的晚妆。淡妆素抹格外清丽动人：“绛绡缕薄冰肌莹，雪腻酥香。”绛红薄绡的透明睡衣朦朦胧胧，雪白肌肤绰约隐现，醉人的幽香阵阵袭来。写出了一位新婚少妇的妩媚与性感，魅力无法阻挡。

尤其令人销魂的是最后一句："笑语檀郎：今夜纱厨枕簟凉。"佳人一声轻笑，轻启朱唇："郎君，今天晚上的竹席可真凉啊。"这样的暗示充满了诱惑，就相当于现代人在这样情境里常常说"来吧，亲爱的"。清风细雨之夜，男欢女爱，卿卿我我，柔声细语，情醉神迷的恩爱跃然倾出。

这首词写得十分香艳，卿卿我我的儿女情态跃然纸上。丽人撩拨她的丈夫，绛绡缕薄冰肌莹和雪腻酥香，这样轻薄透露的打扮正传递着她内心深处对爱的渴望，称得上是风情无限。那一声对着檀郎的笑语，有些忸忸怩怩，有些不好意思，脸现绯红。此时，"枕簟凉"则是亲密狎昵的意味，那是和夫君在一起时的热情缠绵。一霎时，软玉温香，浓情蜜意，尽在那枕簟之上，唇齿之间。但李清照的情趣是高雅的，"理罢笙簧，却对菱花淡淡妆。"《浣溪沙》中有一句"重帘未卷影沉沉。倚楼无语理瑶琴"，可见她在少女时代就善于弹琴。弹琴后又对着菱花铜镜薄施淡妆，也许赵明诚就在她身后相偎而立，欣赏着妻子的妆容呢。

古代女子的婚姻生活，并非只是温柔贤良，低眉顺眼。新嫁的李清照那样有激情、有胆量，把两人世界的闺中生活，以本真之笔写得摇曳多姿，风情万种，真让道学家大跌眼镜。宋朝是个礼教森严，道学气息浓厚的时代。程朱理学所谓"饿死事小，失节事大"的观念开始慢慢在民间确立。就是这样一个时代，李清照率真自由的个性也彰显得格外突出。在其他女性都羞于启齿的夫妻生活上，李清照也是率性而为，敢于向夫君主动地进行爱的诱惑和暗示："笑语檀郎：今夜纱厨枕簟凉。"可见，即使在夫妻生活上，李清照也是主动的一方。更令人称奇的是，李清照还敢把这些场景和感受形诸于笔墨，写得活色生香，而这只因为她的真性情，她是活出真自我的时尚女性。

但很多词评家们对她颇有微词。与她同时代的王灼就说："易安居士，京东路提刑李格非文叔之女，建康守赵明诚德甫之妻。自少年便有诗名，才力华赡，逼进前辈。在士大夫中已不多得。若本朝妇人，当推文采第一……作长短句，能曲折尽人意，轻巧尖新，姿态百出。闾巷荒淫之语，肆意落笔。自古缙绅之家能文妇女，未见如此无顾忌也。"

接下来王灼举陈后主“艳丽”之诗，元、白为李戡所指斥的“淫言亵语”，温飞卿的侧词、艳词等为例，说明“今之士大夫”“皆不敢也”，而李清照作为“闺房妇女，夸张笔墨，无所羞畏，殆不可使李戡见也。”

清人陈景云曾将李格非、李清照父女，比做蔡邕、蔡文姬父女二人。他说：“其文淋漓曲折，笔墨不减乃翁。‘中郎有女堪传业’，文叔之谓也。”缪钺先生也称赞：“易安承父母两系之遗传，灵襟秀气，超越恒流”。书香门第出来的大家闺秀李清照学识才华自不必说，更重要的是她有着不同凡俗的个性，这与自幼在宽容自由的家庭环境中长大有关。

李格非以散文受知于当时文坛领袖苏轼，时称“苏门后四学士”之一，深受苏东坡名士气质的影响。苏东坡是个随遇而安、心性洒脱、不拘一格的人，文风也是浪漫奔放，不拘泥于清规戒律。更重要的是，苏东坡在思想上崇尚真性情，推重个性人格的自由，反对压抑人的天性。李格非当然也是耳濡目染，心境开阔。据说，李格非很是追慕魏晋“竹林七贤”之一的刘伶。而刘伶是著名的“酒神”，曾著有《酒德颂》，李格非称赏其文“字字如肺腑出”，其为人性情可见一斑。反映在家庭教育中，就是给予儿女们宽松自由的成长环境，使他们的身心自由成长，天性没有压抑和扭曲。

李清照作为一个女性，本来对传统政教纲常就比较疏远，良好的家庭文化教养，又使她明确了人生的意义和生命的价值，这从她的咏物词中对真善美的赞赏，对自然生命的歌颂和热爱都可以读解得到。所以很容易使词人在下层的平民生活中发现生活的乐趣及真率的人生。李清照之所以在词中大量地、不疲倦地表示对丈夫赵明诚的牵挂、思念，是因为她已经将身心托付给对方，她需要对方同样的牵挂与关怀。而且，她的这类作品，其实是在与丈夫对话、交流。她懂得心灵沟通的意义，她理解人性需要关怀的道理。她将自己对丈夫的真情深爱写进词里，不仅是想得到丈夫的理解，更重要的是一种自我心灵世界的展示，是主体意识的激情性外化。她在这种激情的生活体验中，升华了自己对丈夫的爱，也升华了内心世界的审美。她词中表现的真实的情感，大胆表现“闺房妇女”不知“羞畏”的生活，就是这种自觉的写照。所

以宋代朱彧也说："本朝女妇之有文者，李易安为首称……诗之典赡，无愧于古之作者；词尤婉丽，往往出人意表，近未见其比。"所谓"出人意表"，就是看到了李清照的词以女性直觉所发现的情感人生及以感性冲动所体悟的审美人生。

红藕香残玉簟秋，轻解罗裳，独上兰舟。云中谁寄锦书来？雁字回时，月满西楼。

花自飘零水自流，一种相思，两处闲愁。此情无计可消除，才下眉头，却上心头。

——《一剪梅》

荷塘里粉红的残荷飘零冷落，玉簟秋凉。女词人闲愁难耐之时，轻轻褪去罗裳，独自登上一叶兰舟。总在等待远方的人能鸿雁传书，但等那云边雁行归来，却只见那皎洁的月光静静地洒满西楼，令人目断神迷。

思念就像无法阻止落花的凋零，就像无法阻止河水的流淌。一样的月光，在遥远的两地惹起了心头离别之苦、相思之愁。这种相思之情无法排遣，皱着的眉头方才舒展开，而绵绵思绪又涌上心头。

元代文人伊世珍《琅嬛记》说："易安结褵未久，明诚即负笈远游。易安殊不忍别，觅锦帕书《一剪梅》词以送之。"

话说李清照和赵明诚刚刚结婚不久，赵明诚便远游求学。两人分隔两地，当风结带，望月怀人。告别了无拘无束的少女时代的她，在"庭院深深深几许"的赵府之内只有丈夫是知心人。所以，她简直没有办法不思念他。

越是珍惜幸福，离别也就越发折磨人。这首词可谓将相思之苦倾吐得淋漓尽致。起句"红藕香残玉簟秋"，就为相思怀人设置了一个凄艳哀婉的场景。明艳的红，惨淡的香，凋零之感沁入肺腑，这种明艳之下的残凉给人以触目惊心的悲。"轻解罗裳，独上兰舟"，口气看似清淡，却透着丝丝缕缕的怨。这一悲一怨流露出的正是对昔日幸福的不舍与留恋。"云中谁寄锦书来？雁字回时，月满西楼。"自语式的问答，叹息间似乎可以看到眺望的眼神和眼神背后对幸福的深切期许。那是“误几回，天际识归舟”的期盼，是“过尽千帆皆不是，斜晖脉脉水悠悠”的漫长等待。这种望断天涯、神驰象外的情思和遐想，美丽又忧伤。

下篇写别后的相思，感人肺腑。“花自飘零水自流”，如花美眷，似水流年，幸福的流逝如此匆促，而守望时光又如此孤寂，但孤寂的又何止一方？那流水落花的伤感与无奈，隐喻着人生、年华、爱情、离别，更令人感到人生离别的无常，时光的易逝。两人遥隔云水关山，却是心心相印，相思生愁。“一种相思，两处闲愁”，一组叠印成双的镜头由此幻化而出：异地同心，遥相思恋，书信难通却心心相印。这时的相思自然与幸福绞糅在一起，思念里浸透着幸福，而幸福又何尝不是一种思念。“此情无计可消除，才下眉头，却上心头”，这末三句历来为世人所称道。于结尾处让这一瞬间凝为美丽的永恒，余韵袅袅不绝，传达出一种让人产生心灵共鸣，回味不已的人生感受和审美体验。让人想起李煜《相见欢》中“剪不断，理还乱，是离愁，别是一般滋味在心头”，有异曲同工之妙。欢聚的幸福已经在离别中虚化，眉头的舒展只是表情的停歇，而思念早已深入骨髓，挥之不去。这首词将守望者的形象塑造得细致入微，幸福已经成为潜在的意象，而守望本身已成为生活。但守望尚未定格，团圆犹可期待，幸福仍在不远处。

清人陈廷焯《白雨斋词话》卷二中一句评语：“易安佳句，如《一剪梅》起七字云：‘红藕香残玉簟秋’，精秀特绝，真不食人间烟火者。”这首词美得玉洁冰清、仙韵入骨，美得不可思议，像极了一幅色泽清丽、意境优美的工笔画。寂寞让女人如此美丽，也让女人的笔如此清灵，妙不可言。

这首《一剪梅》具有非常独特而优美的女性气质，用现代的话说，就是女人味很浓。词中写了两件女性用品，一件是玉簟，“红藕香残玉簟秋”；一件是罗裳，“轻解罗裳，独上兰舟”。很巧的是，前面那首《丑奴儿》也写了内衣和枕簟：“绛绡缕薄冰肌莹”“今夜纱厨枕簟凉。”

自古多情伤别离，飞絮飘零伴落红，多情女子，寂寞心事，繁华如三千东流水，饮不尽的相思滚滚来。一首《一剪梅》曾沉醉了多少

情缘牵绊的心，词中的离愁别绪被惜墨如金的寥寥数笔渲染得淋漓尽致，“红藕香残玉簟秋”“花自飘零水自流”。

“轻解罗裳，独上兰舟。”曾经是举案齐眉，如今茕茕孑影。一位红袖罗裳的美丽女子分花拂柳而来，袅袅娜娜，倩影似烟花般寂寞。当此际，哀愁点点，如花飘落，雁影遥遥，月满西楼。秋天的故事是最美的，一种清冷的美；秋天的相思也是最美的，一种沁凉的美。这是个让人感叹年华老去的季节，因为看到满池的残荷，尽管它还飘散着余香冷韵，可是凉意中却依旧透露出消瘦。秋天的河面上，荷花凋谢，顺水漂零，好似青春易逝，红颜易老，触景生情，悲凉的意境勾起了相思的心弦，“才下眉头，却上心头。”缠缠绵绵，旖旎成千古绝唱！

男性诗人、词人写这类闺怨题材的作品，如李白、李商隐、温庭筠等。特别是以温庭筠为代表的花间词人，很多都是“男子作闺音”的高手。但他们大多是从男性角度来感受、想象和猜度女性的心理状态和情感，仔细品来，多有一种类似赏花的态度，有欣赏，有同情，有怜惜，有赞美。但总是一种他者的视角，有一种莫名的疏离感，其中还有性别角色造成的微妙心理差异。而李清照、朱淑真等女性词作却完全是从现实中自我的真实感受出发，从最直接的人生体验出发的。尽管在现实生活中所感受到的孤独、寂寞和忧愁，可能是无可名状的，是一种难以忍受的无奈。一旦拿起笔来，她们内心的感受却化作了具体可感的形象，化作了富有美感的画面。那种深深的情感体验隐藏在那些形象后面，而这些具体可感的形象，无一不具有女性审美的特质：阴柔，温婉，缠绵，伤感，梦幻……在所有红颜词人中，李清照的词显得格外亮眼，她书写离愁别恨的清婉柔美之作有很多，写得格外唯美精致，也写得格外深婉动人。

王灼《碧鸡漫志》云：“易安作长短句，能曲折尽人意，轻巧尖新，姿态百出。”

隔着千年的时光，隔着美丽玲珑的文字，我注视着她，和她那些阴柔而美丽的文字，始终让人沉醉，让人媚惑和痴迷。醒时独对烛花红，日夜的思念与等待，何日是尽头？“此情无计可消除，才下眉头却上心头。”这份滴着血的相思落进浓墨里，溶进生命里，直至升华成最深的情感，书与一方纸上，流芳百世，装进史册。

七夕相思：霎儿晴，霎儿雨，霎儿风

草际鸣蛩，惊落梧桐，正人间、天上愁浓。云阶月地，关锁千重。纵浮槎来，浮槎去，不相逢。

星桥鹊驾，经年才见，想离情、别恨难穷。牵牛织女，莫是离中。甚霎儿晴，霎儿雨，霎儿风。

——《行香子》

李清照这首《行香子》题作“七夕”。一个夜深露重的秋夜，李清照独自一人拿着轻罗小扇坐在庭院里，怀着心事仰望着天上的银河。这时只听得“草际鸣蛩，惊落梧桐”。七夕之夜是那么幽静，草丛中蟋蟀叫声格外清晰，连梧桐的叶子都被惊得飘落下来。这种寥落空旷的天籁之声让心头平添一份萧索和寂寞。万籁俱静，蛩声凄切，正是她内心孤寂之情的流露，从而引出了“正人间、天上愁浓”。这个时候，不管是红尘人间，还是天上仙界都是离愁正浓的时刻，浓浓愁意笼罩了天地万物。这一句写得汗漫浩茫，包容天地。

“云阶月地，关锁千重”，以云为阶，以月作地，唐代杜牧《七夕》诗：“云阶月地一相过，未抵经年别恨多。”平日里“关锁千重”，情侣天各一方，正是“盈盈一水间，脉脉不得语”。“甚霎儿晴，霎儿雨，霎儿风。”天这么一会儿晴，一会儿雨，一会儿又刮风，人间阴晴风雨变化不定，总是让天上牛郎织女和人间夫妻的团聚带来重重阻挠，将有情人相隔一方。

据专门研究李清照的学者陈祖美分析，这首词也许正作于崇宁三、四年间（1104 年—1105 年），而李清照夫妇也正是“云阶月地，关锁千重”。

自宋神宗时起用王安石变法以来，新旧党争水火不容。朝廷内部激烈的新旧党争把李家卷了进去。李清照出嫁后的第二年，也就是宋

徽宗崇宁元年（1102年）七月，北宋朝廷中新党与旧党之争发生了有名的“元祐党人碑”事件。李清照的父亲李格非因为是旧党“苏门后四学士”之一而被列入“元祐”党籍。李格非与苏轼的渊源自不必说，李清照从小对苏轼诗文也是耳熟能详。

宋徽宗崇宁元年（1102年），新党代表人物蔡京任右相，极力打压包括苏门弟子在内的元佑一朝旧党人氏。李格非被列入元祐党籍，被列入这一党籍的有十七名，均不得在京城任职，李格非名在第五，遂被降职为京东提刑，不得在京城任职。九月，宋徽宗亲手书写元祐党人名单，刻石碑立于端礼门，共120人，李格非在余官第26名，罢其提点京东刑狱，并逐出了京城。

而同一年的六月，属新党中坚的赵明诚之父赵挺之却一路升迁，晋封尚书左丞，擢升宰相，赵挺之“排击元祐诸人不遗力”。

夫家娘家，一荣一枯，李清照初尝现实的残酷和人情冷暖。赵挺之平时与苏门中人有罅隙，对亲家李格非遭受的迫害无动于衷，这使得李清照非常气愤。

为救父之危难，李清照曾上诗公公赵挺之求援。对此，张尝谓：“（文叔女上诗赵挺之）救其父云：‘何况人间父子情’，识者哀之。”（《洛阳名园记》序）然而，大概事涉敏感，情况复杂，公公有些为难，并没有伸出援手。

李清照非常伤心失望。晁公武亦云：“（格非女）有才藻名，其舅正夫（挺之字）相徽宗朝，李氏尝献诗云：‘炙手可热心可寒’。”（《郡斋读书志》）可惜均未奏效。

当时，李清照闯进了公公的书房，对公公站在蔡京一面表示出反感与不屑，强烈希望公公顾及人间父子情，不要做让人心寒的事情。当然这次的劝诫和恳求，并没有成效。李格非一家，依然面临被罢官免职，遣送回籍的惩处。宋朝对于女人来说，是最倒霉的一个时代，脱离了大唐的丰满富丽与恣意，也没有汉时的淡定平和，宋代礼教森严，尤其是对于女人来说，穿衣服都是层层叠叠，领子一直束到脖颈，规矩又严又多，如像唐朝那样坦胸露肩是不可想象的。所以，儿媳这样跟公公说话，简直是犯大忌。为维护自己的娘家，她全然无惧，这次勇敢觐见公公，是李清照第一次真性情的流露。

被罢官后的李格非，只得携眷回到原籍明水。

这一次政治风暴，改变了许多人的命运，包括李清照一家、大名鼎鼎的苏轼、才子秦观。后来，演变成了蔡京清除异己的手段，但是宋徽宗昏庸，听之任之。此一事，大批良臣离散，以至于后来徽、钦二帝被掳。

元祐党人案也成为北宋治乱存亡之所关。

红酥肯放琼苞碎，探著南枝开遍未。
不知酝藉几多香，但见包藏无限意。
道人憔悴春窗底，闷损阑干愁不倚。
要来小酌便来休，未必明朝风不起。

——《玉楼春·红梅》

李清照与赵明诚在青州隐居十年之久，过着平静而充实的生活。约在政和十年前后，赵明诚又被朝廷重新起用，先后担任莱州和淄州的郡守。

于是，李清照又开始了独守空闺的生活。陪伴她的，只有那些美丽而寂寞的花儿。其中就有她最爱的梅花。

你看那枝头的梅花苞红润如酥，晶莹似玉，岂肯随意开放？只怕那岭南早梅如今已经开遍了山山岭岭。不知那花苞里酝酿了几多馨香，只见那花中包藏了无限情意。春天的窗栊下，那看花人却一脸憔悴，连阑干都无心去倚。想要来饮酒赏梅的话便来吧，等到明天说不定要起风了呢！

岭南的早梅想必已是漫山遍野，而她眼前的红梅却含情未吐，迟迟不开，让人想象它开放后的扑鼻馨香，想象它的矜贵与美好。同时，也让人猜度它在等待什么。

然而，窗前看花人却是愁容满面，慵懒得无心倚栏。她为什么会如此闷闷不乐，一脸憔悴呢？她看着那些花儿想，算了，要对花小酌就快点来吧，造化弄人，良辰难再，美景无多！此时的红梅花儿正在开着，未必明天就不会风雨袭来，摧花折树。到那时红消香断，什么

都没有了，岂不徒然令人悲哀！

夫家娘家，一荣一枯，李清照初尝现实的残酷和人情冷暖。这首词应是写于这一时期。李清照的忧患意识常常通过风雨摧花的意象表现出来。早期词《如梦令》中的海棠花经过雨疏风骤之后，就有绿肥红瘦的忧思；《浣溪沙》中有“细风吹雨弄轻阴，梨花欲谢恐难禁”的叹息；《多丽·咏白菊》中有“恨萧萧、无情风雨，夜来揉损琼肌”的怨嗔。她晚年词的代表作《永遇乐》，在“染柳烟浓，吹梅笛怨”的盎然春意中，想到的也仍是“次第岂无风雨”。心思细敏的女人常这样，每当花朵开放时，常常就会想到它的凋落，想到那些随时可能降临的风风雨雨，担心世间美好的东西消逝得太早、太匆匆！这不禁让人想起《红楼梦》里的某些相似情境“悲凉之雾，被遍华林”，呼吸领会者有谁?

清人朱彝尊在《静思居词话》评论这首词：“咏物诗最难工，而梅尤不易……李易安词‘要来小酌便来休，未必明朝风不起’。皆得此花之神。”

朝廷党争愈演愈烈，李格非“元祐党人”的罪名竟株连到李清照。崇宁二年（1103 年）九月，朝廷颁布诏令，元祐党人子弟一律不得留京为官，悉数迁往外地。又诏:“宗室不得与元祐奸党子孙为婚姻。”(《宋史》卷十九《徽宗本纪》）崇宁三年（1104 年），“夏，四月，甲辰朔，尚书省勘会党人子弟，不问有官无官，并令在外居住，不得擅自到阙下。”（《续资治通鉴》卷八十八）李清照因为得罪了权倾天下的公公，被公公以犯官之女的名义撵出了赵家。

这时的赵明诚与李清照就像莎士比亚笔下的罗密欧与朱丽叶，因为父辈原因不得不暂时分开了。至此，李清照与赵明诚这对原本恩爱的夫妻，不仅面临被拆散的危险，而且偌大的汴京，已经没有了李清照的立锥之地，不得不只身离京回到原籍，去投奔先行被遣归的家人。

根据朝廷诏令，李清照随父亲兄弟等人回到了原籍明水，造成了李清照与赵明诚夫妻分居两地。作为一个出嫁仅一年、年仅十九岁的女孩子，京城的夫家已没有了她的立足之地。处境该是多么的难堪?心情是怎样的沉郁？到了七月初七这天，夜风凉，秋露重，鬓发飞扬。

她翘首凝望那美丽的星空，想那天上的牛郎织女哪怕被一道天河隔断，每年总有相聚的时刻。而这一次分别不比以往，自己这初嫁之身还能与夫君重新团圆吗？在才华与名气的背后，在那些曾经自信骄傲的神情背后，这位大才女的内心其实是如此脆弱，如此惧怕孤独。庭院如囚，愁绪重重，生命中那些孤独而寒冷的日子像蛇一样噬咬着她那颗格外敏感的心。抛开那些大家闺秀、才女、词人的光环，作为一个纯粹意义上的女人，她其实更渴望有一个温暖的怀抱，有一个温馨的家，渴望拥有一个男人最真挚、最纯粹的爱。这位宋朝红颜女子的生命其实离不开爱情的滋润，离不开她深深爱着的夫君。一个女人所具有的全部弱点，她其实都有。而这正好说明，她的心灵和人格是正常的，具有一个正常女人全部的、健康的人性需求。

易安居士归来堂

风云变幻，世事变幻莫测。崇宁四年（1105 年）暮春，赵挺之仕出尚书右仆射兼中书侍郎。六月，“（因）与（蔡）京争权，屡陈其奸恶，且请去位避之”，遂引疾乞罢右仆射（《宋史·赵挺之传》）。仅仅过了半年多，崇宁五年（1106 年）二月，蔡京罢相，赵挺之复授尚书右仆射兼中书侍郎。与此同时，朝廷毁“元祐党人碑”，继而大赦天下，解除一切党人之禁，李格非等“并令吏部与监庙差遣”（《续资治通鉴拾补》卷二十六），李清照也得以返归汴京与赵明诚团聚。但是，宋徽宗大观元年（1107 年）正月，蔡京又复相，无情的政治灾难又降到了赵氏一家头上。三月，赵挺之被罢右仆射后五日病卒。他死后仅三天，即被蔡京诬陷。家产被查封，儿子赵明诚也被罢免官职。家属、亲戚在京者被捕入狱，因无事实，七月狱具，不久即获释。但赵挺之赠官却被追夺，其子的荫封之官亦因而丢失，赵家亦难以继续留居京师。

父死家败，赵明诚心寒已极，与李清照离开汴京，回到赵明诚的故乡青州（今山东青州）赵氏故里，屏居十年。

在乱世中，青州犹如世外桃源，风景清幽，十分适合才子佳人居住，

这里装载了李清照和赵明诚完美的爱情。

李清照随赵氏一家回到在青州的私第，开始了屏居乡里的生活，过了十年煮酒猜茶、踏雪寻梅的好时光。那是快乐的十年，两人收集文物、潜心著书，人世的纷纷扰扰离他们很远很远。

李清照、赵明诚屏居青州，始于宋徽宗大观元年（1107 年）秋。第二年，李清照二十五岁，给居处命名为“归来堂”，“归来堂”取义于陶渊明《归去来兮辞》。自号“易安居士”，居住的屋子，叫易安居。

李清照没想到因祸得福，非常开心。易安居是一辈子不可复制的美居，那里收藏了她这一生的最美好和最甜蜜。

这个时候，曾对清照极为称赏的文学家晁补之，也与李清照之父同以党籍罢官归隐，自号“归来子”。晁补之在故乡缗城（今山东金乡）修“归去来园”，园中的堂、亭、轩皆以《归去来兮辞》中之词语命名。李清照、赵明诚以“归来堂”名其书房，也是出于对晁补之的仰慕，步其后而模仿之。《归去来兮辞》中有“倚南窗以寄傲，审容膝之易安”句，李清照自号“易安居士”，也取其中之雅意。

赵明诚性情淡泊，屏居乡里后，更加潜心于金石书画的搜求研究，家中原有的一点积蓄，除了衣食所需之外，几乎全用于搜求书画古器。前几年赵明诚刚出仕时，就对李清照说过：“宁愿饭蔬衣简，亦当穷遇方绝域，尽天下古文奇字。”李清照深深理解丈夫的志趣，把他这种爱好，比作杜预的“左传”癖和王维的“书画”癖。李清照千方百计宿减衣食的支出，自己以荆钗布裙，代替了明珠翠羽，而每得一帖罕见的古书、名画或彝鼎金石，夫妇二人便共同校勘、鉴赏、整集签题，指摘瑕疵，其乐融融。李清照在史事上的博闻强记，甚至超过赵明诚，令赵明诚赞叹不已，欢喜不已。他们还将节余的钱财建造了藏书的房舍，利用业余时间在古籍碑刻里大量寻觅可以收藏的典籍。

在“归来堂”中，李清照与赵明诚虽然失掉了昔日京师丞相府中的优裕生活，然而却得到了居于乡里平静安宁的无限乐趣。他们相互支持，研文治学创作；他们节衣缩食，搜求金石古籍，度过了一段平生少有的和美日月。在《金石录后序》中，李清照对此作了较为详尽的叙述：

后屏居乡里十年，仰取俯拾，衣食有余。连守两郡，竭其俸入，以事铅椠。每获一书，即同共勘校，整集签题。得书、画、彝、鼎，亦摩玩舒卷，指摘疵病，夜尽一烛为率。故能纸札精致，字画完整，冠诸收书家。

青州古城是古代齐国的腹心地区，是古老的文物之邦，丰碑巨碣、三代古器，时有出土。赵明诚夫妇在当地收集到《东魏张烈碑》、《北齐临淮王像碑》、唐代李邕撰书《大云寺禅院碑》等一大批石刻资料。益都出土的有铭古戟，昌乐丹水岸出土的古觚、古爵，陆续成为他们的宝藏。

赌书空忆泼茶时

李清照记忆里还有一桩近乎游戏的雅事，就是“赌书泼茶”。李清照在《金石录后序》回忆：

余性偶强记，每饭罢，坐归来堂，烹茶，指堆积书史，言某事在某书、某卷、第几页、第几行，以中否，角胜负，为饮茶先后。中，即举杯大笑，至茶倾覆怀中，反不得饮而起，甘心老是乡矣！故虽处忧患困穷，而志不屈。

归来堂上，编校鉴赏间隙，他俩还会玩起博闻强记的游戏。暂时放下毛笔的他们，各自捧一盏清茶在藏书前闲坐，其中一方在堆积如山的典籍中随手抽一本，背出其中的某些条律典故，再说出这些典故载于书上的哪卷、哪页和哪行，另一方则根据对方的表述，现场辨别对错。若错了，就罚输家饮茶。

李清照天赋极高，记忆力惊人。所以，她特别喜欢与丈夫猜典饮茶。每次饭后，两人都到屋里一起烹茶，就用比赛的方式决定谁先饮茶。一人问某典故是出自哪本书哪一卷的第几页第几行，对方答中先喝。可是，赢者往往因为太过开心，反而将茶水洒了一身，茶香四溢。读书本已是雅事，二人更用“赌书”增添生活情趣，即使不慎将茶洒了，

仍然兴致不减，余下满身清香。由此可见，这对夫妇间的恩爱美满和高雅情趣。

在李清照后，“赌书泼茶”遂成典故。千年之后，依旧能闻见缕缕茶香，易安茶覆怀中的音容笑貌如在眼前。

这段雅事佳话为后世文人所神往。清代诗人陈文述《题〈漱玉词〉》中就不无羡慕地吟咏道：“桐荫闲话芝芙梦，第一消魂是斗茶。”此事尽显出文人雅趣，也足见两人的淳朴心性。其实女人期待的是一份平静如水的日子，愿得一人心，白首不分离。只要两人情深，纵使生活在山野之处又有何怅恨。名与利都可以不顾，惟愿执手度过一生，李清照与赵明诚在青州的这十年简单时光足以羡煞世人。这十年，李清照不仅仅是一个才女，更是一个娇俏的小妻子，一个会调情的小女人，所以在那个男权胜天的时代，赵明诚和李清照一直平等对话。

清朝词人纳兰容若写下了一首《浣溪沙》纪念自己深爱的亡妻卢氏：

谁念西风独自凉，萧萧黄叶闭疏窗，沉思往事立残阳。

被酒莫惊春睡重，赌书消得泼茶香，当时只道是寻常。

其中的“被酒莫惊春睡重，赌书消得泼茶香”，显然是有感于李清照、赵明诚夫妇的伉俪情深。

李清照与赵明诚既是恩爱的夫妻，也是心心相通的知己，志趣相投的亲密朋友。哪怕在生活比较拮据的那些日子，他们两人以诗佐酒、把玩金石，“夫妇擅朋友之胜”，生活得好似“葛天氏之民”，单纯而快乐。葛天氏是上古部落传说中的酋长，相传是发明葛织布的人。他治下的部落百姓生活淳朴而自在。这里，李清照比喻夫妻淡泊却脱俗的生活状态正是所谓的：人生得一知己足矣，夫复何求？

很多年以后，李清照接连遭遇了国破流离、丧夫离异、孤苦漂泊等人世沧桑与悲苦，回忆起这段韶华时光，仍然是那么眷恋，那么一往情深：“甘心老是乡矣！”幸福也许可以在诗词中定格，生命却抵不过时光的磨砺。李清照的爱情在那个压抑的时代呈现出少见的和美，可谓幸福。然而这份幸福亦被乱世的生离死别剪辑成破碎的镜头：温情、缠绵、缱绻，牵念、回味、期盼，爱、思、怨，伤、泪、愁……短暂的幸福占据了镜头的中心，细琐的情绪散落其间却又无力挣脱，所有的悲喜都是幸福的影子。

赌书空忆泼茶时，铁马敲风乱入诗。
青女不谙霜雪苦，忍将剩冷锁残枝。

——林黛玉《十独吟》

请注意，《红楼梦》中黛玉生命最后一段时间里所作的十独诗中关于李清照的一首，便用了这个典故，以表现他们的伉俪情深。

海棠开后，正是伤春时节

后来，赵明诚离开了他们共同生活十年之久的“归来堂”，重返汴京。宋徽宗宣和三年（1121 年），李清照三十八岁。春、夏两季仍在青州。但赵明诚不久就到莱州上任了。开始李清照并未同行，至秋八月，清照才由青州赴莱州。在莱州期间，李清照继续帮助赵明诚辑集整理《金石录》，且“装卷初就，芸签缥带，束十卷为一帙。每日晚更散，辄校勘二卷，跋题一卷”（《金石录后序》）。

香冷金猊，被翻红浪，起来慵自梳头。
任宝奁尘满，日上帘钩。
生怕离怀别苦，多少事，欲说还休。
新来瘦，非干病酒，不是悲秋。
休休！这回去也，千万遍《阳关》，也则难留。
念武陵人远，烟锁秦楼。
惟有楼前流水，应念我、终日凝眸。
凝眸处，从今又添，一段新愁。

——《凤凰台上忆吹箫》

这是一首值得细细品味的词，它透露了李清照内心深处某些不愿为外人道的伤痛。劳烦与琐屑，也有内心深处的潮起潮落。

“香冷金猊，被翻红浪，起来慵自梳头。”一夜过去，狻猊（狮子）

形铜香炉里的香已经熄灭冷却了。一个“冷”字似乎预示了词人的心情与思绪。锦被随意地在床上波纹起伏，恍似卷起层层红浪，形容慵懒得无心叠被。词中的女子起床后慵懒地、慢慢地梳理着头发。“任宝奁尘满，日上帘钩。”她任那梳妆镜奁上布满灰尘，却也无心去擦拭，任那升起来的日影照上了帘钩，她也只是懒懒地、无语地怅望。这几句中的意象为全词定下了一种慵懒怅然、百无聊赖的情绪基调。让人想起温庭筠《菩萨蛮》里的两句：“懒起画蛾眉，弄妆梳洗迟。”柳永《定风波》也有类似描述：“日上花梢，莺穿柳带，犹压香衾卧。暖酥消，腻云亸，终日厌厌倦梳裹。”写的也是这样一位处于相思痛苦中而慵懒不愿起床，不愿梳妆的女子。

“生怕离怀别苦，多少事，欲说还休。”这三句开始吐露心曲。她已经对离别之苦之痛产生了畏惧。心中纵有千言万语，却话到嘴边又咽下。她心中有许多的委屈和苦恼，想对人倾诉，却又无从启齿。到此，词意又多了一个转折，心中愁苦更深更浓。

“新来瘦，非干病酒，不是悲秋。”她最近又消瘦了，但这与病和酒都没关系，也不是秋天来了所致。在古人印象中，“日日花前常病酒，不辞镜里朱颜瘦。”（冯延巳《鹊踏枝》）可令人消瘦，“万里悲秋长作客，百年多病独登台。”（杜甫《登高》）也会让人朱颜清减，而自己为何消瘦呢？成日里心事重重，愁意郁结，焉得不瘦？

“休休！这回去也，千万遍《阳关》，也则难留。”罢了罢了，这回你要走，即使唱千万遍《阳关三叠》，也终是难留。“念武陵人远，烟锁秦楼”，南朝宋刘义庆《幽明录》记载的刘晨、阮肇二人在天台山遇仙女同居的典故，后来刘阮二人谢绝了仙女一再挽留的好意，回到了家乡。李清照这里是心爱之人像刘、阮两人一样难留。“惟有楼前流水，应念我、终日凝眸。凝眸处，从今又添，一段新愁。”那“武陵人”越去越远了，人影消失在迷蒙的雾霭之中，李清照一个人在“秦楼”默默凝望。她心中有千般滋味无人理解。惟有楼前流水，映出自己终日倚楼的身影。

这首词作于夫君赵明诚离家远赴莱州、缁州任职，李清照一人独居青州。夫君啊，你渐行渐远的脚步声，似乎还回荡在耳边。望尽天涯路，也终究只是“过尽千帆皆不是，余晖脉脉水悠悠”。细读这首词，常常感到一种入骨的缠绵和忧伤。不仅仅是词的开篇就有失落与离愁情绪和意象的铺陈与渲染，词中更多的是一种幽幽咽咽的悲怨与缠绵。清人陈焯评说：“此种笔墨，不减柳永、晏几道，而清俊疏朗过之。婉转曲折，余韵尤胜。”张祖望说：“词虽小道，第一要辨雅俗。结构天成，而中有艳语、隽语、奇语、豪语、苦语、痴语，没要紧语，如巧匠运斤，毫无痕迹，方称妙手。古词中如：惟有楼前流水，应念我、终日凝眸。——痴语也。”《草堂诗馀隽》中称此词：“写其一腔临别心神，新瘦新愁，真如秦女楼头，声声有和鸣之奏。”此词称得上李清照前期的代表作。

宣和七年（1125 年），李清照四十二岁，赵明诚改守淄州。赵明诚曾得唐代白居易所书《楞严经》与李清照共赏。宋钦宗靖康元年（1126 年），李清照四十三岁，仍随赵明诚居淄州。是年，赵明诚因平定地方逃兵扰乱有功转一官。

颠沛流离

宋钦宗靖康二年、高宗建炎元年（1127 年），李清照四十四岁，此时赵明诚与李清照结婚二十六年了。二十六年来，政局一直处在急剧的变化和动荡之中。宋徽宗是一个有艺术才华的皇帝，除了笃信道教外，还擅长书、画、乐、舞，喜欢醇酒、美人。精神上的奢华，必须有物质上的奢靡做后盾，于是蔡京专门派人到全国各地搜罗名花、奇石、佳树、珍玩运到京都，供他观赏。运送这些花石树木的车船，便称为“花石纲”。“花石纲”所经之处，民夫猬集，钱谷一空。徽宗又在都城内兴建祭祀用的“明堂”，安放九鼎用的“九成宫”和供游赏的“延福宫”，穷极奢丽，激起各地起义。

北宋王朝经过一百六十七年“清明上河图”式的和平繁荣之后，随着金军南下，这个北方的游牧民族一锤子砸烂了都城汴京（开封）的琼楼玉苑，还掠走了徽、钦二帝，北宋灭亡，史称“靖康之变”。

赵宋王朝宗室于公元1127年匆匆南逃，开始了中国历史上极屈辱的一页。五月，康王赵构即位于南京应天府（今河南商丘），改元建炎，是为高宗，南宋开始。赵构成了南宋的第一个皇帝。

是年三月，赵明诚因母亲郭氏在江宁（今南京市）病逝，他简易收拾了行装，便告别了李清照，匆匆南下，去为母亲守孝。八月，他任江宁知府，兼江东经制副使。

北方局势愈来愈紧张，李清照着手整理遴选收藏，准备南下："既长物不能尽载，乃先去书之重大印本者，又去画之多幅者，又去古器之无款识者。后又去书之监本者，画之平常者，器之重大者。凡屡减去，尚载书十五车，至东海，连舻渡淮，又渡江，至建康。"（《金石录后序》）

北宋灭亡不久，金兵攻破山东，李清照、赵明诚将大部分文物藏在青州故第，锁了十几间屋，南逃至建康（今江苏南京），希望第二年回来用船运走。不料当年十二月，青州兵变，杀郡守曾孝序，金兵攻陷青州。李清照在《金石录后序》中曾这样记载此事："青州故第，尚锁书册用屋十余间，期明年再具舟载之。十二月，金人陷青州。"此处文字因在传抄中或夺或衍而臻误，史实应为"青州兵变"。在此次劫难中，李清照与赵明诚在青州剩余的书册、连同装满文物的十几间房屋被焚毁。

当李清照押运十五车书籍器物，行至镇江时，正遇张遇陷镇江府，镇江守臣钱伯言弃城而去（《续资治通鉴》卷一百零一），而李清照却以其大智大勇在兵荒马乱中将这批稀世文物，于建炎二年（1128年）春押抵江宁府。

慷慨悲歌：生当作人杰

梅花是清照的最爱。梅花在我们传统文化中不同于一般花卉，有着十分特殊的意义。有趣的是，金人侵入北宋京都后，李清照南渡流落江南。

李清照到了江宁后，逢下雪的日子，她必登城远览以寻诗。《清波杂志》卷八云："倾见易安族人言，明诚在建康日，易安每值天大雪，即顶笠披蓑，循城远览以寻诗。得句必邀其夫赓和，明诚每苦之也。"

但是，那个时候的李清照眼中"风景不殊，自有山河之异"，恐怕不仅仅是像孟浩然那样去寻找诗思雅趣了。风雪之中的江山，冰霜覆压之下的冷梅，传递了"国破山河在"的黯然神伤。而终不免花开花谢，片片飘零，辗作尘，归于土，这是怎样一种令人惊心的红颜劫！

以宋高宗为首的妥协投降派，借口时世危艰，拒绝主战派北进中原，一味言和苟安。李清照对此十分不满，屡次写诗讽刺，曾有"南来尚怯吴江冷，北狩应悲易水寒"、"南渡衣冠少王导，北来消息欠刘琨"之句。

春城草木，岁岁枯荣。南渡第二年，赵明诚被任为京城建康的知府，不想就在这时发生了一件国耻又蒙家羞的事。一天深夜，城里发生叛乱，身为地方长官的赵明诚不是身先士卒指挥战乱，而是偷偷用绳子缒城逃走。是的，那一夜，京城内乱，作为一城之主，他终究没有将这一城山水，一肩担起，也不曾身先士卒指挥战乱，反而弃城逃走。

事定之后，赵明诚被朝廷撤职。李清照这个柔弱女子，在这件事上却表现出大节大义，很为丈夫临阵脱逃而羞愧。是的，她震惊无比，失望无比！本以为，夫君风流倜傥，铁骨铮铮。本以为，夫君怀济世之才，满腔热血，胸怀韬略。结果此时，他竟猥琐至此。她竟错看了他。彼时，露宿山川，酒一壶，风月在壶外，人生在酒内。举杯笑谈，良辰美景。谁曾想，世事竟这般轮转。他青衣依旧，却是那般的陌生。她知道，这一刻起，她与他之间纯美的爱情已萧萧落尽。

建炎三年（1129年）二月，赵明诚被撤职。三月，夫妇二人继续沿长江而上向江西方向流亡，一路难免有点别扭，略失往昔的鱼水之和。"具舟上芜湖，入姑孰，将卜居赣水上"（《金石录后序》）。当舟行至乌江镇时，李清照得知这就是当年项羽兵败自刎之处，不觉心潮起伏，一如雨疏风骤，一如江水滔滔。堂堂中国，煌煌华夏，自古不乏英雄豪杰。望帝怀念故国，化作子规，啼血哀鸣，漫山遍野的杜鹃就是他满腔碧血的演化；楚霸王逐鹿败北，无颜见江东父老，宁肯一死以谢天下。枢相李纲以文臣而兼武事，受命于危难之际；宗泽宗留

守以孤军扼守危城，弥留之际高呼渡河；年轻的太学生陈东以书生之柔弱而赴国难，几次伏阙上书，终致被朝廷斩首。丹心碧血，浩气长存。而与之形成鲜明对比的是那些弃天下百姓于不顾，苟且偷生，偏安一隅的人。

于是，这些忠肝义胆之士的气节激励着她，在孱弱而颓废的南宋时代，一位弱女子却发出了如此强音：

生当作人杰，死亦为鬼雄。

至今思项羽，不肯过江东。

李清照，志向如山，在巍峨屹立中，坚强豁达的心豪迈而热烈。“生当作人杰，死亦为鬼雄。”国破家亡，奋笔疾书在婉约迤逦的心绪中，迸发出强烈的感叹。在滔滔乌江畔，仰天一笑，生当是顶天立地，为国为民捍卫尊严与主权，亡也要做鬼中英雄。苟且于世，贪生怕死的南宋君王，不顾百姓颠沛流离，自顾自逃亡，令人嗤之以鼻。诗句荡气回肠，千古萦绕。把豪壮聚成坚硬的犁铧，在女儿柔弱的臂腕上，犁出金戈铁马的豪壮。此时，李清照是大漠边关的勇士，怒目北望，一腔悲愤直冲青天。谁还说李清照只是闲愁无数的弱女子？这样掷地有声的诗行，不让铁骨男儿！

赵明诚在她身后听着这一字一句的金石之声，面有愧色。

面对霸王拜别虞姬自刎之地，朔风如刀，将乌江亭边的故事刮得嗖嗖作响，将她的心事撩拨地体无完肤。她随丈夫南下，不为其他，只为昔年的举案齐眉。她曾想，此一生只要与他相随，即便半世飘零，她亦不悔。不曾想，万里河山被异族践踏之际，他却躲在了马蹄风声之后，弃城内千千万万生命于不顾。乱石穿空，长歌当哭。她爱他，她知道。可她要的，却不是乱世风烟里的情爱厮守，更不是个人的畏缩苟安。自国破家亡，他便不只是她的夫，更是执掌大宋一方平安的摆渡者，她愿意陪他一生戎马，征战终老，保一方百姓安好。生当作人杰啊，至于其他，便是手边的一抹花香，玉指轻弹，便散若云烟。

月华如霜，此刻的心事，岂止是失望二字能概括的了。长长的尘世，如折翅的蝴蝶般，一蹶不振。

我可以肯定地说，如果楚霸王生在宋代，李清照一定会爱上他。靖康之乱时，堂堂大宋王朝的后宫三千佳丽和千万民间女子尽被异族掳掠而去，大好河山连同汉家女儿多被玷污被侮辱。而如李清照这样美丽如花、才情惊世的绝代红颜在离乱之中的辗转流离令人怜惜，从此她注定是一位要在兵荒马乱、家碎国破中度过一生的乱世佳人了。

恍然间，似时光逆流，轮回的彼岸，那柔弱的身影依然清晰，朦胧的月光凄美了憔悴的容颜，一如美丽的烟花，摇曳后化作尘埃，而此岸的你我是否还能感知她的忧伤？“莫道不消魂，帘卷西风，人比黄花瘦。”就是这样一个看似伤春悲秋，看似闺怨闲愁的羸弱女子，却胸怀一腔“虽处忧患穷困而志不屈”的凌云情怀，写下了“生当作人杰，死亦为鬼雄”的经典豪言！

天人两隔赵明诚：抛舍爱妻，绝尘而去

李清照在《金石录后序》里说，出知建康第二年春，建炎三年（1129年）五月，她和赵明诚乘舟上芜湖，将要前往赣江，走到池阳（今安徽池州）接到圣旨，赵明诚被召回京复职。六月十三日，独往面圣的赵明诚归来，当时李清照在船上，她描述夫君“坐岸上，葛衣岸巾，精神如虎，目光烂烂射人，望舟中告别”。

我仿佛看见易安望向爱人的眼神，温暖殷切，脸上有夏日阳光的阴影。

李清照说自己“余意甚恶”，呼问：“如传闻城中缓急，奈何？”赵明诚遥应：“从众。必不得已，先弃辎重，次衣被，次书册卷轴，次古器。独所谓宗器者，可自负抱，与身俱存亡，勿忘之！”她可知道，这句话已经是遗言。绝尘而去的赵明诚，命不久矣。

至池阳（今安徽贵池），赵明诚被旨知，升至湖州知府。不幸的是，在赴任的途中，冒暑奔驰的赵明诚因水土不服、气候不适，病倒在建康。七月末，书童赶回报信，李清照判断赵明诚是中暑，必服寒药，赵明诚体质却不适合寒药。李清照心急如焚，日夜行三百里，结果赶

到时还是晚了，赵明诚果然大服柴胡、黄芩等寒药，因为他急于退烧，所以用了大量的寒药急攻。

可是，大量的柴胡、黄芩等非但没有令赵明诚的病情有所好转，反而带来了痢疾，仅十天光景，原本高大、健硕的赵明诚就病入膏肓，竟于八月十八日卒于建康。

《金石录后序》载："余悲泣，仓皇不忍问后事。八月十八日，遂不起，取笔作诗，绝笔而终，殊无分香卖履之意。"那年李清照四十六岁，其词风的转变应是从这一天开始。

弥留之际，赵明诚也曾试图为李清照留下最后的只言片语。可是他已病入膏肓，连说话的力气都没有了，在无力的颤抖中，年仅四十九岁的赵明诚便在满眼凄离的痛苦中溘然长逝，丢下了嚎哭不已的李清照。没有人知道他弃城而去之后，心内堆积了多少的自责与悔恨；也没有人知道，他忧愤而死，有多少是因为她与他之间的爱不再有转圜。唯一能肯定的是，她一生的爱情，终结在他南逃的夜晚。在那个得与失的渡口，这名叫易安的女子，以一曲清词，在她与他之间划开了一块寂冷的沙洲。

曾几何时，他们的结合，羡煞时人，才子美人，佳偶天成。他是太学生，与她门当户对，情投意合。郎作秀口吟，妾写锦心词，共同爱好金石、喜诗词，她与他的婚姻幸福得如同花间溢出的蜜，绵甜而温馨。

清词阙阙，将时光缓缓地漾开，晓风疏月，垂柳如丝。《一剪梅》《小重山》《醉花阴》《声声慢》……长夜如磐，浓浓的墨香携着柔情并入词章。那时，荷香阵阵，粉藕未成，桌上，一灯如豆，她正当青春。两个人对酌，一杯一杯复一杯，是在太白诗集的哪卷哪行。猜对者，方能饮茶。

庭院深深，倚窗同坐，青铜玉鼎，香烟袅袅，无数个午后，他们将时光交付在书房，抑或柳荫花影下。

她猜对了，他也对了，举杯畅怀大笑，情正浓，意正融，茶倾覆于怀中，亦不曾察觉，那时他们满眼都是春天，这样赌书泼茶满屋香的日子里，把快乐穿梭成她笔下浓浓淡淡的墨香。陌上花开，携手同游，绵绵长长的时光中，她婉约立于那些长长短短的句子上。

之后，她与他之间的姻缘，因着山河沦陷，因着边关告急而转折起落，她眉眼里的清冷与萧瑟，是梧桐更兼细雨时的感伤。

许多年之后，岁月流逝成东去的逝水，烟波里的故事却在水面翻腾不已。人们都还记得她的名字，说起千年前曾有一个叫易安的女子，她的才情，她的诗意，她与一个叫赵明诚的男子之间赌书泼茶，兴尽舟晚回的惬意。可又有谁读出，这惬意之后的无奈与清寂。

初秋的风，自远处池塘捎来几许花香，那是荷的香味，她与他曾一起赏过。那年，满池莲花次第开放，粉白之间，他轻摇小舟，鸥鹭频频惊起，给夏夜更添了几分生动，闭上眼，依稀瞧见被风浮起的那年的衣角。没有人，能理清她的心事，她的诗亦是不能。或许，她也不想叫旁人知道，聪慧如他，终也负了她，这世间，还有旁人能懂她爱她吗？

孤雁儿李清照

赵明诚卒后，李清照为文祭之，文曰："白日正中，叹庞翁之机捷；坚城自堕，怜杞妇之悲深。"（谢《四六谈麈》卷一）

葬毕赵明诚，李清照大病一场。赵明诚死了，李清照的爱情与希望跟着死去，她多么渴望追到赵明诚九泉之下，然而她还必须活着。她哀怨而失神的目光投射在床头一卷卷书册上，为赵明诚整理他所写的有关为金石彝器考证的文章，纪念他们夫妇两人二十九年来共同走过的情感，这成为她执着的信念。

由于赵明诚的突然离世，无数双贪婪的眼睛，盯上了他们收藏的金石书画。果然没多久，伺机而动的贼人趁深夜李清照熟睡之时，将她大箱小箱收藏的文物偷走大半。

藤床纸帐朝眠起，说不尽、无佳思。
沈香断续玉炉寒，伴我情怀如水。

笛里三弄，梅心惊破，多少春情意。
小风疏雨萧萧地，又催下、千行泪。
吹箫人去玉楼空，肠断与谁同倚？
一枝折得，人间天上，没个人堪寄。

——《孤雁儿》

藤制床和梅花纸帐还在，明诚却不见了。早上起床后，孤单的我说不尽的相思。沉香烟断，玉炉也冰冷，我思念的情怀就像水一样，潺潺流过。“笛声三弄，不交一言”，却可以相知相爱心相通。可是如今，我们天人永隔，梅的心“惊破”，花落了，春天去了，有多少春情春意让我回忆、伤感。

轻轻的风吹在脸上，稀疏的小雨像梅花飘落一样落下来，带来一丝凉意，又催我流下多少伤心寂寞的眼泪。“吹箫人去玉楼空”也是个典故。曾经如箫史和弄玉一样，伴着凤鸣凰叫的箫声，我们夫唱妇随，如今，只撇下我一个人，只剩下空空的玉楼。现在纵然我把肠愁断了，又能“与谁同倚”？和谁一起比翼双飞呢？即使春天再来，梅花再开，我折下一枝梅花在手，又能寄给谁呢？我和他，一个在人间，一个在天上。

如此真切而凄惨，李清照的咏梅词其实是对丈夫赵明诚的一首悼亡词。

幸运如李清照，半生岁月宁静。官宦世家出身，富贵平安，烂漫无忧，如一枝花无邪绽放。红烛下，邀月同饮，浓睡初醒笑问，海棠依旧否？披裘轻推花窗，雪地梅花也醉。那样的幸福，那时的人生了然无憾，那时的她是梦里也会甜得笑醒。她的笔如斯清淡，饱蘸浓墨，将一生繁华锦绣织就。只是，半世如梦里浮生，当国破家亡，山河崩裂，她的幸福亦走向结尾。被誉为史上第一女词人的她，饱受宠爱的她，如今，只能把这一切当成追忆，她握笔的姿势该是如何地凄惶？“凉生枕簟泪痕滋，起解罗衣，聊问夜何其。”

赵明诚因病去世了，李清照的心也被一并带走。李清照环顾空空荡荡的屋子，藤床、纸帐、金石器皿……没有什么特别的，只是，他走了，屋子里便只剩空荡。

空荡荡的房间里，唯有那个冰冷的玉炉陪着自己，冰冷的心对着寒冷的炉，寒冷的炉偎依着冰冷的心，这是何等悲苦与凄凉的事情。

只是日子还是要过下去，他们的金石古玩还要保存，她与他合著的《金石录》还未付梓。于是，在充满了回忆的房子里，孤独的李清照要继续完成丈夫未竟的事业。

整日愁肠百结的李清照在哀风凄雨中孤独无依，此时发生了一件对她打击极大的事情，即“玉壶颁金”一案。有人在高宗面前弹劾赵明诚生前将玉壶投献给金人，有私通之嫌。原来在赵明诚重病期间，有人拿了把壶请他甄别真伪，后谣传赵明诚送壶通金。

李清照得知消息后气愤不已，此事纯属小人搬弄是非，她想得一方法，将家中所有的铜器等物献给朝廷。但当时，金兵南逼，高宗无暇顾及此事，只是一味带着他的宠臣逃跑。李清照也跟着他们的足迹踏上了逃亡之旅，金石书画等一些贵重之物在路途中多有流失。

山河破碎，丈夫亡故，这一切惨痛似乎还不够。一个孤苦无依的妇人，固执地携带大量文物，辗转千里追寻高宗逃亡路线，只为一厢情愿地想把毕生收集的文物献给朝廷，以此澄清丈夫的声誉。

伤心枕上三更雨

回首往事，逝去的时光是载不动的愁和哀。此时人生渐近暮年的李清照，不再是那棵开花的树了。风住尘香花已尽，物是人非，欲语泪先流。但是，不论遭遇了什么样的人生坎坷，路，还是要走下去的，哪怕是孤独一人，也要走下去。

再嫁的屈辱让她痛苦而惭愧。

她说：“清照敢不省过知惭？扪心识愧。责全责智，已难逃万世之讥。”

她说：“败德败名，何以见中朝之士！”

后半生，她很不如意。

后半生，幸福再也没有眷顾过她。

也许是那样的才华遭了天妒，所以早早地收回了属于她的幸福，只留了她默默舔尝人生的苦涩。

窗前谁种芭蕉树？阴满中庭。阴满中庭，叶叶心心，舒卷有馀情。
伤心枕上三更雨，点滴霖霪。点滴霖霪，愁损北人，不惯起来听。

——《添字采桑子》

另嫁那个叫张汝舟的男子，不过是孤弱的女子，无奈地随波逐流。只是世上再没有那样一个男子，可以为她一解颦忧。曾经的相依相伴，回忆时更显凄凉。

夜半听雨，点点滴滴，小轩窗前，北客辗转难眠。清高如李清照，骄傲如李清照，怎会看不清张汝舟这样一个虚伪文人？毕竟是千古无双的李易安，宁为玉碎，不为瓦全，好一个李清照，为了离婚，怒告张汝舟科考舞弊。李清照再嫁张汝舟，忍受世人“不终晚节”“无节操”“晚节流荡无归”的诟语。其实，她只是再不愿过着流离失所、形单影只的日子了。可是，他没能如赵明诚一样好好地待她，兰花被猪吃了，焦尾琴被当柴烧了，《兰亭集序》擦了屁股，丹顶鹤做成了烤鸭。这，就是人生的本来面目，就是这尘世的龌龊与荒谬。

风住尘香花已尽

风住尘香花已尽，日晚倦梳头。物是人非事事休，欲语泪先流。闻说双溪春尚好，也拟泛轻舟。只恐双溪舴艋舟，载不动许多愁。

——《武陵春》

国破家亡，双鬓如霜，年华暗淡，四季流转。金华的双溪啊，依旧春光泛动，只是这小小的舟楫，又怎载得动这万古愁肠。

南渡后的八年，李清照流落江南。绍兴五年，金兵前来进犯。她依附弟弟李伉，避难金华，当时已是五十多岁。红颜在岁月的沧桑中尽成了白发，不知在梦中她还是否会忆起那个倚门回首嗅青梅的女子。

那时的她，喜欢莺歌燕舞，罗衣轻飘，秋千上留下了她的倩影。只是一切过得太快，与她死生契阔的那个男子已经离去，只剩下倾注过他心血的金石陪伴着她。岁月，掸下一袖的繁华过后，原来是这般的荒凉。纵是局外之人，也是看得心伤。

一夜东风吹柳绿，满塘碧水映桃红，江南的春色，盈翠欲滴，美得让人心动，而潇潇庭院中寂寞的身影恍若隔世的风景，凝眸锁愁，遍倚阑干，俯首轻叹，愁肠寸断，春暖闺深，国破家何在？望断天涯已寻不见来时路，泪流尽，心已碎，徒留惆怅伴孤灯，“谁怜憔悴更凋零。”南飞雁，哀鸣划破长空，犹如杜鹃啼血，心痛，心酸，心碎！

花已残，东风还在无力地吹着，将最后一抹的余香扫尽。又是日暮时分，她的心如茧丝，缠上了太多的结。倦得不想梳理头上的发丝。山河依旧，却人去楼空。想要倾诉，朱唇轻启，惹来一袖的泪水。她听说双溪的水，还残留着春光的明媚，她的心又动了，最爱的是乘上一叶兰舟，任流水脉脉。可是又担忧双溪上的蚱蜢小舟，难以载起她一腔的愁怨。

清代吴衡照《莲子居词话》卷二评此词曰：“悲深婉笃，犹令人感伉俪之重。”读来很是恰切。如果说《声声慢》所流露的凄苦尚令人在“生离死别”之间举棋不定，那么这首词则毫无疑问地流露了饱尝离乱之苦，在连天烽火中飘泊流离，历尽世路崎岖和人生坎坷后的“死别”之恨。李易安的“只恐双溪舴艋舟，载不动许多愁”，透露出心中充满了家破人亡的悲哀，也饱含着物是人非的愁苦。尘土既因花落而含香，则必是落花遍地，如同漫长年华中的短暂幸福，芬芳过后，散落入泥。

李清照的又一个大难是可怕而持久的孤独。感情生活的痛苦和对国家民族的忧心，已将她推入深深的苦海，她像孤舟在风浪中无助地飘摇。问题在于她除了遭遇国难、情愁，就连想实现一个普通人的价值，竟也是这样的难。

已渐入暮年的李清照没有孩子，守着孤清的小院落，身边没有一个亲人，国事已难问，家事怕再提，只有秋风扫着黄叶在门前盘旋，偶尔有一两个旧友来访。她有一孙姓朋友，其小女十岁，极为聪颖。

一日，这个小女孩来玩时，李清照对她说："你该学点东西，我老了，愿将平生所学相授。"不想这孩子脱口说道："才藻非女子事也。"李清照不由得倒抽一口凉气，她觉得一阵晕眩，手扶门框，才使自己勉强没有摔倒。幼龄女童用无辜而郑重的语气说出"才藻非女子事也"，犹如一根深扎在喉咙里的鱼刺，更让她喘息不得。很多年后，陆游在为这个小女孩写的墓志铭云："夫人幼有淑质。故赵建康明诚之配李氏，以文辞名家，欲以其学传夫人。时夫人始十余岁，谢不可，曰：才藻非女子事也。"原来在一生痴情于才华横溢的表妹唐婉的陆放翁心里，女子没有才藻是值得赞美的。

童言无忌，原来在这个社会上有才情的女子是真正多余啊。而她却一直还奢想关心国事、著书立说、传道授业。她收集的文物汗牛充栋，她学富五车，词动京华，到头来却落得个报国无门，情无所托，学无所专，别人看她如同怪异。李清照感到像是落在四面不着边际的深渊里，一种可怕的孤独向她袭来，这个世界上没有一个人能读懂她的心。她像祥林嫂一样茫然地行走在杭州深秋的落叶黄花中，吟出这首浓缩了她一生和全身心痛楚的、也确立了她在中国文学史上地位的《声声慢》：

寻寻觅觅，冷冷清清，凄凄惨惨戚戚。乍暖还寒时候，最难将息。三杯两盏淡酒，怎敌他、晚来风急？雁过也，正伤心，却是旧时相识。

满地黄花堆积。憔悴损，如今有谁堪摘？守著窗儿，独自怎生得黑？梧桐更兼细雨，到黄昏、点点滴滴。这次第，怎一个愁字了得！

千年以前那个西风劲吹的黄昏，她头戴一朵黄花，书写一帘幽梦。

今夜哀伤又一次醒来，今夜孤独依然萧瑟凄清。纵使深情如冷蕊数枝绽放，李清照纵是耐得了风霜雨雪，又怎逃得过半世孤苦伶仃？无可奈何，好似花谢花飞。菊样的女子终被淹没在历史的长河中。无限寂寞时光里的忧伤，无限忧伤里的寂寞时光。"寻寻觅觅，冷冷清清，凄凄惨惨戚戚。"晚风习习，水映残月，镜照佳人，月为谁瘦，花为谁伤，花香已逝，飘散了温馨的过往，吹落的花瓣埋葬了一世沧桑，寻觅中，年华已逝，轮回的渡口，梦中人是否依旧，依旧还在痴痴的守望。李清照乱世寡居，此后流徙漂泊，受尽苦楚。红尘没落，她似一枚无依的霜叶，因为无依，才会有后来悲哀的再嫁。那段残破的婚姻没有维持多久，李清照便独自过上她寻寻觅觅、冷冷清清的晚年。把酒当歌，饮尽一生的寂寞，叹尽一世忧伤，愿来世化身为蝶，相爱的人儿仍然可以翩跹于万花丛间，她与赵明诚掬一捧花香，微醺眉间的惆怅，轻拾唇边的凄凉，用舞动的翅膀，再谱一阙蝶恋花！

对这首词的创作时间，学术界也颇有争议，一般认为是赵明诚病逝后所作，抒发的是国破家败人亡的凄惨境况，但近年来在李清照研究上颇有成就的陈祖美女士认为此词作于南渡之前，抒发的是“婕妤之叹”。对此，尚不可妄加定夺，但可以肯定的是，作为“守望者”，此时词人的目光已由“云中谁寄锦书来”的眺望转为“守著窗儿，独自怎生得黑”的凝滞，眼中的期待全然不见，幸福已经是昔日黄花，除了守候和回望，无计可施。

真可谓是满眼酸楚，十四个叠字描绘了痛定思痛时“忧从中来，不可断绝”的心理过程。“寻寻觅觅”是对过往幸福的追忆，但这种追忆只能使现实境况更感孤苦。“冷冷清清”先感于外，“凄凄惨惨戚戚”后感于内，世间那得愁如许，如此陷入愁境无以解脱。但全词除结句用“愁”字将心境一语道破外，并无直接言愁，而是刻画冷清萧索的环境来烘托惨淡悲切的心境：忽寒忽暖的天气，淡薄的酒味，入夜猛起的秋风，天上的过雁，满地的黄花，窗外的梧桐还有黄昏的细雨，无一不生愁、助愁、牵愁，直至触目成愁。命运愈发的悲凉，苍天无情，“怎一个愁字了得！”一个人独听芭蕉夜雨，凄冷的声音点滴落上石阶，也落入心里。本已哀痛的心，添上冷且伤的雨，满腔的感叹，怎是一个“愁”字说得清呢？千百年后，我依然能够体会那凄凄惨惨戚戚中的无奈。我无语，惟一声叹息。是的，她的国愁、家愁、情愁，还有事业之愁，怎一个愁字了得！

在孤寂与凄凉里辞别尘世

从李清照的作品来看，似乎她在六十多岁后就搁笔了，但这决不

是江郎才尽，其中发生了什么变故不得而知。李清照是文坛上少有的长寿女词人，或许是学得苏轼“暂借好诗消永夜，每逢佳处辄参禅”的精神而放宽了心态，因此搁笔，也未可知。只有一点可以肯定，风景秀丽的杭州，成了她生命中的最后驿站。

绍兴十三年（1143 年）前后，李清照将赵明诚遗作《金石录》校勘整理，表进于朝。大约在绍兴二十五年（1155 年）或者以后，在萧瑟肃杀的秋风中，旷世才女李清照怀着对死去亲人的绵绵思念和对故土难归的无限失望，极度孤苦、极度凄凉地悄然辞世，享年七十二岁。

当时，漫天黄云弥漫，寒风枯枝摇曳，那是一个冬天，她生命的最后一个冬天。

“枕上诗书闲处好，门前风景雨来佳。”

这离别的话说得无奈而苦楚。

在孤寂与凄凉里，李清照被南渡的权贵们遗忘了，甚至她的卒年，在史书中亦无可考。可李易安的一颗万古愁心，令多少后人至今长吁短叹、唏嘘流涕。

婉约绚丽的旷世奇葩

清照，你美丽如花，你才情惊世，你心高于天，“大河百代，众浪齐奔，淘尽万古英雄汉；词苑千载，群芳竞秀，盛开一枝女儿花”便是形容你的。你太丰富太多彩了，我知你当“自是花中第一流”，也知你是“此花不与群花比”。月就是你的神韵，“人悄悄，月依依”，而其实你就是一轮宋朝的月亮，那清寒皎洁的光芒，转朱阁，低绮户，照无眠，一直抵达今人的眼眸。那一册《漱玉词》的文字如花似玉，美丽了千年后的滚滚红尘。到了“玉骨冰肌未肯枯”、“玉瘦檀轻无限恨”，玉就是你的骨。还有，“三杯两盏淡酒，怎敌他晚来风急”、“酒醒熏破春睡，梦断不成归”，从此酒就是你的泪。那么，“帘外拥红堆”、“雪年年雪里，常插梅花醉”，此时，雪是你的肌肤。你让文字生辉增彩，让人思念你这位馨香如花、洁美如玉的妙女子，随着你那些经典诗词，千百年来，你的香艳与日俱增，朝朝代代传说你的才、貌、诗、艺，越传越说则越美。

清照，时光穿越回宋代，在露浓花瘦的清晨，你还在小院里荡着秋千吗？我听见了半空中荡漾着你银铃般的笑语。黄昏时，你载着一叶兰舟回家，是否惊鸿般误入藕花深处，惊起了一滩鸥鹭？初嫁了的你着一袭罗裳，纤纤玉手正试梅妆，你如水的青丝上，还是斜插着一朵“春欲放”吗？你的柔情是一剪秋波，那含羞的一面风情，在多少个梦醒酒后，挽袖研磨，书写着你的半笺娇恨和满袖的菊花香。杜宇又声声，何忍闻听，泪满清眸透。相思百酿千番后，愁上花枝袖。望断天涯风满昼，泪涌秋波，素笺绾作玲珑后，阕阕清音寄语梦中人，莫忘前欢，莫负痴心瘦。

“此情无计可消除，才下眉头，却上心头”，我知道你的爱；“一枝折得，人间天上，没个人堪寄”，我懂得你的情；“物是人非事事休，欲语泪先流”，我理解你的苦；“寻寻觅觅，冷冷清清，凄凄惨惨戚戚”，我知道你的难；“试灯无意思，踏雪没心情”，我明白你的无奈；“梧桐落，又还秋色，又还寂寞”，我了解你的寂寞。

清照，你品透了一杯人生茶，你在苦涩与清香里大彻大悟，看淡了浮华背后的沧桑冷漠，舒缓了杂乱愁苦的心境。才华如江水浩浩，忧伤，凄凉，婉约，是一朵朵浪花，翻腾成凄美，令多少人垂泪湿夜色，令多少人掩卷叹息，一种疼惜和遗憾，油然升起，柔肠千转却无从说起。当你从名门闺秀的不知人间苦，到举案齐眉的柔情蜜意，再到悲悲戚戚的孑然一身，这期间的走向是你一步步跌入低谷，且此去无归程。

清照，尽管你的晚年是如此寂寞、如此凄凉，但你的词并没有哭哭啼啼，你是坚强的，国破家亡早已耗尽了你的泪水，你的心一直在滴血。

风鬟霜鬓的你说：“不如向、帘儿底下，听人笑语。”你当时是怎样艰难地一路走了过来，又是如何把痛苦、寂寞一一化解？丈夫死了，国家亡了，家产散尽了，这无尽的愁苦沉甸甸地压在心头，反而说不出来了，只在笔端化成一抹淡然微笑。只有你自己知道，这一个微笑，

是咽下眼泪之后强装出来的。往事成殇，渡过劫难后，仍是存有余悸。风鬟雪鬓，一颗心苦似黄莲。以前一起吟诗作赋的女友邀你去观灯，但你却是一点心情也没有。心如槁灰，哪有心情出游？倒不如在帘儿底下，听人笑语。旧事纷纭齐出昼，胭脂淡，绿悴红休，雪雨霜风透。几番感叹辛酸后，泪浸红颜袖。自飘零，淡看飞花瘦。簌簌花盈袖。百种怨和情，百转柔肠，百味伤心透。

清照，你的文字承载了你所有的不幸，而你的文字也支撑起了你的一切，你没有倒下，完全是因为你拥有文字。

清照，你有水一样的滔滔才情和山一样的巍峨清高，水和山的柔与坚打造出一朵婉约绚丽的旷世奇葩，在时间装裱的青史里，闪着珠玑如玉的光泽，美丽着，遗憾着，感伤着，叹息着。千百年的风烟，吹散了多少如花娇颜？瓦解了多少琼楼玉宇？可是，李清照这个名字却如同传世的青花瓷，在世人的心里浓了又浓，从未淡去。千百年来，你化作一波清水，蜿蜒在墨香盈袖的黄昏，流动在把酒欢颜的黄花旁。千百年来，你凝成一座青山，屹立在云涛连晓雾的奇观里，横亘在红梅白雪的高傲里。

黄昏院落，凄凄惶惶，酒醒时往事愁肠。闻砧声捣，蛩声细，漏声长。轻轻搁下笔，不再去管，宣纸上的寻寻觅觅语不尽，都在人比黄花瘦的傍晚掩门而去吧！

词苑千载，独盛一支女儿花，她转身，堙没在狼烟里的除却万里河山，还有昔年的记忆，一地的词章。凄雨损残花，怅对诗笺，此情郁郁深愁后，月下香浮袖。吹起相思，红颜叹，醉花叹，一夜庭风，一枕清寒透。

清照，我写你，我也爱着你，爱你秀外慧中的高雅气质，爱你聪明如冰雪的才华，爱你多情婉约的女人韵味，爱你玲珑文笔后面那颗晶莹剔透的兰心。

第四卷

朱淑真：

今夜，许我一场凌寒盈雪的温婉

她的声名，正如魏仲恭撰的《朱淑真断肠诗词序》中所言："虽欲掩其名，不可得耳。"宋以后诸名家的诗词选本都选入了她的作品，并把她列入名家之列，由此可见其声誉与风采。

她就是朱淑真。

朱淑真（约1135年—约1180年），一作淑贞，后人称之"红艳诗人"。号幽栖居士，南宋女词人，钱塘（今浙江杭州）人。祖籍歙州（治今安徽歙县），《四库全书》中定其为"浙中海宁人"，爱好广泛，如饮酒、踏春、诗词、美容、歌舞、读书、书法、绘画等。

美好童年：娇痴儿女态

朱淑真大约宋高宗绍兴五年（1135）前后出生，相传为朱熹侄女。

她生于仕宦家庭，其父曾在浙西做官，虽不十分显赫，却也是家境优裕。这是她“小资情调”的经济基础。而她所生活的时代，恰逢南宋与金国媾和，社会渐趋稳定，所以少女时代的她过着一种优裕闲适、天真烂漫的闺中生活。

朱淑真从小随父寓居在浙江钱塘（杭州）。其父的文学修养极高，一有空闲便在家中教她赋诗填词、吟诗答对，因此朱淑真从小就受到了良好的文学熏陶。

其一：
花落春无语，春归鸟自啼。
多情是蜂蝶，飞过粉墙西。
其二：
一阵挫花雨，高低飞落红。
榆钱空万叠，买不住春风。

——《书窗即事》

这是朱淑真在读书学诗的孩童之年所作。诗意和文字呈现出一派天真烂漫。从书窗向外看去，少女朱淑真眼里的春天是那样生机勃勃，哪怕是暮春花落时节，也有鸟啼蝶飞、落红如雨的生动活泼，彩蝶飞过“粉墙”去寻找春天的记忆。“榆钱空万叠，买不住春风。”哪怕榆树枝头有榆钱万叠，也难买得春风长住。榆树早春未生叶时先开花，果实不久成熟，名“榆荚”，形状似铜钱，色白成串，俗称“榆钱”。因其称“钱”而有虽榆钱万叠也“买不住春风”之句，真是灵透的妙想。明代竟陵派代表钟惺赞叹道：“飘宕处，妙在憨气、稚气。”

而“一阵挫花雨，高低飞落红”，又仿佛是朱淑真命运的写照，也是古时许许多多红颜女子的命运写照。这两首小诗显示了朱淑真早慧的才情。

朱淑真的父亲是一位儒雅之士，常常在家里搞些小集会，一家人围坐在一起，把盏推樽，谈诗论赋，朱淑真就会趁机“围座红炉唱小词，旋篘新酒赏新诗。大家莫惜今朝醉，一别参差又几时。”（《围炉》）

以显才华，这时的她是开心的，尽情赋诗，尽情饮酒，“牵情自觉诗毫健，痛饮惟忧酒力微”。开明的父母，开放的家风，让开心的朱淑真爱上了诗也爱上了酒。但日后，她却只能借酒浇愁。“消破旧愁凭酒盏，去除新恨赖诗篇”（《春霁》）。婚姻的不幸，生活的坎坷，人生道路上诸多的不如意，让朱淑真无处安放内心的孤寂、落寞、哀怨、悲愤及难以诉说的苦楚，于是诗酒成了她闺中知己，把酒吞进腹内，把愁苦吐在诗中。“殢滞酒杯消旧恨，禁持诗句遣新愁”（《诉春》），“斗草工夫浑忘却，祇凭诗酒破除春”（《春日杂书其九》）。浅愁淡怨之时，朱淑真百无聊赖，什么都不想干，平时爱摆弄的花草，画桌上未完成的图案，宣纸上写了一半的书法作品，她都置之不理，她只想用酒杯和诗词把旧恨新愁送走。而在愁困难忍、痛彻心扉的绝望之时，朱淑真就会连她深爱的诗词都会丢弃，支撑她苟活下去的就只剩下酒了。“阁泪抛诗卷，无聊酒独亲”（《伤春》），“泪眼谢他花缴抱，愁怀惟赖酒扶持。”（《恨春五首》其二），“如今独坐无人说，拨闷惟凭酒力宽”（《围炉》）。酒入愁肠，竟成了朱淑真的“断肠汤”。于是她的那部后世才成书的《断肠词》，总是伴着落叶萧萧的背景，那一页一页，浸满了太多伤情的泪水。那个才情胜天的女子，在似锦的繁花下，却被世道的不公逼迫得一步一步作着断肠的绝唱。

伤春

春巷夭桃吐绛英，春衣初试薄罗轻。风和烟暖燕巢成。
小院湘帘闲不卷，曲房朱户闷长扃。恼人光景又清明。

——《浣溪沙·清明》

春天的街巷里，桃花灼灼开放。朱淑真刚刚换上轻薄凉爽的春衣，想去街上游玩。那吹面的软风、树梢上升起和暖的袅袅轻烟，令人感到心情舒朗。在屋檐下，啁啾飞过的燕子衔泥筑起了小巢。然而，她却走不出这深深庭院，湘帘低垂，朱户长闭，回廊曲折幽深。锁住了

她的人，也困住了她的芳心。外面的明媚春光多好，可是一到清明后就再也看不到了。而此刻，外面的世界正千花竞放，姹紫嫣红。春的韵幽，春的丽致都与她无关。人何堪，这份凄清，这份孤寂与落寞？

“春巷夭桃吐绛英”清亮地展示出了一种绯红色的情怀。“夭桃”二字正有《诗经·周南·桃夭》中的寓意：“桃之夭夭，灼灼其华。之子于归，宜其室家。”以艳丽的桃花起兴作比，赞美新娘年轻美貌，并祝贺她得到一个美满幸福的家庭。清代姚际恒在《诗经通论》中说“桃花色最艳，故以喻女子，开千古词赋咏美人之祖。”显然，这春巷桃花吐蕊绽放，在自幼饱读诗书的朱淑真眼里展示的正是一副热烈美好的景象，引起了她情不自禁地联想。换上春衣的她沐浴在春光里，看到屋檐下的双双春燕正衔泥筑巢，心头也悄然萌动着一种美妙的意蕴。这样的季节里，连燕子都成双成对建起了新家。那么她的未来呢？想到这里，她不禁惆怅起来。眼中的景象也忽然变得幽寂而沉闷。湘帘闲不卷，朱户闷长扃，让她心头刚刚燃起的激情与幻想骤然遭遇到冰冷的现实。外面的世界姹紫嫣红，她的世界却只有眼前这份孤寂与落寞。

后来，她的萧郎出现了，那是一位寄住在她家里的麒麟少年、白面书生，他才貌出众，来京城读书应试。她的萧郎知她懂她，和她志趣相投，能与她一起吟诗作赋。

待字闺中的朱淑真，人生进入一片芳园，那里花开千万朵，蝶舞成群。那个美少年伫立其中，等待她走近。

花样年华里的少女，总是傻傻地张望着如花岁月里那份美丽的爱情，期盼着那个美少年能踏歌而来，结伴同游。虽然相关记载较少，但通过朱淑真写下的文字，可以了解到她和一个白面书生在诗会上相遇，此人飘逸如仙。两人诗词往来，渐成一对佳侣。西子湖畔，留下了他们爱的足迹。日暮黄昏，他们在柳径上徘徊，赏花、弄草，惹来多少游人的驻足相望。他们或在一起切磋诗文，或挥毫同作一幅画，或结伴出游，她祈祷着时光能够永远停驻在那个动人的时刻。只是现实很残酷，少女的爱之梦最终破碎了。因为辈分不合，门不当户不对，一对有情人被拆散了。

当时，爱着的她在《湖上小集》中写道：

门前春水碧如天，坐上诗人逸似仙。
白壁一双无玷缺，吹箫归去又无缘。

这是朱淑真参加一次诗人雅集时发生的偶遇。至于“湖上”，根据朱淑真的生活环境和行踪来看，应当是江浙西湖一带。西湖是文人们心中的后花园，在西湖之滨，文人们以诗会友，以酒佐兴，应当是风雅之事。

朱淑真有幸参加了一次这样的文人聚会。“门前春水碧于天”，这句是直接从晚唐五代诗人韦庄的一首《菩萨蛮》中“春水碧于天，画船听雨眠”化出。而韦庄写的正是泛舟江南的西湖之上。

正是在春光明媚时节，天朗气清，惠风和畅，杨柳轻柔，湖水碧绿。那些士子书生们雅集一处，可谓是高朋满座。在这众多的书生士子中，有一位气质高华、飘逸不俗的年轻诗人让朱淑真特别注目。“坐上诗人逸似仙”，一个“逸”字透露出朱淑真心中神往的男子形象。什么是“逸”呢？《三国志·诸葛亮传》称：“亮少有逸群之才。”这里的“逸”是超越凡俗的意思。一个“逸”字有超尘脱俗之意，也指才华、个性和品行超出常人。“逸似仙”则更是飘逸潇洒，有似神仙中人，令人悠然神往。

旷轩潇洒正东偏，屏弃嚣尘聚简编。
美璞莫辞雕作器，涓流终见积成渊。
谢班难继予惭甚，颜孟堪希子勉旃。
鸿鹄羽丁当养就，飞腾早晚看冲天。

——《贺人移学东轩》

这首诗是朱淑真写给一位求学书生的诗。香港学者黄嫣梨在她的《朱淑真研究》一书中认为：朱淑真少女时代，在娘家认识了一位才华出众的年轻书生，并且相互爱慕，暗生情愫。其根据之一，就是这首《贺人移学东轩》诗。

朱淑真的缘分到了，经过了众里寻他，在漫长的等待之后，朱淑真蓦然一回首，那人却在灯火阑珊处。

在这首《贺人移学东轩》诗里，朱淑真写了这座叫做“东轩”的学舍：“旷轩潇洒正东偏，屏弃嚣尘聚简编。”“东轩”座落在朱宅东边，建筑风格很是空敞洒脱，不拘一格。这里远离世俗尘嚣，远离人间浮华，显得清静自在。屋子里只有书籍典册为伴，翰墨书香，清幽绝尘，可见是个读书的好地方。

“美璞莫辞雕作器，涓流终见积成渊。”“美璞”是指具有良好质地，但未经雕琢的玉石。美好的璞玉就不要放过被雕琢成精致玉器的机会，涓涓细流积少成多终会形成渊深的大川。这两句诗说得十分恳切，朱淑真坚信，只要经过不懈的努力，来日定会在那三年一试的科考中金榜题名。这正透出了朱淑真热情、善良的性情，其中也不免有几丝对这位书生的钦羡与爱慕。

“谢班难继予惭甚，颜孟堪希子勉旃。”这两句诗连用了四个典故。“谢班”中的“谢”指东晋时以咏雪“未若柳絮因风起”而著称的才女谢道韫。“班”应是指班昭，东汉史学家班彪之女，班固与班超之妹，博学高才。兄班固著《汉书》，八表及《天文志》遗稿散乱，未竟而卒，班昭继承遗志，完成了《汉书》。善赋颂，作《东征赋》《女诫》。是中国第一个女历史学家。这里，朱淑真这里是说谢、班两位才女之后无人能继，她已经非常惭愧。“颜孟”分别是指孔子的弟子颜回和儒家亚圣孟子。这一句意思是你要多加努力，成为颜回、孟轲那样的人物还是有希望的。“鸿鹄羽丁当养就，飞腾早晚看冲天。”她相信，只要努力，自己心中的他，有朝一日也能像展翅的鸿鹄一样，一飞冲天。她坚信心上人那冲天飞腾之日迟早会到来，这最后一句就是很热切的鼓励和期勉了。

朱淑真的这首诗显然是写给一位欲赴京应试科举的书生。从全诗的口吻来看，“东轩”是那位书生刚搬进一间靠东边的书屋。朱淑真写了这首诗相贺，行文典雅，中规中矩，语句中有些客气。只是“谢班难继予惭甚，颜孟堪希子勉旃”一句，倒有些“卿卿我我”的意味了：我这女儿身恐怕是赶不上谢班那样的才女了，但你还是有希望成为颜孟那样的人物。客气的嘉许之中，难免有一番暗暗的情愫，有一种不分彼此的亲切与友善。

从诗里透出的几分客气，又有几分诚挚和热情，我倒倾向于朱淑真这首诗是写给一位因家贫借住在朱家的书生。那位在“东轩”读书的男子可能是一位远亲或是朱淑真父亲的故交之后。因家境较为贫寒，不得不借住在朱淑真家刻苦攻读以求仕进。从此，朱淑真家中住进一位通晓诗书的异性朋友，能够经常相互接触和了解。这样的情境下，多半是会有故事要发生。但限于史料，无从得知。只是一个青春期的女孩子如果在情感上发生剧烈变化，会对她的生活很多方面产生影响。当然，更不用说直接反映心声的诗词创作了。在朱淑真的诗词里，婚前婚后的作品在风格情调上是有区别的。其中，有相当一部分是写春夏秋冬四季景物。据多数学者专家们研判，这些描写风花雪月等季节景物的诗词多半是朱淑真婚前所作，是深闺里表现清欢闲情之作。所以，这一类诗词中，可以寻找到她此时的心境和情感脉络。

春闱报罢已三年，又向西风促去鞭。
屡鼓莫嫌非作气，一飞当自卜冲天。
贾生少达终何遇，马援才高老更坚。
大抵功名无早晚，平津今见起菑川。

——《送人赴试礼部》

这首诗应该就是写给朱淑真那位有些才气、有些潇洒、又有些贫困的意中人了。所以，这是朱淑真赠送给那位即将远行赴京应试的书生的第二首诗。

唐宋礼部试士均在春季举行，故称“春闱”。在这首诗里，朱淑真鼓励他屡次落第后不要灰心丧气：“屡鼓莫嫌非作气，一飞当自卜冲天。”并且以西汉贾谊、东汉马援境况相勉励。贾谊虽才华横溢、少年得志，但自从被汉文帝贬往长沙后一生坎坷；马援到老方才有施展才华的机会，却功成名就，青史扬名。她希望书生此去赴试，不计从前的挫折，定能金榜题名。从这首诗可以看出，朱淑真不仅感情丰富细腻，对失意之人也善作安慰和鼓励。这也说明，她是多么渴望这位书生能够一展才华，金榜题名，使自己终身有托。

此外，她还写有一首《春日亭上观鱼》：

春暖长江水正清，洋洋得意漾波生。

非无欲透龙门志，只待春雷震一声。

鱼儿漾上水面带起水波，一点点，一圈圈，荡漾开去有如江面水纹。它并非没有一跃龙门化龙而去的志向，只是在等待那一声春雷。

“鲤鱼跳龙门”的典故是据《淮南子·修务训》所记载：“江本有水门。鱼游其中，上行得过者便成龙。故曰龙门”。我感觉，朱淑真的这首诗也是鼓励心上人的。她以鱼化龙的非凡理想来激励书生奋力一搏，赢取功名。“只待春雷震一声”春雷起处，自是大地苏醒、万物争春的一派新气象。那时，也将是她和书生洞房花烛、有情人终成眷属的时刻。朱淑真对他一再鼓励，希望他能够金榜题名，一飞冲天，然后风风光光的抬着花轿来迎娶自己。

当然后来的故事不是这样的，金榜无名，期待的仕途生涯与这位书生擦肩而过。一飞冲天的祈盼破灭了，他不仅枉费了佳人的满心期待，更无颜面对为他提供优厚条件的朱家父女。于是，他选择了不辞而别。而朱淑真则在痛苦中，尊父母之命，另嫁了一个不喜欢的人。

哭损双眸断尽肠

朱淑真约在二十岁左右出嫁，婚后曾随夫居住在淮越华南，潇湘一带。

朱淑真拼其一生追求美好爱情，而现实却将她辜负。爱情于她是可望不可及的。

南宋魏仲恭的《断肠诗集序》中这样记载：“（朱淑真）早岁不幸，父母失审，不能择伉俪，乃嫁为市井民家妻。”

虽经后人考证，朱淑真的丈夫并非什么市井小民，他其实是一名庸俗官吏。但由于婚姻不能自主，父母又仅凭媒妁之言没有认真考察，最终导致朱淑真婚姻不幸却是真实的。

才貌双全的才女朱淑真有着短暂的一生，她的婚姻难尽人意，最后抱恨幽栖于庵堂，生命非正常而终。

当初，新婚燕尔，朱淑真与丈夫也过了一段情意甚浓的阶段，在新婚小别时，曾是思念无限。闲情无所寄托，她便取来纸笔，为远方的丈夫作诗填词，以寄相思。

据传，她曾作一“圈儿词”寄夫。信上无字，尽是圈圈点点。她丈夫不解其意，于书脊夹缝见蝇头小楷《相思词》：

相思欲寄无从寄，画个圈儿替。
话在圈儿外，心在圈儿里。
单圈儿是我，双圈儿是你。
你心中有我，我心中有你。
月缺了会圆，月圆了会缺。
整圆儿是团圆，半圈儿是别离。
我密密加圈，你须密密知我意。
还有数不尽的相思情，我一路圈儿圈到底。

阅信后，她丈夫顿悟了妻子的苦心，遂于次日一早雇船回海宁故里。

这首圈儿词既表现了淑真的才气，也把她的含蓄幽默演绎得淋漓尽致。从词中看，她和丈夫之间还是有些欢愉的。不过《圈儿词》的作者一直有争议，也有称是清朝的梁绍壬写的，但是现在已被有关学者证明为朱淑真所作。

朱淑真的丈夫在吴越荆楚间辗转做官，满口官腔，浑身都是铜臭味，他一心钻营，搜括钱财，喜爱美色，公事之余就泡在妓院中鬼混。宋代狎妓娶妾风气渐盛，其夫深浸其中，乐不自拔。

和这样粗鄙浅陋恶俗之人生活在一起，朱淑真一天更比一天痛苦。朱淑真把对丈夫不满的感情在她的诗中流露。“从宦东西不自由，亲帏千里泪长流。已无鸿雁传家信，更被杜鹃追客愁。”（《春日书怀》）可见丈夫所热衷的仕途生活与朱淑真的生活趣味大相径庭。

本以为与丈夫相伴一生，他会为她遮风挡雨，会给她一个坚实的臂弯，会呵护她柔弱的心怀。却不料这样的结合只会给心灵以负累和无尽的愁烦。因此她的诗词中，有不少自伤“所适非伦”之作。

鸥鹭鸳鸯作一池，须知羽翼不相宜。

东君不与花为主，何似休生连理枝。

——《愁怀二首》其一

朱淑真自比鸳鸯，而把丈夫视作鸥鹭。一个“掬水月在手，弄花香满衣”的诗意女子，和蠢鸥鹭同宿一池，是多么的不相宜。相守却不能相知，于是她发出了“何似休生连理枝”的诘问。而婚姻的悖论，恰恰是一些男女就这样走到了一起，并且生儿育女，携手终老。相处的时间越久，两人的距离越大。朱淑真多才，而丈夫少慧。婚后，朱淑真行事张扬，不避男客。这在丈夫的眼里是有失妇道、不成体统。对于朱淑真吟诗作赋的本事，他也毫无兴趣，更别说花心思与她对月赏花，把酒谈心了。于是，性格志向相去甚远的他们，情感的沟壑越来越大。朱淑真每每想到，都悲不自胜，暗自洒泪。她的满腹委屈无处诉说，只得默默忍耐。最终，两颗原就不和谐的心，离得越来越远。才情变成了孤高，风雅变成了有伤风化，而朱淑真的诗情画意，在丈夫的眼里也成了不可理喻。

一点残灯伴夜长

恋爱时携手同游的身影被阻挡在婚姻之外，幸福化作幻影在现实中日渐黯淡。流年似水，覆盖过生命，朱淑真的生命因爱而起伏，在起伏中失望，在失望中悲鸣，在悲鸣中回味，在回味中孤吟，在孤吟中断肠，在断肠中绝望。

然而婚姻可以扼杀她的青春，却无法降伏她的灵魂。从少女时代的大胆张望到悲情岁月的决然离世，她或者无忌坦言，或者幽怨感伤，却从来不肯逆来顺受、随遇而安，绝望是最后的姿势，宁可毁灭不肯苟活。然在毁灭之前，亦是一路抗争，一路悲歌。

面对婚姻成为了一座围城，朱淑真时常想冲出去，然而对于一名宋代女子来说，这几乎是不可能的，除非丈夫给她一纸休书。然而朱淑真的丈夫在官场上混，善于权衡利弊得失，轻易是不会休妻的，因而她也只有“背弹珠泪暗伤神”了。言为心声，朱淑真的大量诗词里便多有忧伤怨恨之语。她的丈夫虽然学识浅薄、不擅赋诗填词，但还看得懂，其中的幽怨常常令他十分恼火，觉得有失他的面子和尊严，因而不许朱淑真再写什么诗呀词呀的，有时间就多做些女红。为此，夫妻之间常常是口角不断，争吵升级。弥漫着火药味的日子实在难熬，她觉得自己再也无法与丈夫相处下去了，于是大胆地提出分房而居。

土花能白又能红，晚节由能爱此工。
宁可抱香枝上老，不随黄叶舞秋风。

——《黄花》

然而朱淑真离经叛道般由她主动提出的分房而居之举却给丈夫狎妓纳妾提供了坚实的借口，这是朱淑真所始料未及的。因了应酬和公务的由头，他开始彻夜不归。即使回来，他面对她的询问和抗议也一概充耳不闻。他还开始光顾烟花柳巷，而且更为过分的是，不久，朱淑真的丈夫便明目张胆地娶回家一位十分妖冶的青楼女子，并当着朱淑真的面调笑取乐，根本不把她放在眼里。尽管朱淑真并不爱自己的丈夫，甚至极其厌恶，但他如此行为却深深地刺痛了朱淑真。因为这意味着，她被丈夫彻底抛弃了！独守空帏的痛楚让她在《寓怀》其二中写道：

菊有黄花篱槛边，怨鸿声重下寒天。
偏宜小阁幽窗下，独自烧香独自眠。

篱边栏旁的菊花正展枝吐芳，失偶的孤雁哀鸣着从寒空飞过。在这样的情形之下，最适宜的就是蜷缩在楼阁的寂静窗下，独自一人烧香，独自一人就寝。

朱淑真接受不了与青楼女子共事一夫的局面。但她的表现在丈夫的眼中就是善妒了，善妒就是不贤惠。除此之外，朱淑真的不育也在公婆的眼里，成为了最大的忤逆。丈夫的冷漠、公婆的冷语、下人的

怠慢，如一把把尖利的刀剑刺向她，朱淑真早已不堪忍受，却又无力更改。

她在《秋夜有感》中又写道：

哭损双眸断尽肠，怕黄昏后到昏黄。
更堪细雨新秋夜，一点残灯伴夜长。

因愁肠寸断极度悲伤，以致把一双美丽的眼睛都哭坏了，自己十分害怕去独自面对那昏黄的浓重暮色。何况今夜还下着霏霏的细雨，更使人倍感寂寞与凄凉，我孤单的身影也只有与一点残灯相伴，度过这漫长的秋夜。

朱淑真作如此凄绝之语，却无人怜惜她，这是她更为可悲之处，她的伤痛无人心疼。

昨宵结得梦夤缘：娇痴不怕人猜

自从丈夫有了新欢之后，早就嫌她碍手碍脚，更何况朱淑真也没有生个一男半女，是走是留、是死是活都无关紧要。于是事情出奇顺利地解决了，丈夫带着小妾远游赴任，而朱淑真则独自回到杭州娘家暂居。

说到底，朱淑真不是一位素位而行、随遇而安的人，相反，她是一个大胆的敢与现实对抗的女子，为了追求真挚的爱情，她甚至冲破了封建礼教的樊篱而与真心相爱的情人相会。

回到娘家的朱淑真，重温了父母兄嫂的关爱，但这却不再是她做女儿时的家了，在娘家只能是暂居或寄住。楼阁还是以往的楼阁，却是物是人非。对丈夫的怨恨和失望，让早已被朱淑真埋藏在心底的初恋情人时不时地浮出。朱淑真生活在理学盛行的宋代，即使再特立独行，作为大家闺秀的她也不可能不受那个时代通行的道德观“饿死事小，失节事大”的制约。但是她仍然很想知道初恋情人的情况，经过多方打探，终于有了一些眉目：初恋情人在一个离她十分遥远的地方谋生，自从与她分手后，因为忧伤过度，至今仍孤单一人。

这消息对朱淑真就像一把火，燃烧的结果是理智决堤、旧情复萌，她急切地想同初恋情人见上一面。

几乎是同时，朱淑真的初恋情人也听说了她婚后的种种不幸，于是便借春节到杭州探亲之机，来到朱淑真的身边，希望能给予她一点慰藉。

一切顺理成章，整个春节期间包括元宵后二十多天，他们频频约会，结伴出行，尽情地感受帝城的繁华和相爱的甜蜜快乐。

火烛银花触目红，揭天鼓吹闹春风。
新欢入手愁忙里，旧事惊心忆梦中。
但愿暂成人缱绻，不妨常任月朦胧。
赏灯那得工夫醉，未必明年此会同。

——《元夜三首》其三

元宵之夜的灯火分外明艳，火树银花红火耀眼，锣鼓喧天闹春风，乐舞欢歌，锣鼓响彻云天。今夜我与初恋情人相会，在哀愁里又重新获得失掉了多年的欢乐，真是又惊又喜，竟然手忙脚乱起来，一想起过去的伤心之事，令人惊心不已。愁绪悄悄地袭来，让我伤心痛恨的往事犹如噩梦一般。但愿暂时拥有这份缠绵，即使我和他的未来像月一般朦胧又有何妨。惟有希望这元夜的月色一直朦朦胧胧，好让我与心上人多些柔情缠绵的时刻。哪有工夫去赏灯和欣赏美景啊，因为谁也无法肯定明年是否还有这样甜蜜的聚会。哪知道“未必明年此会同”竟然一语成谶，到了第二年元宵，等待的爱成空，加上关于她的流言蜚语，她已经从失望到更失望，直至绝望。后来，她选择了投水自杀。

朱淑真非常直白地写出了与初恋情人情意绵绵、难分难舍的情景。“但愿暂成人缱绻，不妨常任月朦胧。”这句极为鲜明地表现出朱淑真对纯真爱情的大胆追求。然而离别还是来临了，令朱淑真愁肠寸断。情人离开后，朱淑真又恢复了以往的孤独寂寞，好在她现在拥有了一份相思相恋，半年后，情人又来到了杭州。他们相约来到花红柳绿、莺歌燕舞的湖畔，情怀缱绻，极尽欢乐。

恼烟撩露，留我须臾住。携手藕花湖上路，一霎黄梅细雨。娇痴不怕人猜，和衣睡倒人怀。最是分携时候，归来懒傍妆台。

——《清平乐·夏日游湖》

这首词记述了相会的喜悦：湖面上烟雾缭绕，花草树木都带上晶莹的露珠，这个夏天，西湖的荷花开得极盛。景色非常迷人，朱淑真和他手牵着手，漫步赏荷。一袭青衫的他，牵着她的手穿越红尘俗世的迷茫。这一路无语却听得见怦怦的心跳。紧紧跟随着他分花拂柳，走遍那湖岸柳林，这是她今生孤独等待中所梦想的最美情节。

这时突然下起了蒙蒙的细雨。烟轻露重，黄梅细雨。雨滴落到荷叶上，纤弱的花儿摇摇曳曳。这绵绵黄梅雨，牵动她多少甜蜜心绪。所幸一路有他，有他一路握住她今生今世的美丽与哀愁。湖光山色间，他们冲破世俗的各色目光，即使伤得支离破碎，她也要奔向他的方向。

他们躲到避雨处继续互诉衷肠，她再也按捺不住爱的激情，在这浮世红尘里，和衣卧倒在他的怀里，用一生的痴情守望。时光的脚步，请你走得慢些，再慢些。这绝美销魂的一刻啊，长一些，再长一些，好让她清清楚楚地记住他的容颜和气息，生生世世都不要淡忘。

她微微地闭上眼睛，静静地贪恋这一瞬间的温暖。在他的怀抱里，她感觉自己是那样娇弱无力，那样地需要一个宽容而温暖的怀抱。别在意那些花儿的悄语、鸟儿的轻笑。投入地醉一次吧，尘世间这绝美的一瞬，这难忘的一瞬在她的心中将化为永恒。这一刻，天地间，只剩下他们两个人。谁会为谁停留，谁会为谁等待，谁会为谁憔悴？山长水阔，云淡风轻，珍重这一场别离吧，珍重一生。记住此时此刻她所绽放最美的容颜吧，约定今生今世，梦里魂里永远相守。

然而，情如烈火的热恋，转瞬便宣告结束，他们必须离别，这是最难过和最无奈的时刻。握别他的手时，她心地惨然，脸上却微笑如这西湖里的白荷。还是从容地放开手吧，让她优雅地在他的凝视下渐渐走远。是的，那个夏天，荷花都开好了。无数个魂牵梦绕的等待过后，终于和他完成了此生这场绝美的邂逅，这一刻的甘美足以抵消此前所有岁月的相思之苦。而今后所有的荒芜、痛苦与孤独都从此可以忽略不计。因为她拥有了这个黄梅雨季里的娇痴与温存，拥有他那温柔缱绻的眼神，拥有他的怜惜与呵护。从此后，她的梦境永远闪烁着他俊朗的面容，温存的目光，儒雅的笑容。那是她一生的珍藏。

她回到了家里，顿觉慵惰不堪，再也没有心情去梳妆打扮了。闲倚妆台，茫然若失。菱花铜镜里，满是她的慵困与伤感。

朱淑真的性情不仅浪漫，而且相当地直率大胆。她不避世俗的目光，不怕流言蜚语，放任爱情的火焰燃烧。她以少女一般的激情与纯爱，宣告了她心中爱情的降临。藕花初开，黄梅细雨，可见正是六七月天。“恼烟撩露”表现的是一种黄梅雨时节的阴霾天气。一对相恋的年轻男女相约携手游湖，眼见得那满湖的莲叶荷花，清香阵阵，心情是欢悦的。“恼”和“撩”字用得精巧，表达出似嗔实喜的微妙心绪。“留我须臾住”，朱淑真心想这样可以多留一会，正好与他单独相处。这句承接上面的“恼烟撩露”，表达出热恋中朱淑真的微妙心思。“携手藕花湖上路，一霎黄梅细雨。”这对情侣携手漫步莲花湖畔，不料遇上了一阵“黄梅细雨”。正是这场雨及恼人的烟雾，使他们不得不停步避雨。“黄梅细雨”是江南特有的景象。贺铸有名云：“一川烟草，满城风絮，梅子黄时雨”，一语道尽黄梅雨最是撩人思肠。但在此时，黄梅雨却恰好无意中成全了一种心愿：游湖赏花而遇雨，给恋人们造成了一个幽僻的环境和难得亲近独处的机会。朱淑真抱怨“恼烟撩露”，嘴里说着遗憾，心里却感到喜悦。“一霎黄梅细雨”，雨中的游人纷纷散去。天地间似乎只有这两人在亭子里默默相视。“娇痴不怕人猜，和衣睡倒人怀”，此时的朱淑真满怀娇柔蜜意。她再也按捺不住内心的情热，大胆地、轻轻地把头靠在了初恋情人的肩上，羞怯地倒入初恋情人的怀抱，默默不语，如痴似醉，感受着人间最美好的欢乐。娇痴之状正是女儿家心愿已偿的状态。

朱淑真小儿女般的娇态和情不自禁的痴迷，真实生动的仿佛从字里行间走了出来。在她和衣依人的娇痴中，又分明有一丝羞怯，有一份芳心暗许。

由于朱淑真难得与情郎单独亲近，一旦相会于幽静场所遂难自持，

有了亲昵甜蜜的身体接触。大胆亲昵的行为，表达了朱淑真对他深深的爱慕之情，其结果就是“感郎不羞郎，回身就郎抱”（《碧玉歌》）。正是南唐李后主词中所谓的“一向偎人颤”“教君恣意怜”。这样的热情，这样的主动，大概已让人感到她似乎有些失态，不像平时那个落落大方、知书达礼的朱淑真了。但沉浸在爱情中的朱淑真已不顾那许多，“不怕人猜”，在特殊的雨后时分有了向往已久的甜蜜相恋的体验。或许这在现代已经司空见惯，但是在“男女之大防”“男女授受不亲”的古代，这可算是惊世骇俗了。因为是第一次，感觉也就特别强烈而持久。两情相悦，没有什么比这样浓烈的爱更醉人、更令人迷恋。

“最是分携时候”，天色已不早，最后不得不分手。分手时两情依依，难舍难分。朱淑真“归来懒傍妆台”，回到家中，对镜自视，又何等魂荡神迷！她懒傍妆台，检视自己的仪容，久久回味着两人独处时的心跳，却为相聚时间短暂，不知未来如何而惆怅。一个“懒”字，写活了女子心荡神迷、无限眷恋的回忆。“妆台”在这里已不仅是女子深闺中的日常摆设，更是展露女性心态的一个窗口。女子对镜梳妆，也常常是在自我审视、自我观照。欢会归来的第一件事就是直奔妆台，审视着镜中的自己美否，看自己是否失态或是否还完美，或为刚才的迷乱而羞涩，或回忆刚才的幸福，或试图镇定一下迷乱的心态。何其真实，生动入微！

朱淑真这首词的可贵之处在于写出了女子真实的情爱体验和心理流程。“娇痴不怕人猜，和衣睡倒人怀”，她是多么的大胆泼辣！激情如火时，什么礼教约束，什么“父母之命，媒妁之言”，都一边待着吧，我且享受这片刻的温存和幸福。在那清规戒律森严的封建时代，朱淑真能写出这样的艳词，需要多么大的勇气。也难怪后来，父母亲把她的诗词付之一炬。道学家们也诋之为“淫娃佚女”“有失妇德”。然而词论家仍给予高度的赞扬：“淑真的‘娇痴不怕人猜’，放诞得妙。”这首词是朱淑真对封建道德礼规的不屑，是对爱情理想的执著追求，是个性自由的大胆呈现。这种思想，在那个时代是多么的难能可贵！

热恋痴爱之时，那份无忌的情怀，永远是纯洁的、感人的。朱淑真把一个夏日湖畔的恋情幽会写得有声有色。一位坠入爱河的女子，与意中人湖边幽会，从湖上携手漫游写到旖旎缱绻的情热心动；从甜蜜的欢情再写到痛苦的分别，归来后的落寞心情，将恋人间的心态很有层次地展现出来。两个人陶醉在爱情的阳光雨露中，雨中相依相偎，僻静处讲着绵绵情话，颇有现代的浪漫情调。

沉溺于爱情中的女性的娇弱、痴迷以及在意中人面前的无所顾忌。朱淑真对世俗眼光和铄金流言全然不理，一任爱情火焰恣意燃烧，也正是这燃烧映出了生活的亮色，升华了人生的价值。有学者评价说："在那样的一个时代，一个女子敢于如此淋漓尽致、毫不掩饰地写出这样的词句，无疑是内在情感世界中爱的倔强外化，是生命内驱力的呈现。这种向外喷射的激情，成了旷日持久的内心压抑的补偿、一种挣脱内心束缚的强烈的冲动。"（王乙《试论朱淑真的孤独意识》）

然而，冲动愈加强烈，恋爱愈加无忌，则张望愈加迫切，然而失落也会愈加惨痛，绝望也会愈加临近。

其实诗词是表象，她真正的勇气来自于内心的无畏，无畏源于爱，归于爱，在爱的吟咏中蕴藏着无限潜能。这能量昭示着卓尔不群的胆识和勇气。它是封建桎梏下对道德约规的不屑，是心灵异化下对人性压抑的反抗，是男权人墙下对女性本位的回归，是礼教藩篱下对爱情理想的执著。

风光紧急

朱淑真与初恋情人之间的交往被视作违反了封建礼教的反叛行为，因而招致了亲朋、邻居甚至毫不相干人的非议与谩骂，他们视朱淑真为淫妇，是不守妇道的女人。

朱淑真毕竟只是一个弱女子，她无法承受这压力，她也曾以诗词为武器极力地申辩，然而一个弱女子的声音毕竟太微弱了，瞬间便被淹没在排山倒海般的声讨声中了。为了避人耳目，他们见面的次数不得不少而又少，相聚的时间也愈来愈短。

风光紧急，三月俄三十。
拟欲留连计无及，绿野烟愁露泣。
倩谁寄语春宵，城头画鼓轻敲。
缱绻临歧嘱付，来年早到梅梢。

——《清平乐》

朱淑真这首《清平乐》是非常独特的一首词。写的是阴历三月三十这一天，春天的最后一个尾巴。词的起句十分奇崛：“风光紧急，三月俄三十。”春天的风光以“紧急”来形容，很是警奇。后又紧补一句“三月俄三十”，三月里俄顷间又到月末三十日这天了，语气间自有一种“救春如救火”的紧迫气氛。在三月三十日这个临界的日子里，春天就要远行、消逝了。“拟欲留连计无及，绿野烟愁露泣。”春天已被设想为即将远行的游子，而大自然的绿野烟露等诸多风物都急欲挽留。暮春时节，红瘦绿肥，树木含烟，花草滴露，都似为无计留春而感伤呢。实际是词人自己留不住春的感伤心情之流露。这种与春惜别的心情，颇有柳永笔下“方留恋处，兰舟催发。执手相看泪眼，竟无语凝咽”的味道。“倩谁寄语春宵，城头画鼓轻敲。”眼前的“春宵”是春光在世间的最后一霎，然后渐行渐远，所以需要使者追上去传递词人心意。于是，城头画鼓声就充当了这传语春宵的使者。唐宋时城楼定时击鼓，日击二次，城门随之启闭。所以，这城头画鼓声就代表了时间。请它追着春光匆匆的脚步传达心语，实是奇思妙想。而这鼓声“敲”得很“轻”，有一种委婉微妙的感情色彩，有一种温存软语的意味。“缱绻临歧嘱付，来年早到梅梢。”“临歧”二字更是一种煞有介事的渲染，使送别春天更有人间临歧分手的场面感。最末一句“临歧嘱咐”的“缱绻”情话是“来年早到梅梢”。这一句是说请春天来年早到梅的枝头，颇是耐人寻味。“早到梅梢”实为妙笔生花。百花迎春以凌寒独放的梅花为最早，谓“早到梅梢”，盼归之情急切强烈。朱淑真盼春早归的心情具象化为早梅之开放，意象极美，使全词在结尾处灿然生出一种明丽。这词里的“春宵”未尝不是一位难分难舍的朋友，一位情意深长的知己。看，又是“拟欲留连计无及”，又是“倩谁寄语春宵”，最后还“缱绻临歧嘱付，来年早到梅梢”。朱淑真俨然是在与一位真心相爱的朋友兼知己在依依话别。词意之外，莫非别有所寄托？那就是朱淑真的这位朋友，会不会就是她的初恋情人？会不会这是他们最后的一次相会？

斜风细雨作春寒，对尊前，忆前欢。曾把梨花，寂寞泪阑干。芳草断烟南浦路，和别泪，看青山。昨宵结得梦夤缘，水云间，悄无言。争奈醒来、愁情又依然。展转衾裯空懊恼，天易见，见伊难。

——《江城子·赏春》

曾经的欢恋犹在眼前，想来却是泪眼阑珊。花样年华里的张望在婚姻中面目全非，爱情的潮水无声退却，剩下的只有“芳草断烟”。欢恋已别，含泪入梦，只求梦中重逢，终于“结得梦夤缘”，却又如此短暂。“争奈醒来，愁恨又依然。”梦醒愁亦醒，前欢如此刻骨，旧情如此难忘，却不过是春梦里的一抹幻象。“辗转翠衾空懊恼”，翠衾之外，空茫如昨。“天易见，见伊难。”情牵一线线已断，身陷空房，爱已无处驻留，纵是执著一生，只能怀念一世，孤独渗入流年，在残缺的情感世界里弥漫。

流年暗度，尊前把酒，欢爱旧梦，一一上演，寂寞难耐，泪眼倚阑干。那南浦路上，依依惜别的身影，款款泪落的深情，都结成了昨宵的梦缘。可惜，醒来后，愁恨又依然。“天易见，见伊难。”执著一生，守候一世，现实的阻隔，在她和他之间划了一道无形的天河，两人成了世界上最远的距离。心似双丝网，有千千结。旧情再难忘，也不过是春梦里的一抹幻象，有的只是刻骨的怀念和悲凉。

在这首词的最后，朱淑真说：“我无比地惆怅懊恼啊，见到春天容易，见到心上人却是难上加难啊！”由此可见她又陷入到了无比的愁苦之中。于是，她只能用回忆慢慢疗伤，重温着曾经的那一幕幕。此时她拥有的只有回忆，那些美好的甜蜜的回忆。回忆虽然给她的心灵带来了一抹亮色，但回忆越美，内心就越痛苦无助。于是，那一首首令人断肠的诗句便从她的笔下汩汩涌出：“绿满山川闻杜宇。便做无情，

莫也愁人苦。”（《蝶恋花·送春》）“芭蕉叶上梧桐里，点点声声有断肠。”（《闷怀》）“恰似楚人情太苦，年年对景倍添愁。”（《暮秋》）“山亭水榭秋方半，凤帏寂寞无人伴。”（《菩萨蛮》）寂寞朝朝暮暮，此情此恨，无人能懂。孤独，渗入血液；眼泪，流淌成河。

初春天气，斜风阵阵，微雨横飞，寒意袭人，这抑郁沉闷、迷蒙、晦黯、凄冷的气氛让愁思郁积的女子，春寒忍奈不住，春愁无法排遣，只能举起酒杯驱寒解忧。在“是醒是醉人莫测，非梦非觉中了然。”(陆游《醉眠曲》)的境态中，忆起和泪送意中人的情形。朱淑真以梨花自喻，写尽自己因苦留不住情人而泪水如泉和寂寞独处时的凄凉况味。

“曾把梨花，寂寞泪阑干。”她寂寞无欢，只有手拈梨花，任泪水流淌过如花的脸际。白居易《长恨歌》中有云：“玉容寂寞泪阑干，梨花一枝春带雨。”这里，朱淑真信手拈来写自己雨打梨花般的寂寞悲情。“芳草断烟南浦路，和别泪，看青山。”还记得南浦分别时的情景：芳草萋萋，云烟漠漠，他的背影消失在远方。那一刻，朱淑真柔肠寸断，泪眼模糊，无语独看高高的青山。“芳草断烟南浦路”自屈原《河伯》之“送美人兮南浦”及江淹《别赋》之“送君南浦，伤如之何”以后，“南浦”一词便成为情人别离地点的代称了。这里再配以“芳草断烟”的凄迷之景，以衬茫茫悲情，充满浓郁的感伤色彩。

“昨宵结得梦夤缘，水云间，悄无言。”先由现实的回忆转向梦境的追寻，营造出一种迷蒙、晦黯、凄凉的气氛：初春时节，斜风阵阵，微雨横飞，寒意袭人，它给人的感觉本来就是抑郁沉闷的，更何况对愁思郁积的女子呢？她是如此的执着，似乎能看到她在生命最后的日子里还是纯情地、痴痴地爱着，等待着。她曾经和他携手梅花山间小径，艳红影里携芳回；她爱那春天里的梦，爱在花丛中追逐嬉笑；爱那娇痴在眸底流转，让笑靥绯红了的容颜。那一刻，率性纯真，大胆直白，快乐如风。

朱淑真转而又不得不从梦境回到现实。乍暖还寒时节，本该是柳丝夹岸的江河水，却成了一湖愁雨挽柳色，好似走进了烟雨的浓愁薄恨中。风绕过一丝绿意的柳丝的缠与绕，却转不过烟雨朦胧的愁与怨……回忆起以前的快乐时光，于是希望与萧郎在梦中相会。梦中的缠绵，梦醒后的凄冷，使朱淑真无力再承受现实生活的分离，思念与失望不断聚积，她满腔的深怨迸射出了毫不掩饰的直白心声："天易见，见伊难。"这痛绝之语作结句显出了沉郁顿挫的风致，这种情感还表现在朱淑真的一首《恨别》诗中：

调朱弄粉总无心，瘦觉宽馀缠臂金。
别后大拼憔悴损，思情未抵此情深。

黄昏却下潇潇雨

在强大的封建势力的干预下，朱淑真的爱情最终没有归宿。爱巢难筑，而她却青春渐逝。回到娘家的时候，她只有二十四、五岁，一晃多年过去了。而她的恋情被视作反礼教行为，陷入了孤独无助，令朱淑真欲哭无泪、愁思满怀。

楼外垂杨千万缕，欲系青春，少住春还去。犹自风前飘柳絮，随春且看归何处。绿满山川闻杜宇。便做无情，莫也愁人苦。把酒送春春不语，黄昏却下潇潇雨。

——《蝶恋花·送春》

当朱淑真不满于婚姻现状，失落于爱情理想，却又无力挣脱之时，自然景物便成了她唯一直观自身生命价值的对象。而"春"之意象则因其生机之勃然和繁盛之短暂与她的生命状态达成了某种神似，对春的痴恋也由此而生。整首词在青春亦老、年华易逝的悲鸣中流露出系春不能、惜春不得的浓浓感伤。谁又能说，这不系之春不是朱淑真曾瞬间绽放却无以寄留的恋爱时光的象征呢？"把酒送春春不语，黄昏却下潇潇雨。"令人爱不释手，堪称名句。她的词作能得以流传，并不是那些欢快的女儿情态，而是那些令人心碎的句子。淑真留世，唯以断肠。悲剧就是，把美撕碎给人看。这句话，放在朱淑真身上，也

那般熨帖。

这首词是朱淑真写得情景交融、非常动人的名篇。“楼外垂杨千万缕，欲系青春，少住春还去。”暮春季节，空气清澈澄明，太阳照得人暖洋洋的，楼外庭院中的千万缕杨柳枝条悬在空中，在阳光照射下悠悠晃晃、袅袅娜娜、飘飘荡荡，迎风飞舞，就像千万双纤柔的手在招舞，像无数条细细的绳在飘扬，多么想把春天挽留住。但是，春天还是去了，并没有稍稍停留一会儿。以“垂杨千万缕”来“系青春”，生动的写出了词人爱春惜春，欲留住春天的心情。“犹自风前飘柳絮，随春且看归何处。”柳条没有挽留住春光，而那痴情的柳絮还在风前飘扬，她悄悄地跟着春天的脚步，要把春归的去处看个明白，把它找回来。就像黄庭坚在《清平乐》词中透露的“若有人知春去处，唤取归来同住。”朱淑真通过柳条的“系”、柳絮的“看”，把人的感情注入了原本无情无知的植物，将“春”作为少女青春而人格化，透露了对青春消失无限深情的惋惜。“绿满山川闻杜宇。便做无情，莫也愁人意。”春风吹拂，绿满山河，杜鹃啼鸣，其声悲切。像飞絮一样，哀鸣的杜宇（杜鹃鸟的别名）也是残春的象征。远望着这暮春的山野，听到传来杜鹃鸟的凄厉叫声，于是朱淑真猜想：杜鹃即使无情也在愁苦地发出哀鸣。即使是那无情的人儿听了，岂不也会愁绪满怀？“绿满山川”原本是赏心悦目的美景。忽然听得一声“不如归去”的杜鹃悲鸣，的确会使人心生惆怅。“把酒送春春不语，黄昏却下潇潇雨。”春要归去，她也只好举起酒杯送春天，而春天默默无语，黄昏时候却下起了潇潇阵雨。“把酒送春”是极想挽留春天而又无法挽留的一种表现。“黄昏却下潇潇雨”，一个“却”字颇令人玩味，点出“潇潇雨”是欲归去的春天对朱淑真把酒送别的感应与惜别，既是送春时天上的雨滴，也是朱淑真留春不住的伤心泪水。此句与王灼《点绛唇》中的“试来把酒留春住，问春无语，帘卷西山雨”有异曲同工之妙，颇具耐人寻味的是，这雨是不是春天临去时的惜别之泪呢？

那依春、恋春的多情杨柳，正是朱淑真自我心灵与情感的外在投射。通过对春光匆匆消逝的描写，她委婉地倾吐了心头的苦闷。系春不可能，随春也无结果，看风前飘絮，听绿野鹃鸣，只有无奈地“送春”。一系列复杂的心理情感轨迹由远到近，由热望到激越再到沉郁终致绵缈，给人以缜密而又清朗的审美感受。阴历三月末为春离去之日，朱淑真最后“把酒送春”，春却默默无语，她看到的只是在黄昏时下起的潇潇细雨。这样以“黄昏却下潇潇雨”作结，凄凄然，茫茫然！那暮色苍茫、细雨淅沥的悲悒氛围中，益发令人黯然神伤。“把酒送春春不语，黄昏却下潇潇雨。”朱淑真幽怨的春愁顿时郁结在心中，风景如画的江南，梦一般凄婉迷茫，那烟雨朦胧、柳丝飘舞的画面成为经典。

“柳”在诗中具有别离相思的感情色彩，一经被“雨”浸润，此种色彩更为浓厚。“雨”和“柳”的结合，历来在诗词中屡见。如《诗经·小雅·采薇》中的“昔我往矣，杨柳依依；今我来思，雨雪霏霏”；唐人王维《渭城曲》中的“渭城朝雨浥轻尘，客舍青青柳色新”等。当暮雨飘然而下，那湿润飘拂的枝条愈发令人黯然销魂。

朱淑真这首《蝶恋花·送春》词由惜春到送春，始终凝聚着对春天对人生的缅怀珍惜之情。伤春悲秋，是生命的体验，是对于时光流逝，年华老去的无奈和留恋！朱淑真痛感于年华飞度、青春易逝，而自己对美好人生和心灵自由的执着追求却并未泯灭。宋代有不少惜春之作，如欧阳修的“雨横风狂三月暮。门掩黄昏，无计留春住。泪眼问花花不语，乱红飞过秋千去。”如苏轼的“花褪残红青杏小。燕子飞时，绿水人家绕。枝上柳绵吹又少，天涯何处无芳草！”朱淑真的这首词以拟人语气写景写情，委婉多姿、细腻动人。与黄庭坚的这首《清平乐》意味颇多相似：“春归何处？寂寞无行路。若有人知春去处，唤取归来同住。”

当不如意的婚姻以“父母之命，媒妁之言”的方式强加给这个宋代女子时，她的第一反应是美好的青春结束了，而且结束得如此之快，如此猝不及防。当婚姻生活到来之后，各种不如意，让她心生怯意，让她频频回望来时的路，让她总是流连自己过去的美好时光。

少女时代的朱淑真生活优裕，终日赏花吟月，赋诗抚琴。她的早期作品情调轻松明朗，活泼欢快。青春是生命中的一抹亮色，正如大自然的春天一样美好。而如今春天要走了，就如同青春要逝去了。眼前那千万缕的垂柳似乎可以将春系住，但春只作短暂停留，又匆匆离去。继而杨柳生絮，随风飘荡，又寄希望于柳絮，盼望着轻柔的柳絮可随

风飘舞，跟随春的脚步，探寻春的去处。用杜鹃的哀鸣寄托送春之情，以酒送春，春不语，待到黄昏时刻，潇潇暮雨，仿佛是春在作答，亦或是朱淑真寂寞的泪水？

其实，也许还有一份深隐的情怀在词中潜藏：那个西湖之畔逸似仙的诗人，那位东轩读书的少年书生，从此也被迫从她的生活里退隐了。

曾经以为，遇见他是朱淑真人生最美丽的邂逅。遇见他，在那个多情的季节，总似她多年的梦寐。朱淑真与他，没有父母之命，无需媒妁之言，便被他牵了手。被他柔柔把握的那一刻，朱淑真在轻轻地颤抖，他看见了娇羞与幸福都挂上了她的眉头。那一夜，月光如水，溶溶华华。他抓住她的手，目光灼灼。朱淑真如那久旱沐雨的海棠，尽情地绽放着美丽，倾吐着芬芳。她似弦，他如管，和鸣谐调。红烛映照，千般景致，万种风情，都在他将她的芳唇轻轻一吻间。这一场爱恋，如此的挚烈，如此的缱绻。柳树梢头那煌煌的一轮明月，悄悄见证了这份激情与甜蜜，也成就了朱淑真一生难以泯灭的怀恋。

当日后，朱淑真才明白，曾经以为会是天长地久，到头来，终还是，鸢去鹰飞，致爱成空。“今年元夜时，月与灯依旧。不见去年人，泪湿春衫袖。”他去了，在强大的压力下，从此再也不见回头。多少的渴盼，终不见只语片言。红烛化作滴滴相思泪，苍白了容颜，退却了红妆。纵然沧海横流，也难洗尽朱淑真的悲愁。对妆镜，怯了心思，瘦了朱颜！君一去，云山万里远。想今后谁将她的沈腰轻揽？可还会有与君西窗重剪之时？

那夜的离别时，他松开了她的手，渐走渐远。望着他渐渐模糊的背影，泪水迷蒙了朱淑真的视线。此一去，他终不回！于是，她的天空不再有他潇洒的身影，他的枕畔不闻她的幽香如兰。朱淑真的爱便定格在了那一个元宵夜。她的世界不再有春花秋月，只有泪如雨！他走了，于是，属于她的季节也就过了！她与他无有婚嫁，爱时爱得痴狂，去时去得决绝，从此再无消息。她只有寂寞自守此生，泪飞顿作倾盆雨，濡墨行行都作断肠。

倦对飘零满径花，静闻春水闹鸣蛙。

故人何处草空碧，撩乱寸心天一涯。

——《暮春有感》

暮春之际，落红满径，春水蛙鸣，草色空碧，她在怀想远在天涯的那位“故人”。此时，她是别人的妻子，但心里想的念的却是远在天涯的那个人。可是这人辜负了她，再也没有在她的生活中出现，她陷入彻底的困境与绝境，她的绝望是最彻底的。

独行独坐，独唱独酬还独卧。伫立伤神，无奈轻寒著摸人。此情谁见，泪洗残妆无一半。愁病相仍，剔尽寒灯梦不成。

——《减字木兰花·春怨》

这首词哀怨凄婉，浸透着情感的孤独和生命的苍凉。朱淑真写自己凄凉无告的情状：我独自行走，独自枯坐，独自唱和独自酬答，就连睡觉也是独自一人。久久地凭栏伫立，感到十分地伤神，再加上春寒料峭，更使我感到无限地凄凉。因为终日的伤心落泪，脸上的脂粉已被冲洗掉了一大半，显得十分地憔悴，然而又有谁知晓呢！我愁病交加，望着一盏昏黄的孤灯，怎么也无法成眠。辞婉凄切，感伤至深，这既是朱淑真悲情的抒发，又是对吃人的封建礼教的强烈控诉。

“独行独坐，独唱独酬还独卧。”起笔连用五个“独”字，把心中无以排遣的苦闷愁怀，形象地写出来：行则形只影单，坐则顾影自怜，赋诗无心，酌酒无绪，起卧无时。就是这样的伤神，被春寒入骨侵心。春寒、残妆、寒灯，这些意象，把一个愁苦无聊的诗人形象，书写的淋漓尽致。这些句子力透纸背。她最终要成为自己，而不是别的什么人，这才是朱淑真。谁毁了孤独，谁就毁了朱淑真。可惜，她的父母不懂得。她不应该成为普通女子，上苍没有给她这样的条件。大众的生活满足不了她小众的才情和心情，只能眼睁睁看着她凋零、枯萎。

今朝花落悲颜色，他日花开复婀娜。朝朝暮暮，恋恋红尘，一霎黄梅细雨，都随风流去！寂寞的窗牖下，一盏孤灯明明灭灭，挑过的灯花越来越亮，灵魂的火焰却越来越暗。看着寂寞的影子，她悲

伤得泪流满面，心中还有未曾死去的情愫，却无人得见。愁与病交加的时光中，无以排解，只能独对寒灯，用枯瘦的细指，挑着点点灯花。

想伴着这盏寒寒的幽灯，沉沉睡去，做一场曼妙无声的春梦。可寒夜悠长，只有声声叹息，叹息连一个梦也做不了。现实是如此的残酷，长夜无眠，孤灯陪伴，如此悠长的仍是寂寞。孤寂如影随形，总在夜深人静时，猛然袭击着她敏感的心，一片冰凉与惆怅。相思无可奈，锦心无以寄。挥手，转身，苍凉一片；低眉，俯首，孤影自怜。

回首“娇痴不怕人猜，和衣睡倒人怀”的无忌女子，再看此时的“独行独坐，独唱独酬还独卧”，总觉得爱情是一场幻觉。而幻觉的丰盛注定了压抑的深重，没有两情相悦，没有伉俪情笃，有的只是“伫立伤神”。曾经的激情化作不尽的“无奈”，而“残妆”“愁病”正是这种“无奈”的外化，“剔尽寒灯梦不成”则将“无奈”进一步深化，春梦已碎，长夜无眠，寒灯转瞬剔尽，寂寞如此悠长。

由“娇痴不怕人猜，和衣睡倒人怀”的无忌放诞，到“对尊前，忆前欢”的黯然回首，在朱淑真的生命里，那点燃过她爱情火焰的男子，始终是她爱的，但两人却终未能走到一起，尽管她一直在痴痴地守望着那个点亮她爱情与生命的男人。

白头生死鸳鸯浦

此时，朱淑真的婚外恋越传越盛、越传越远，沸沸扬扬地传到了她的夫家，夫家十分震怒，向朱淑真的父母提出了严厉的交涉，苛刻地限制朱淑真的自由。朱淑真的丈夫怒不可遏地数落着朱淑真不守妇道、写诗辱夫、主动提出分房而居、妒嫉小妾、不事夫君、婚外恋等种种不是。不仅如此，他还愤愤不平地控诉朱家这样一个书香礼仪之家，却养出了一个如此不贤不惠不讲三从四德的女子。

随着丈夫的恶意指责和大肆攻击，市井间开始流传朱淑真各种背经离道的绯闻，上层社会的卫道士们亦极力抨击她的“大逆不道”。

而朱淑真的诗句则在人们添油加醋的谈论中，被描绘成了出轨的铁证。这致使朱家丢尽颜面。

朱淑真极力地反抗、争辩，根本无济于事。她的大逆之举掀起了轩然大波，她一下子成了众矢之的。她不堪重负，丈夫抛弃了她，情人远离了她。心灰意冷中，她决定不再累及家人，连带父母颜面无光。但是，解脱的出口在哪里？朱淑真越来越绝望。夜深人静，冷雨敲窗，点点滴滴都是夜雨芭蕉的呻吟，听着凄切。朱淑真恰如那无着飘萍，一由波涛汹涌，任凭雨骤风狂。

婚姻不能自主，爱情不能自由，朱淑真跌入人生低谷，她决定皈依宗教，她来到一个叫作王道姑的寺庵暂住，跟随道姑烧香念经，以求摆脱尘世的纷扰。

短短墙围小小亭，半檐疏玉响泠泠。
尘飞不到人长静，一篆炉烟两卷经。

——《书王庵道姑壁》

围墙又短又矮，庭院里筑有一座小小的亭台，屋檐下稀疏的竹丛发出清越的声音，好像是在浅吟低唱。这里远离尘世，肃穆宁静，只有盘香的烟雾缓缓上升，伴随着虔诚地念经声。这首诗表现了朱淑真对世事的心灰意冷以及对黄卷青灯的一往情深。尽管如此，朱淑真在打坐念经的时候还是跑了神，毕竟尘世还有很多令她挂心的东西——年迈的父母、初恋的情人。

朱淑真在苦痛与打击里，仍然沉醉此情难自拔。遥想月下双影，樽前对饮，琴瑟和鸣。到如今，只有琵琶独抱，对着满地梨花，和泪弹。望断茫茫远山，迢迢绿水，终不见回还。任她泪洗残妆无一半。病愁相仍，剔尽寒灯不成眠。曾在夜梦中，云水之间，与君缱绻。奈何夜残梦断，孤苦如昨，愁恨依然。辗转孤枕，再难成眠，空懊恼。朱淑真的处境越来越难，一年三百六十日，风刀霜剑严相逼。她自己先安葬了那份春心。心既死，世间宠辱全当过眼浮云，都与她何干？

湖水潋滟薄命断

经过一段时间的情绪舒缓，朱淑真又回到了父母的身边。此时，朱淑真仍然情牵那位千里之外隔山隔水的情人，并设法与之联系，不料这一行动又招致了无穷无尽的责难与谩骂，夫家派人前来干涉、问罪，欲置之死地而后快。而朱淑真的情人却仍然没有消息，更遑论来见她接她。

这一打击，让朱淑真彻底的绝望，她想到了死。

自杀前，朱淑真一定思索了良久。最终，她来到了曾与情人牵过手的湖边，踩着冰冷的水一步一步朝前走了去。

大约在淳熙七年（1180年）左右，朱淑真走到了生命的尽头。史料中关于朱淑真的卒年是不详的，因此只能是大约。

在一个凄风苦雨的晚上，朱淑真出了门。我想，她应当是精心妆饰了一番，她会以一个绝美凄丽的形象离开这个世界的。她来到了溪水边，缓缓地但同时肯定是非常从容非常超脱地走向了溪水的纵深处。

湖中的水潋滟清澈，温暖柔和。这西湖边，曾有他们的欢笑，有雨中的漫步，还有他们的第一次牵手。如果一切可以重来，该有多么好。可惜，时光不能停驻。美好永远地消逝了，她拥有的只是一份苦涩的回忆。

那一年，朱淑真大约四十五岁。

凄绝黯然的芳魂就这样归去了，她红尘这一回，美艳动人，又卓然不凡。可惜，从开到谢的过程太过仓促，一如春花只有短短的一季美好与快乐。曾想每日相伴看云霞共晓雾生烟，曾盼执手共沧海月明，海誓山盟言犹在，却不料一程山水，一个人，一段故事早经不起轮回的洗礼，悄然间被青苔覆盖，面目全非！

我很想知道，在她把命运交给水的那一刻，是否想起了那个青衫飘飘的潇洒情人？

去年元夜时，花市灯如昼。月上柳梢头，人约黄昏后。

今年元夜时，月与灯依旧。不见去年人，泪湿春衫袖。

——《生查子·元夕》

曾经在月上柳梢的黄昏中，相爱的人儿相会，留下了美好记忆。可是去年的人，早以不见，只有透满春衫的泪与愁，纠缠一生。这一旧情难续的沉重哀伤，这种对昔日恋人的一往情深，叫人如何消受？对恋人的思念越深，现实越是不尽人意，内心就越是痛苦和绝望。

这首词的含义浅白易懂，写的就是一个少女与情人的约会，作者是谁，却惹来争议。闺阁女子自称："月上柳梢头，人约黄昏后。"按那时的说法，无疑就是邀人私奔之词，所以明代的杨慎在《词品》里一本正经地斥责朱淑真为"不贞"。

"月上柳梢头，人约黄昏后。"幸福的时光仿佛只肯赐予她那么几回。"何如暮暮与朝朝，更改却、年年岁岁。"她追求的不是那朝朝暮暮，而是迫切想和心上人一生的执子之手，白头偕老。"独行独坐，独唱独酬还独卧。"每天都是这样的寂寞与折磨，心理承受能力一旦达到了极限，那就意味着到了生命的尽头。既然已经"春残花渐落""便是红颜老死时"了，那么"质本洁来还洁去"吧！

读一个人的诗词，就是渐渐走进她的内心世界，走进她的情感空间。我一直都想真正读懂她，无奈苦于诸多牵绊。我只能在她遗留的诗词里，轻轻地触摸她心底里的那片伤痛。

但流传颇广的《生查子》"月上柳梢头，人约黄昏后"一阕，长期以来被认为是欧阳修所作，但据考证，其实是当时怕坏了风气才将作者改为欧阳修。《生查子》词的作者应该是朱淑真。其实，早在朱淑真少女时代，她的词就已在市面上流传。但是，作者却让道学家们冠以男人的名字。就比如这首《生查子》，世俗怎么容得下让一个女子这种大胆的诗句在文坛上立足。而那位剽窃者正因为这首词成为了著名的词人。因为朱淑真是女人，她怎么能约人黄昏之后，她怎能为了一个人泪湿春衫袖。朱淑真的丈夫看到那沾满春泪的诗词，他尽管早已三妻四妾了，可他依然暴怒异常，一巴掌便毁了朱淑真一世的理想，毁了她心中仅存的希望。

一生忧伤《断肠集》

红颜痛苦地凋零，《断肠词》艳艳地盛开，翻开书卷，在草叶间，人们拾得的是一个女子终日断肠而歌的字语。

但在当时，周围和娘家的人却并不同情她。相反，舆论都认为她对夫不忠，不安分守己，失了妇道，有些人把她的生活说成是“桑淄之行”，甚至贬她为“泆女”。各种流言秽语纷至沓来，朱淑真的父母在种种压力下抬不起头，在女儿死后，父母认为她写的是一些淫词艳语，因此一把火烧掉了。据《断肠集序》中说：“其死也，不能葬骨于地下，如青冢之可吊，并其诗为父母一火焚之，今所传者百不一存，是重不幸也，呜呼冤哉！”可是，家人不爱她，自有人爱之。

朱淑真活着的时候，似乎从来没有一个真正理解她、爱护她、欣赏她的人，至亲如父母对女儿的心思和志向也完全不能理解。在她死后，父母为之心痛不已，认为都是那些诗词文字惹的祸，是那些书籍摄走了女儿的魂魄。所以，他们才按照佛教的方式，一把火将女儿毕生心血和创作连同她的遗体全部“荼毗”（焚烧）了。

虽然这样，朱淑真的诗词却并没有遭到全部被湮没的命运，父母烧毁诗稿之后，她所余下的“百不一存”的诗词作品，却在当世其他文人一些笔记和文集中保存了下来。

南宋孝宗淳熙九年（1182），喜爱她诗词的宛陵人魏仲恭在钱塘的市井之间，从传诵者的口中收辑其部分作品，题名为《断肠集》，并为之作序，朱淑真的诗词才得以流传下来。这个生前没有知音的孤寂女子一生的痴情语、伤心话，总算集结成一本《断肠集》。从而让这位曾经真实地活在人间的红颜女子诗词作品得以流传后世，让更多的人知道。

由于过去的历史皆为史官所撰，多少有点“御用”的味道，至少拿了朝廷的奉禄，所以很大程度上是在为帝王将相做家谱，草根阶层很难有机会出现，属于“沉默的大多数”，没有功名、没有官职的男人，纵然颇有名望，也未能进入官家史书。比如南宋著名词人，浙江宁波人吴文英，词写得真好；“如唐诗家李贺”（郑文焯《校梦窗词跋》）；

“词家之有文英，如诗家之有李商隐”（四库全书总目提要·梦窗词），但一生未当官，只能当幕僚糊口，所以，他在六十岁左右，竟然饥寒交迫而死，这样的人尚且无法进入当朝官史，更何况朱淑真这样的小女子呢？

在《断肠集》的序文开头，魏仲恭说：“比在武陵，见旅邸中好事者往往传颂朱淑真词，每茄听之，清新婉丽，蓄思含情，能道人意中事，岂泛泛所能及？未尝不一唱而三叹也！”

朱淑真《断肠集》里的诗词，表现的是发自女性内心的感受，描写她敏感心思的无尽的寂寞生活。朱淑真在自己的作品里构建了一个幽、静、深、远的世界，具有女性诗词作品独有的特色。朱淑真的闺中主题，绝大部分是个人生活的反映。她对大自然时序非常敏感，每天的阴晴晨昏细微的变化，都牵系着她的感情脉动，都在她心灵世界投下或浓或淡、或深或浅的影像。

在朱淑真的花样年华里，有过期盼和张望，有过缠绵和炽烈，后来却因“羽翼不相宜”的婚姻，一一葬送。诚如斯语：“当游离于婚姻之外的爱情在流年中消散，一切曾有的绚烂如同幻觉，绝望成为最后的姿势。这姿势在幽怨悱恻中透着大胆奔放，而这种奔放却像凄美绝世的独舞，眼神里的炽烈和缠绵只是一场幻觉，瞬间绚烂，刹那熄灭。”闺阁之中，她空有满腹才华，已是一大不幸，错嫁非人，更为一大不幸。无处诉说，她只得用赋诗填词来排解心中的哀怨。尽管她的作品触动心弦，惹人怜惜，但却不被社会认同。封建礼教不断给她施压，于是，她发自肺腑倾诉的便是“不守妇道”，背叛“三从四德”；她真心纯情的抒写，则是有伤大雅之举，为礼教风化所不容。终她一生，处处遭受苛刻对待，敏感的她岂能不郁郁而终？

所以断肠后的她，只有一死。但朱淑真的一生，希望活得真实，爱得饱满，她清醒地行走在心灵的阡陌之上，渴望与知音携手同游，共度一生。朱淑真的一生都交付给了真实与追求。

在历史的长河中，究竟有多少人寂寂无名，被雨打风吹去？而大浪淘沙之后，只有极少极少的人被历史铭记、流传至今，朱淑真便是这极少极少中的一个。这可能是命运给这位苦命女子一点人生补偿。

她的一生，什么也没有，只有一册《断肠集》，那是她蘸着血泪写下的。她一字一泪完成的诗稿，也和她一起被化成灰烬。这样一位绝代佳人，连芳冢都没有一座，连在她坟前，浇杯薄酒的机会都不给留下。但蓬勃的草木，可以覆盖她简短的一生，她将自己托付给流水。她的骨灰，被抛撒在钱塘江水中，千年已过，不知道那寂寞的芳魂，是否还在江畔徘徊，吟哦她的词句，等待她的知音。寂寞的笑靥依稀有嫣然的桃色。回眸的惆怅，化成一字一句细细吟哦。借一曲古韵，与君缱绻，寂寞沾衣盈袖，看红尘依旧，惊醒了一个草长莺飞的梦。远山云烟，江边日晚，看我明眸婉转，倾心许君一季的缠绵。萧音袅袅，谁把芳心比婵娟，锦字字字婉约。一江明月，一岸烟柳，一往深情诉与君。一宵缱绻，一笺清泪，相思为君，君可知？

谁家横笛弄轻清，唤起离人枕上情。自是断肠听不得，非干吹出断肠声。细读《断肠集》，熟谙淑真情致，深感淑真情痴。惟有那“十二阑干闲倚遍”后，一声“愁来天不管”的仰天长叹，令人幽怀落寞。薄云疏日弄阴晴，不必西风吹叶下，愁人满耳是秋声。这是辗转千年的红尘孽缘与宿命，一篇篇美诗丽词，包容着她生命中最美的锦瑟年华。

怀其情痛，悲其一生，八百多年后，那一种无边无际、苍茫浩渺的愁怨仍在，这是一个爱而不得的红颜女子内心深处散发出的弥天愁雾。断肠叹，千古怨，淑真泪眼盈盈回眸看，知音其实遍世间。

第五卷

冯小青：

画中人，向黄昏，争知我千古伤心

红尘有梦太匆匆，夕阳一片桃花影。亭亭倩女魂，瘦影自临春水照，卿须怜我我怜卿。回首那日惹桃红，自是节临三月暮，何须长恨五更风。新妆竟与画图争，知是昭阳第几名？自信当为第一流，众香国里看小青。愁云淡淡雨潇潇，暮暮复朝朝。春衫血泪点轻纱，岭上梅花三百树，一时应变杜鹃花。冷雨幽窗不可听，挑灯闲看《牡丹亭》。未许佛门也情空，自是红颜长恨，自古长相同。世间亦有痴于我，岂独伤心是小青。无边暗夜潇潇雨，不尽孤山飒飒风。妾映镜中花映水，桃李净尽海棠空，开落年年尽相同。脉脉溶溶滟滟波，襟袖宛然春水绿，西泠芳草绮粼粼，重来旧朱门，妾是意中人。百结回肠写泪痕，冰雪林中著此身，不同桃李混芳尘。痴言罢，情难尽，且看乾坤万里春。祭上丹青，奠上女儿红，悲泪长流尽一盅，一醉寂寥泠泠西湖中。

冯小青的事迹见录于明末张岱的《西湖梦寻》与清初的《女才子书》。

据清初《女才子书》中记载，冯小青，本名玄玄，字小青。她“容态妙丽，通文翰，解声律，精诸技。”由此可以推断，这是一位才貌

俱佳的女子。嫁杭州豪公子冯生为妾。讳同姓，仅以字称。工诗词，解音律。为大妇所妒，徙居孤山别业。亲戚劝其改嫁，不从，凄怨成疾，命画师画像，自奠而卒，卒年十八。

而这位薄命佳人的凄婉故事，则记载在张岱《西湖梦寻》之《小青佛舍》一篇：

> 小青，广陵人。十岁时遇老尼，口授《心经》，一过成诵。尼曰："是儿早慧福薄，乞付我作弟子。"母不许。长好读书，解音律，善奕棋。误落武林富人，为其小妇。大妇奇妒，凌逼万状。一日携小青往天竺，大妇曰："西方佛无量，乃世独礼大士，何耶？"小青曰："以慈悲故耳。"大妇笑曰："我亦慈悲若。"乃匿之孤山佛舍，令一尼与俱。小青无事，辄临池自照，好与影语，絮絮如问答，人见辄止。故其诗有"瘦影自临春水照，卿须怜我我怜卿"之句。后病瘵，绝粒，日饮梨汁少许，奄奄待尽。乃呼画师写照，更换再三，都不谓似。后画师注视良久，匠意妖纤。乃曰："是矣。"以梨酒供之榻前，连呼："小青！小青！"一恸而绝，年仅十八。遗诗一帙。大妇闻其死，立至佛舍，索其图并诗焚之，遽去。

《女才子书》这样评价冯小青："千百年来，艳女、才女、怨女，未有一人如小青者。"数百年来，冯小青的故事成为文人墨客经常吟咏的题材。冯小青写下"瘦影自怜春水照，卿须怜我我怜卿"，被曹雪芹用于《红楼梦》中，"冷雨幽窗不可听，挑灯闲看《牡丹亭》；人间亦有痴如我，岂独伤心是小青"一诗更成为传世之作。

杭州西湖边有两座令人悲叹的美人墓：一座是南齐著名诗妓苏小小的孤茔，位于西冷桥畔；另一座则葬着明初怨女冯小青，长寂在孤山脚下的梅树丛中。西子湖畔因这两座长满青草的孤坟而平添了几分凄美。

冯小青是广陵（今扬州）人，其祖上曾追随朱元璋南征北伐，出生入死，为大明江山立下了汗马功劳。明朝定鼎南京后，对开国功臣封官拜爵，冯家也被赐予高官厚禄，到冯小青父亲这一辈则受封为广陵太守，可谓位高爵显。

冯小青自幼聪颖伶俐，貌美仪雅，深得父母宠爱。她母亲是位饱读诗书的大家闺秀，精于笔墨丹青，抚琴弹弦，对于聪慧的小青，寄望颇重，言传身教，悉心培育，希望她将来才貌双全。

冯小青这位广陵的世家女，童年就在广陵的太守府中度过，她的生活可谓是锦衣玉食，呼婢唤奴。

老尼谶语

大明建文年间，冯小青十余岁的时候，广陵太守府中来了一位化缘的老尼姑，她身穿灰布袈裟，仿若一尘不染，慈眉善目。她见小青聪明可爱，就将她唤到身边。冯小青觉得这老尼慈祥可亲，也愿意到她跟前。

老尼抚着冯小青的头，缓缓开口说："小姐满脸颖慧，命相不凡，我教你一段文章，不知你是否喜欢？"冯小青好奇心强，听她说要教自己文章，饶有兴致地点点头。于是老尼清了清嗓子，闭上眼睛双手合十，一字一句地念了一大段佛经，那是《般若波罗蜜多心经》。

老尼念完后，睁开眼睛看了看冯小青，冯小青知是在考自己，当即也闭了眼，口中一字一句清晰有序地背诵出老尼姑刚刚诵读的《般若波罗蜜多心经》经文，竟然一字不差。

老尼姑听罢大惊，随即摇了摇头，口诵一声"阿弥陀佛"，转身对着冯小青母亲郑重地说道："此女早慧命薄，愿乞作弟子，此乃天意，请施主将她舍我做个弟子吧！倘若你们舍不得，万勿让她读书识字，也许还可有三十年的阳寿！"意思说若舍不得让冯小青出家，又教她读书识字，那就连三十岁都活不到。

冯夫人闻言大惊，但她毕竟是个见过世面的人，认为凭自家的条件，冯小青无论如何也能过得舒舒服服。老尼不过是看冯小青乖巧懂事，想要收女弟子而故弄玄虚罢了，因此对她所说的两件事，皆断然拒绝。

老尼姑摇头叹息，只好转身欲走。

冯夫人便让人拿了银子赠与化缘的老尼姑，打发她出府。

老尼临走的时候，留下一句偈语，曰：“佳人双九，芳华无有；一十八秋，香魂应休！”

说罢，老尼姑转眼便消失在紫陌红尘中。

冯夫人也并未将此事放在心里。此后的日子里，对独生女冯小青依然不遗余力地悉心调教，以便让她将来嫁个富贵之家，过着鲜衣怒马、仓廪富足的上流贵妇的生活。

聪慧的冯小青不负母望，很快出落成远近闻名的才女、美女。“精涉诸技，妙解音律”，琴棋书画，诗词歌赋无所不能。此时的她，正是在为赋新诗强说愁的优越环境中，青春韶华相伴，淡淡烟雨中，她略有淡淡愁，当淡淡明月上西楼，淡淡流水溪中过，看淡淡鱼儿水中游，淡淡蝴蝶落绣球，有淡淡胭脂，伴淡淡酒，淡淡酒解淡淡愁。

扬州自古盛产佳丽，每每雅集聚会，吟诗作赋，烹茶手语，冯小青往往独领风骚，传为一时佳话。这样的雅集以请到冯小青为荣，到会的闺阁才女，都盼望与冯小青促膝长谈，生恐她临时早退，丧失与之相亲相近的机会。冯小青到了十五岁，更加风姿超绝，往来门上求亲者络绎不绝。

谁料变生不测，旦夕间祸福轮回，建文四年（公元 1399 年），燕王朱棣借“靖难”之名夺得了建文帝的皇位。所谓一朝君子一朝臣，燕王登基后便全力清除与侄子朱允炆亲密的忠臣，冯小青一家也不能幸免。朱棣进军南京时，冯小青之父作为建文帝之臣，曾带兵坚决阻挡。当朱棣取得天下后，冯家几乎全家罹难，只有年方及笄的冯小青当时恰随一远房亲戚杨夫人外出，幸免于难。慌乱之中，冯小青已别无选择，只能随着杨夫人逃到了杭州。

在杭州城里，冯小青举目无亲，只好寄居到一个曾与冯父有过一回交往的本家冯员外家中。冯员外是经营丝绸生意的富户，家大业大，见冯小青已经无家可归，孤身一人，楚楚可怜，就把她收留在府中。

命运的谜底：话雨巴山旧有家，逢人流泪说天涯

住进了冯家，吃穿住都不用发愁了，可一夜之间从太守千金沦落

为寄人篱下的孤女，使冯小青一直沉浸在悲痛忧郁之中，一想到惨死的双亲，自己又孤苦无依，便泪水盈盈禁不住啼哭，每日里郁郁寡欢，好不凄凉。

转眼到了元宵灯节，冯小青将在元宵夜里迎来她生命中最痴的情、最爱的人。

正月十五元宵灯节最热闹在夜晚，宋代朱淑真有《元夜》“火树银花触目红，揭天鼓吹闹春风。”还有，更为有名的“东风夜放花千树，更吹落、星如雨。宝马雕车香满路。凤箫声动，玉壶光转，一夜鱼龙舞。”可见宋代时这个节日的热闹。那么唐朝人的元宵之夜是怎样的热闹景色呢？据《大唐新语》和《唐两京新记》记载：每年上元夜，长安城都大放花灯。我国素有元宵赏灯的风俗。当时赏灯之景象可谓繁华。据刘肃《大唐新语》记载：“神龙（唐中宗年号）之际，京城正月望日（即十五），盛饰灯影之会，金吾弛禁，特许夜行。贵族戚属及下隶工贾，无不夜游。车马喧阗，人不得顾。王、主之家，马上作乐，以相竞夸。”三日十五三日年，在元宵节的前后三天，长安城夜间照例不戒严，倾城而出看花灯，豪门贵族车马喧阗，平民百姓欢声笑语，汇成一片，通宵都在热闹欢腾的气氛中度过。

而对于明代杭州的上元佳节，当春天刚刚透露一点消息，虽然还不是万紫千红，可是明灯错落，在大路两旁，园林深处映射出灿烂的辉光，胜似繁花盛开，明艳夺目。从“火树银花”的形容，我们不难想象，夜景多么奇丽。于镂金错彩之中，显得韵致流溢。任措语何其妙，怕也难尽绘其状。由于到处任人通行，所以城门也开了铁锁。杭州城外面的护城河，平时这桥是黑沉沉的，上元夜里却点缀着无数的明灯。灯影照耀，护城河望去有如天上的星河，所以当时的人也就把桥说成“星桥”了。再加上出游人之盛，明朝时的这个节日风光真是让人目不暇接。

明朝杭州人在此太平盛世，应该通宵尽兴。吃过晚饭，打扮一新的人们，按捺不住心中的喜悦，迫不急待地早早走出家门，三五成群相邀着、呼唤着、嬉笑着，涌出巷口，融入大街，汇进喧闹欢腾的人流。人们兴高采烈地燃放烟花爆竹，挥舞狮子龙灯，观赏绚丽多彩的灯火，评论着、嬉戏着、赞叹着。越看越高兴，越玩越兴奋。人潮一阵阵地

涌着，马蹄下飞扬的尘土也看不清；月光照到人们活动的每一个角落，哪儿都能看到明月当头。原来这灯火辉煌的佳节，正是风清月白的良宵。在灯影月光的映照下，贵妇花枝招展，平民家的姑娘们也打扮得如花似玉，她们一面走，一面唱着《梅花落》这样当时流行的歌。杭州城里的元宵节，真是让人观赏不尽。所谓“欢娱苦日短”，不知不觉便到了更深夜阑时分，然而人们却无限留恋，是的，这一年一度的元宵之夜，真是匆匆太匆匆，让人感觉到言尽而意不尽。

元宵节通宵达旦闹花灯的时间和程度，以及人们高涨而持续的勃勃兴致，这一切，把人声鼎沸，车如流水马如龙，灯火辉煌，繁华似锦的杭州城元宵夜景，无语而道尽。

而在冯府里，值此佳节，张灯结彩，花团锦簇，到处喜气洋洋。只有冯小青一人屋中独坐思念亲人，泪流不止，昔日广陵府邸也似这般热闹繁华，然短短数月，广陵的欢愉时光已然恍若隔世。这沧桑巨变，谁人能知她心中的伤痛？冯家虽然也算是钱塘大户，庭院楼阁很有规模，帘幕无重数，但与广陵冯家的太守府邸比之，仍是有过之而无不及。

刚巧这天，杨夫人来冯府探望冯小青，她见冯小青一个人闷坐屋中，心疼不已，就硬把她拉了出来看灯。冯小青跟着杨夫人边走边看，不想却被一个灯笼上挂着的灯谜吸引住了。原来冯家大少爷冯通是个精通文墨的儒商，趁着佳节灯会大显身手，制了不少谜语挂在灯上。待冯小青出来时，灯谜已被猜中大半。

那条谜语的谜面是这样的：

话雨巴山旧有家，逢人流泪说天涯；
红颜为伴三更雨，不断愁肠并落花。

这是一条谜底为“红烛”的灯谜，谜底一下子就被冯小青猜中了：“这不就是‘替人流泪到天明’的红烛吗？”但更吸引她的是这首绝句体的谜面，仿佛是她此时凄苦悲痛心境的写照，巴山雨本是有家，只是那早成旧日往事不可追了，而今天涯流落，身如飘萍，再见家乡，已不可期，万千酸楚，让冯小青心如刀绞，不觉间，珠泪欲零。谁人理解此刻的她，寄人篱下，身处异地，夜夜思念双亲孤苦无依，那份凄凉又能向谁倾诉，一时之间她不由得站在那里发起呆来。

冯小青异样的神情被制谜的冯家大少爷看在眼里，不禁生出一股怜惜之情。他早知道家里住进了一个避难的小姐，听人说是如何才貌双全，无奈自己是有妇之夫，不敢随意造访。如今见到冯小青，他马上猜出了她的身份。

“小姐是否已猜中这则灯谜？”听到问话，冯小青抬头看去，只见身后不远处站着一位儒雅的年轻公子，风度翩翩，此人正是冯府的大少爷冯通。

冯小青不由得脸一红，低声答道：“可否是红烛？”冯通含笑点头，赞道：“小姐好悟性，真是聪慧非常啊！”说得冯小青含羞地快步走开了。

为爱而屈尊为妾

那一天，杭州城里下了一场春雪。雪花飘飘洒洒，漫天飞舞，到处银装素裹。冯小青的屋外有几树白梅，也迎着白雪，争相吐蕊，开得正艳，清香溢满小院。冯小青自幼就偏爱梅花，尤其是白梅。在广陵旧宅她的闺阁前就种着一大片梅树，每到梅花飘香时，她总喜欢留连其间，享受那份雅韵。飘落异乡，又见到了熟悉的梅花映雪，她沉闷的心情闪出一片晴朗。冯小青走出屋外看到梅树上落满了晶莹的雪花，于是找了一个瓷盆，到院中的梅树丛中，十分用心的从梅花瓣上收集晶莹的积雪，准备用来烧一杯梅雪茶。这也是她过去常做的一件趣事。冯小青自幼就喜爱梅花，也更爱用这梅花雪煮茶。

就在这时，冯府的大少爷冯通竟也来到小院里赏梅，他是特意来看梅花的。原来他也有爱梅雅好。

他远远地望见梅花底下，有一女子，丰神绝俗，绰约如仙，若往若来，徜徉于梅花畔。

就这样，两个爱梅人在雪地梅树下不期而遇，他们并不陌生并不意外，彼此只是会心地相对一笑，就好似老友一般侃侃而谈，十分默契。于是，冯通开始帮着冯小青一同拂扫梅雪，同时零零散散地说着梅花

的趣闻和吟梅的诗词。不知不觉中，就收到了满满一盆梅花雪。冯小青粉面含羞地邀请冯通进屋，一同煮茶，品尝梅雪茶，冯通欣然领命。冯小青风姿绰约，才艺超绝，而富家公子冯通，儒雅风流，善解人意，两个人烧雪、品茶、谈诗，情融意恰，在不知不觉中愉快地度过了一个下午。

彼年豆蔻，谁许谁地老天荒。冯小青迷蒙中，似还睡在那轮回之中的扬州古镇。如烟的雨雾里，碧树掩映的孟夏黄昏，她轻踏石阶，凭着三生记忆来寻他，不知道迎接她的是不是那扣不开的窗扉。若一世，似曾经过往，若是两人早有预见，何愁相见，泪洒长夜玉阶上。若一世，绛窗含西雪，无非回眸海角长空，西湖泊兰舟，不分离不须泣。若一世，而生如夏花，执意此生不换倾城，依花傍柳，孤身望月，只为换得有情人相守过一生。若一世，对镜中笑靥，自问些许思念成伤，孤独落寞，显几多泪痕。此生有何趣？若一世，观彼岸花开，奢望伊人共守诚信，沧海月明，听秋池夜雨。若一世，思前世冥冥，梧桐叶下流萤双飞，嬉笑共语，然曲终人散，岂非一叹？若一世，不谈是非对错，玉笛声寂寞云吹散，杭州城夕照，而西湖红霞如烟。若一世，不时落叶黄昏，几多风雨忧来殇往，春秋飞度，却不能了心愿，自是当长恨。但冯小青却若此一世，飞蛾扑火地奔向了情缘的怀抱。

冯小青天生颖异，娇美绝伦，工习诗词，妙解音律，茗战手语，色色皆精，此时的她，既有大家闺秀的言表仪范，也不乏青春少女的风情逸艳，自然是美不胜收。冯公子为她着迷是再正常不过的事。

此后的日子里，冯通情不自禁，一有空就往冯小青的院子里跑，每次他一来，冯小青的小屋中就充满了生机和笑声。冯通温文尔雅、眉清目秀，让冯小青早已芳心暗许；而冯通更是思念佳人，夜不能寐，每次来看冯小青都不愿离去，但他们是瞒着冯通的妻子崔氏相会的。两人的感情迅速升温，很快就发展到如火如荼的地步，彼此都不愿意再暗中相会、日日别离，相思难耐让他们渴望能够正式在一起。

就在第二年春天来临的时候，冯通大胆地向父亲请求纳冯小青为妾，因他在三年前已经娶了原配崔氏，所以只能给冯小青一个小妾的身份。冯员外原本对才貌双全、知书达理的冯小青就颇有好感，加之冯通的原配夫人崔氏婚后三年不曾生育，冯员外一心想要抱孙子，因此爽快地应允了冯通。

志趣高洁、怀瑾握瑜的冯小青，对与人做小，自然心有不甘，只是此时已非彼时，生活无着，孤苦伶仃，无依无靠，她只能无奈地接受现实，降低身价，屈嫁冯通为妾。

但她怎么也想不到，当她嫁进了冯家大门，人生就将迈向了末路。十岁那年老尼所言，将一语成谶，并且在她婚后短短的两年里就将应验。因为此时，正室崔氏已经恨得咬牙切齿，眼中冒火。只是此时虽然耿耿于怀，但既然老爷子点了头，她也奈何不得，只在暗中发着狠。崔氏容貌平平，性格却奇妒无比。不啻为醋海神婆，妒火幽灵。冯小青未到之时，常作河东狮吼。冯通怯懦，诸事千依百顺，不敢丝毫违逆，否则崔氏的泼怒顷刻而至，引发一场家庭里的弥天大祸。

于是冯通本以为是给了冯小青一份花好月圆的美好生活，却谁知由此竟把冯小青推向了地狱，备受煎熬，以至于早早地了结了生命。

洞房花烛之夜，新房彩绣金碧，可谓是良辰美景，冯通拥着冯小青，郎情妾意，四目相对，大红的帷幔轻轻落下，冯小青娇羞地任冯通爱抚……

从此冯小青与冯通名正言顺的在一起，他们益发朝朝夕夕、相伴相守。嫁后的冯小青，与冯通因讳同姓，仅以字称，即她被叫做小青。小青才华绝代，工诗词，善音律，冯通也精通文墨，夫妻终日酬唱，其乐融融。小青貌娴仪艳，绰约自好，举止言行尽得风流态，冯通深深迷恋，日甚一日。

小青由名门千金，嫁给商贾人家为妾，说来有些委屈，但冯通对她百般地轻怜蜜爱，她很是知足，满以为劫难已过，否极泰来，在这风光旖旎、水光潋滟的西子湖畔，她重新得到了幸福的人生。苏堤春晓、平湖秋月、柳浪闻莺、断桥残雪、雷峰夕照，无处不留下他们在蜜月里相依相伴的身影，西子一湖灵动的碧波，不及小青的万种风情、绝妙风姿，家家户户，青瓦红墙白石子路，飞檐雕廊和朱漆大门，在这对相爱人的眼里，积淀成厚厚的纯美底色，绵绵不绝的爱意，正如漫天飘洒蒙蒙烟雨。念今生，风烟流年，执手红尘，朝朝暮暮。梦回西楼，

花红依旧，琴瑟两悠悠。韵也依旧，情也悠悠，阶前溪自流。望溪畔，竹林也幽幽。

同心而离居

新婚的小青哪里知道，短暂的幸福不过月余，此后等待她的将是无边的黑暗，可谓是好景不长。新婚蜜月刚过，她的生活再次变生不测，冯通的原配夫人崔氏就开始施行正妻的威风了。她先是对冯通的行动严加约束，崔氏找尽了借口刁难，时常撒泼，又故意从中作梗，冯通与小青很少有机会在一起，甚至见面也越来越少。

虽然冯通心里很不高兴，可她毕竟是正妻，更何况崔氏的父亲与冯员外还是世交，生意上也有往来，不便得罪。出于种种考虑，冯通迫于崔氏的淫威，纵是心里有千般的不舍也只能乖乖地听从崔氏的安排。可怜小青从清晨等到黄昏，小屋中却始终不见丈夫到来。“同心而离居”，长夜漫漫，斗转星移，她只能是“烛花剪梦恨难双，雨暗罗衾泪暗江”。

而崔氏因为见冯通夜夜与小青缠绵，更是恨由心生，将冯通对她的冷落和所有的怨气都发泄到小青的身上，史书里记载：“大妇奇妒，凌逼万状。”她在治服了丈夫之后，继而又对小青的生活挑三拣四。小青口味清淡，不习惯冯家油腻的饮食，所以冯通常让厨子另外烧一些合小青口味的小菜。这天，厨子为小青单独炒的菜被刁蛮的崔氏看见了，她斥责厨子道：“冯家有大鱼大肉，谁让你还烧这些没油腥的菜，想丢冯家的面子吗？以后不许再烧！”说完，把那两盘菜狠狠地倒在了污水池中。

受制于崔氏，冯通很少来小青屋中陪她。小青重新又落于孤寂之中，但有了那一小段美好时光，眼下的孤寂变得更加难耐。小青的风情万种在婚后岁月里被赋予了花落水流红、闲愁万种的悲剧韵味，其诗词作品流露出的是无限的心伤与绝望，渲染的氛围也全是清冷、幽寂，凄然酸楚，令人无限惋惜与慨叹。

夜雨滴空阶，晚风肃杀之黄昏，灯下的小青，内心憔悴而不甘，自怨自艾，自怜自叹，瘦骨伶伶泪涟涟，缠绵悱恻自午夜梦回，引得芳心乱。不欲断魂魂已断，望穿秋水怎无怨？余生从今泪眼看。何堪谁人负了卿卿，负了相思在心间。天若有情天亦黯，小青柔弱，何堪忧愁聚不散。

冯通正室崔氏的“奇妒”，无疑是冯小青生命的一场劫难。嫉妒是一种对他者更为优势的状态或趋势所产生的复杂的情感。嫉妒者总是认为他者更为优势的状态或趋势是对自己的“非法侵犯”，因而产生批判的反应，甚至造成敌意和攻击，从而挽回自己失去或即将失去的优势。崔氏的优势是“大妇”，就是嫡妻的位子，而这一点，随着冯小青的到来，风雨飘摇。精神分析学派认为，嫉妒是一种情绪状态，是意识与潜意识的关系冲突。嫉妒既表达又掩饰了人类内心深处的恐惧和欲望，嫉妒者往往有一种将嫉妒对象推向敌视或对立面的冲动。

为了保住或挽回自己的“嫡妇”地位，“大妇”崔氏采取了指向明确的攻击性行为。她对冯小青的曲意和解，不予理睬。

端午节前后，西湖波光潋滟，景色宜人。崔氏偶然来了兴致，要冯通与冯小青陪她同到杭州天竺寺许愿降香。当日游人如织，密布如蚁。

三人行至大雄宝殿，见座上宝相庄严，心中肃然起敬。又听两厢高僧诵经，梵音袅袅，顿有离尘绝世之感。冯小青心怀虔诚，伏首祷告。

她的心中有多么强烈的愿望，她一愿：愿与君长相伴，为君妆容着红装。对镜花黄朱颜靓，霓裳羽衣舞流年。她二愿：愿与君长相守，共看海棠共江山。亭阁玉郎笑折花，莫使长夜回眸又阑珊。她三愿：愿与君长相知，同赏青梅同喜悲。莫使离别加两人，致使荼靡成灰心儿碎。她四愿：愿与君长相爱，誓此结发誓不离，恩爱两不疑。星辰未落银河尽，杏花微雨惹黄鹂。她五愿：愿与君长相许，犹记初识两心倾。莫使幽窗敲冷雨，人儿孤单泪涟涟。她六愿：愿与君长相念，缘字成全缘一生。莫使寒风斜柳扣轩窗，薄云拢月罩亭廊。她七愿：愿与君长相恋，赋诗作词两唱和。莫使烛摇孤影不见郎，瘦词慵赋寄情难。她八愿：愿与君长相随，绵绵情言度流年。莫使恼恨事无常，一人对镜难画眉。

冯小青的青春秀美，与飘逸气质，还有冯通对她无法掩饰的欣赏和爱意，让崔氏妒火又起，不禁对冯小青横看不顺眼，竖看也别扭，对冯小青的攻击也就随之升级。

三人拜了几拜以后，站起身来。这时，崔氏指着头顶的如来佛像问道："我常听讲西游，里面如来佛最是法力无边，乃是万佛之首，为什么世人偏偏不喜拜他，而喜拜观音呢？"（吾闻东方佛无量，而世多专礼大士者何？）

冯小青此时正默然祷告，祈求观音大士救她脱离苦海，不想大妇有此一问，于是无心答道："姐姐不知，如来佛虽然佛法广大，但不怒自威，使信徒心生畏惧，不敢相近；而观音菩萨，低眉下顾，心中有大慈悲，大怜悯，诸事有求必应，因此人们都信她、拜她。"（以其慈悲耳！）

崔氏听了，愀然不乐。崔氏认为冯小青如此作答，分明是在暗讽自己不慈悲，不怜悯。于是，她听罢立刻就对冯小青怒目而视，冷言冷语地说着反话道："是吗？看来我也要学观音大士，以后对你慈悲一点！"

当即，崔氏这话便让冯小青一脸愕然。

回到府中，崔氏余恨难消，把冯通喊到自己屋里，大肆斥骂了一顿。捎带脚，小青也被斥为侮辱主母，不甘下贱。接着，崔氏更加施尽手段，对小青百般凌辱，肆意刁难。冯公子生性懦弱，又悸于崔氏娘家的势力，对崔氏加于小青的摧折，不敢说半个不字，虽然他看到崔氏对小青任意施威、横加欺凌，非常心疼。此后，行为受限的冯通很少再走近小青了，只是偶尔背着崔氏，偷偷摸摸到小青屋中，却再也不敢明目张胆与她言欢说笑了。

炉烟剪声，孤鸿唳悄悄

每日里枯坐在屋中，小青无奈且苦闷，只好借诗词排遣忧情。冯通曾对自己的那些百般温柔、万般缠绵，那些花前月下和山盟海誓，每想起来，就禁不住泪水长流，一切都仿佛是一场梦，一场太易醒的梦。醒后，只有无尽的凄凉。面对崔氏的刁难，无依无靠的她除了无奈还是无奈，忍气吞声让她只能每天向笔墨倾诉，因为这一大宅子的人没有一人可信赖，而知冷知热的丈夫，如今连见面都难。那一天，她心有所感，写下绝句：

雪意阁云云不流，旧云正压新云头。
来癫癫笔落窗外，松岚秀处当我楼。
垂帘只愁好景少，卷帘又怕风缭绕。
帘卷帘垂底事难，不情不绪谁能晓。
炉烟渐瘦剪声小，又是孤鸿唳悄悄。

冯小青此时的生活环境是富丽奢华的。偌大的庭院里景致秀美，楼阁亭轩云蒸雾绕，而小青的闺楼，仿如耸立在米芾松岚锦绣的水彩画中。然而再丰厚的物质享受，也难于抗衡精神的苦痛或贫瘠。小青帘卷帘垂的“愁”、“怕”，无关美景或山岚，而是她心中无法排遣、无人知晓的“不情不绪”。小青心中的哀怨，犹如孤鸿夜唳，彻夜不息。

冯小青的诗中倾诉了她处境的无奈，也暗喻了崔氏的压人之势。本是千金小姐，因家道变故嫁作商人为妾，不但寄人篱下，还要看原配的脸色，落寞的她随手写下了几行诗词，聊以抒发愁绪。在这首诗中，冯小青感叹自己被崔氏这片“旧云”遮压着，她独倚绣楼，却没有赏景的心绪，帘幕卷起又放下，她独自感伤着，泪水悄悄的流淌。声声叹中声声怨，惆怅无限。愁苦是寂寞花枝上的鲜露，滋润着小青灵感的花朵。她的一首首诗作伴着滴滴的泪珠，从心底汩汩而出。

写成后，感觉头晕晕的，诗笺摊放在桌上，便倒在床榻上，昏昏睡去。

这时，正巧崔氏路过这里，见屋内寂静无声，怀疑冯通可能在屋内，就不怀好意地悄悄溜进来窥探，无意中发现了桌上墨迹未干的诗笺。崔氏粗通文墨，虽不太懂那首诗的含义，但知道是暗讽自己的，顿时大发淫威，捶胸顿足又哭又喊，呼天叫地。惹得冯府上下人等纷纷跑来围观。见冯员外和冯通都闻声赶来了，崔氏趁势涕泪俱下地数落着，

仿佛受了莫大的委屈，说什么小青在诗中诽谤她，冯家不把她放在眼里，做正妻的还没有一个小妾重要，又说如若不把冯小青送出冯府她就不活了，好让大家都知道冯家没有规矩。

抓到这所谓的把柄后，崔氏决不放过。为了彻底断绝小青与冯通的情爱，崔氏非逼着冯通把小青送出家门，否则她就寻死觅活。

迫于崔氏的泼辣蛮横，加之她娘家是冯家的世交，也是杭州城里的富商，不便得罪，逼迫到最后，冯通只好把小青送到西湖湖心孤山下冯府的一座旧宅里居住。说是居住，其实是被幽禁，因为那个旧宅位于三面临水仅有一线陆路可通的孤山放鹤亭边。但冯小青柔弱无助，也只好无奈地搬到孤山居住。

嫁入冯府未及两个月的冯小青，只能任人摆布地黯然离开，小青望着渐渐远去的冯家大宅，不觉悲从中来。一路上，冯通万般解释，千般许愿，说此去孤山只是小住。小青只能温顺地接受，她只愿，君心似她心，定不负相思意。她只愿，杭州天竺寺的许愿能实现。只是明慧如冯小青，此刻隐隐约约感觉到，前程并不美妙，梦想并不看好。回想当初，最大愿望便是一生一世一双人。现在看来，不如不遇倾城恋，那年华恰似一席梦，梦里花开为谁人。从今后，怕不怕，风卷残忆念流年。刹那恍惚，又回到昨天，只是哪里寻得无忧天地，生命中仅有的一点甜蜜与温馨，已如烟花燃尽，空剩下岁月忧。

在孤山，虽然供应不缺，但小青却痛苦异常。因为崔氏规定：不是她的命令，冯通去到孤山，不得放之进门；不是她的命令，冯生寄来的信笺尺素，不得收纳拆阅，仆人也不准交给小青。这样，冯小青与外界完全失去了联系，冯小青处于被软禁、被完全隔绝的状态。实际上，她是被变相囚禁在了西湖孤岛上。

两个“不是、不得”成为大妇对小青慈悲一点的鲜活力证。

彼时孤山，乃是西湖中一小岛，四面环水，岛上遗有南宋遗迹和寥寥的几处别业。孤山因位于西子湖的里湖与外湖之间，故名孤山，又因多梅花，一名梅屿。它东接白堤，西连西泠桥，形如牛卧水中，浮在碧波萦绕的西子湖中。《水经注》曰：“水黑为卢，不流曰奴；山不连陵曰孤。”当年白堤而未筑前，孤山乃岿然西子湖中一小岛。

张岱在《孤山梅鹤图》中有云："梅花岭介于两湖之间，四面岩峦，一无所有，故曰'孤'也。是地水望澄明，皦焉冲照，亭观秀峙，两湖反影若三山之倒水下。"

冯家的孤山别墅依山傍水，风景秀丽而宁静。每日里相伴冯小青的只有一位年老女仆，果然是孤寂不堪。面对西湖的朝霞夕岚，花木翠郁，冯小青提不起半点兴致。倒是孤山别墅的清幽寂静，与她的心情颇能融为一体。每天，小青入目而来的，俱是小岛上荒芜败落的景象，枯藤衰草，游人罕至。此种处境，想不落寞也不能不孤寂。小轩独坐相思处，情绪好无聊。一丛萱草，数竿修竹，数叶芭蕉。自己成陌路孤客，空自惜华年空度。不是说，死生契阔，与子成说。不是说，执子之手，与之偕老。可为什么，日日思君不见君，西湖水几时休？相思恨何时已？君心争似我心，方解得相思意。

但这里对冯小青来说，也有几个好处。一是可以远离夜叉大妇崔氏，不再受其恶意聒噪，称得上是不幸中的大幸；二是孤山虽然衰败，但此处毕竟是当年写下"疏影横斜水清浅，暗香浮动月黄昏"佳句的处士林逋旧居之地。以林逋挑剔的眼光，能长居于此，足见孤山不但可以栖身，而且是超然世外的桃源仙境般的所在。

冷雨幽窗不可听，挑灯闲看牡丹亭

本就心地孤高的冯小青，每日在孤岛上，孤单一人，枯灯孤坐，愁心欲碎。百无聊赖中，她读了汤显祖的《牡丹亭》，并随剧情时喜时嗔，或啼或笑，对其荒谬的还魂情节深信不疑："魂还非谬，词传可久，若不信拔地能生，可听说和天都瘦？"她对杜丽娘还魂重生悠然心感而神往，对自己的处境，发此幽叹奇想："天哪，若都许死后自寻佳偶，岂惜留薄命，活作羁囚？"

冯小青沉湎日深，她的整个身心也融入戏中，变成了那些悲剧女性，哀怨怜叹，且喜且悲。

忽然，冯小青的脑海里出现一座亭台，上面悬着匾额，曰：牡丹亭。

冯小青看到一位孱弱娇艳、风姿绰约的女孩，攀住栏杆，望着满眼盎然的春色，发出"原来姹紫嫣红开遍，似这般都付与断井颓垣，良辰美景奈何天，赏心乐事谁家院"的感叹，冯小青看到了这位少女心中对爱情充满了强烈的渴慕。她不由得对这位怀春的少女，充满了同情和共鸣。接着，让冯小青同情甚至感慨万端的是，由于得不到爱情，她病了，而且病得很沉重，以至于沉疴难愈，伤情之余，她便自画写真，自题小像，抒发其怀春不遇，求爱不得的失落情怀。

冯小青因感慨万端而有很多话想说。男欢女爱，人之大欲，何必有所讳言？男女对此都有极大需要，不必故作清纯姿态，一谈及云雨、枕席、鸾凤脸上羞起红云，忸怩作态，支支吾吾，心中想得紧，嘴上却抵制得决绝！何必呢？冯小青很想找人说说自己的感受，却无人可诉。

冷雨幽窗不可听，挑灯闲看《牡丹亭》；
人间亦有痴如我，岂独伤心是小青。

——《读牡丹亭绝句》

冯小青感同身受，将自己比作杜丽娘。是夜，冷雨霏霏，凉风瑟瑟，雨打芭蕉，风穿修竹，孤灯忽明忽灭，只被孤衾，夜冷未温，这一派凄惶光景，让冯小青愁思滚滚，辗转难眠。

冯小青的诗大都自悲身世，流露出孤独凄凉的感伤情怀，如"杯酒自浇苏小墓，可知妾是意中人？""夕阳一片桃花影，知是亭亭倩女魂。""妾映镜中花映水，不知秋思落谁多？"这些诗句极为伤感，字字泪，句句愁。她自伤的诗中，备受人称道、流传最广的是上面的这首《读牡丹亭绝句》。

寂寞深夜，冷雨敲窗，孤独的冯小青手捧着《牡丹亭》，痴痴地读着，逐渐陷进去，陷进去。一日夜雨，冷窗孤寂，小青心中凄凉，烹茶焚香，此时的她完全靠不断地读《牡丹亭》解愁去忧。当读到游园、惊梦、寻梦、冥会诸折时，她泪湿罗衫，不由的自怜自伤起来，泫然泣下，抛书叹道："人间竟然有比我还痴情还忧伤的女子啊！我只道春愁秋怨，只我小青一人尝尽其中滋味，岂知情痴孽缘，先有一个杜丽娘，而后才有我冯小青。然而，梦中死，死而生，一意缠绵，三年冰骨，终成团圆佳偶。梅也罢，柳也好，果真有其人其事吗？我只能垂问水中倒影，你真是我的梦中之人？如果是的话，我就太薄命了，这份良缘隔离得也太远了！”

春衫血泪杜鹃花

孤山紧邻苏堤，冯小青的住处靠近当年宋代处士林和靖隐居之所，虽已物换星移，但这里仍留下大片的古梅林，但眼前已不是梅花季节，梅花都已开过。居士也随时空远散，目之所接，物是人非。

面对看尽人间盛衰的梅树，她不由地暗叹自己飘零凄苦的身世.念及双亲逝去，夫妻恩情不再，自己被软禁于西湖孤岛，已为阶下囚。冯小青自慨自怨，怆然而下的泪水化成了一首首悲诗。

其一：
春衫血泪点轻纱，吹入林逋处士家；
岭上梅花三百树，一时应变杜鹃花。
其二：
乡心不畏两峰高，昨夜慈亲入梦遥；
说是浙江潮有信，浙潮争似广陵潮。

现实中凄楚的日子和过去幸福生活的巨大反差，使冯小青在梦里都思念着双亲，可是父母早已成了朱棣的刀下鬼，幸福成了一场回忆的梦幻，如镜花水月般在她的心里飘摇着。

那天，冯小青信步而至，但见梅影疏漏，鹤声犹闻，四周是林和靖取食的田畦，背后一片修竹，青翠欲滴，又远望，高处陡然成峰，佳水环绕映射，宛如神仙天境。冯小青虽然贬居此处，却无意中得此令人耳目清逸的所在。只是到了傍晚，夕照余晖，穿透斑驳的竹林，湖水生烟，浸润着漫漫长堤。冯小青感怀身世，黯然泪下。凄然回到闺房，梦回孤枕，耳畔犹荡漾着野寺的钟声，幽怨堆满心胸。

伤心的冯小青只有借诗寄愁，梅花落尽，换上满山的杜鹃，杜鹃啼血恰似冯小青这般的伤心劳神。孤灯照壁，冷雨正点点滴滴敲打着古旧的窗棂，如同敲打着一颗孤寂破碎的心。浙潮如何这般吝啬，为什么总无消息？为什么不带来我的双亲，让慈亲走入我的梦境，哪怕是只给我片刻虚妄的温存也好啊，不见慈亲入梦遥，凄凄怨慕，难抑难消。

细心来读冯小青的诗，字字皆是血泪。春衫上落满泪痕，想必是刚刚哭罢。而到了岭上林处士的故庐，感叹自己的遭际，眼前三百株梅树，竟在泪眼婆娑中，变成了杜鹃花。杜鹃花是凄绝愁苦的象征，心中若是没有巨愁大苦，焉能道出此语！春天来了，万象更新，千树争花，这是一个多么生机勃勃的季节，冯小青却触目皆愁。岭上梅花开了，又纷纷谢了。冬天走了，春天姗姗而来，那些馨香的梅花都变成了杜鹃花。杜鹃啼血，春衫泪湿，可见冯小青是多么的伤感。

就这样，冯小青在孤山，每日里，思念已故的父母，怀念少年时那段无忧无虑的美好时光。同时，她又切切盼望着心爱的夫君到来，他曾说过会常来看她的，可已过去了月余，一直也没见他的踪影，是忘了她？还是受制于崔氏？

风流债：心可在，魂可在

一个花红飘落的春末午后，午睡的小青被一阵急促的轻呼声唤醒。她睁眼一看，发现竟是她日夜思念的夫君冯通，正坐在床榻前看着自己，一时之间悲喜交加，她腾地坐了起来。

冯通见到分别一月的小青，竟消瘦得如此厉害，心疼地将她拥入怀中，款款爱抚。她的心酸伴着相思的泪水滑落脸颊，正待一叙别情、倾诉衷肠的时候，谁知，门外老仆妇却传话进来：“大少奶奶派人来了，请大少爷速速归府！”这边，知心的话儿还未到唇边，那边，崔氏派来的心腹家人已进了院子。一场鸳鸯梦，还未开始就被惊散了。

还未看清楚冯通的面容，他竟又起身离去，这分离的时刻真让小青痛得断肠！而冯通又何尝不是，明知道小青日夜思念、朝夕顾盼，却不能陪伴在她的身边。伤感中的冯通只得无奈地与小青依依惜别，失落而去。

这片刻的相会让冯小青从此抑郁成疾，整日里恍恍惚惚。那片刻的相会，小青甚至觉得是一个梦，她好想再有那样的梦啊！可是又一个月过去，好梦不曾再来。小青茶饭不思，人变得病弱恹恹。那天，她歪在病榻上，抱着琵琶，一遍又一遍地弹唱着自撰的“天仙子”：

文姬远嫁昭君塞，小青又续风流债；也亏一阵墨罡风，火轮下，抽身快，单单零零清凉界。

原不是鸳鸯一派，休算作相思一概；自思自解自商量，心可在，魂可在，著衫又执双裙带。

泪，轻轻落，一点一点消融。遥望秋水中，一丝一丝心痛。花落花开开不休，爱意如水水自流。红颜悲，相思苦，几番意，难相付。情难舍，心难留，花朝月夜，转眼便成指间沙。那一刻，繁花落尽君辞去；那一刻，韶华远去无处寻；那一刻，孤影成形泪湿衣。小青寂寥何堪，竹里一枝斜，映带林逾静。雨后清奇画不成，浅水横疏影。吹彻西风冷，心事思重省。拂拂风前度暗香，月色侵花冷。“长相思，长相思。若问相思甚了期，除非相见时。长相思，长相思。欲把相思说似谁，浅情人不知。”

此番相会，如浮云一别，来去匆匆。短暂的相守，换来的是离别后长久的孤单。一个又一个的晨昏，对闲窗畔，停灯向晚，抱影无眠。孤灯丽影，憔悴不堪。断鸿声里，斜阳立尽。这是多么凄清的图景！事如春梦了无痕，转眼都成空。冯小青终日心情抑郁，渐渐形销骨立，陷进精神的空巢里。她的精神濒临崩溃的边缘，等待她的将是死亡的宣判。

在冯小青所承受的孤寂感伤的精神折磨之外，幽居孤山的她还受到另一种非人对待。

事实上，大妇崔氏将小青别置孤山，将她放置闲弃，并非一“幽”了之，并非仅仅是为了眼不见心不烦，而是欲长久地拔出眼中钉肉中刺。于是，崔氏派亲密家仆暗布孤山周围，刺探是否有陌生男子前往拜会。

（“秘侍短长，借莫顺有事鱼肉。”）以冯小青的聪慧，岂能不知崔氏伎俩？为了防范与自卫，或者作为一种攻击，冯小青为自己制定了一种“深自敛戢”的策略，心灵的大门渐渐地向世人关闭了。有了这样的心理准备，她对西湖冶游的少年，视而不见，只是“淡然凝坐而已”。每日只独居不出门，更谢绝男客来访。

这样，小青愈发变得幽怨自恋起来，甚至到了病态的程度。最常见的表现形式有两种。一种是才思横溢，常常做诗寄怀，往往以自己的名字小青嵌入诗中，自伤自叹；另一种是顾影自怜，常常临池自照，对着水中的倒影絮絮问答，如谈家常，如果遇到别人窥视，则恢复常态，但眼角眉梢泪痕惨然，好像刚哭过一般。

后人有一篇文章专论小青“影语”一事，认为那是一种心理疾病。在此与本文宏旨无关，不作深论。但有一点可以确信，心中若非孤独愁苦至极，决不至沦落如此病态。

那一日，中秋才过，黎明时下了一场秋雨，待到日出，湖水满泛，凉风习习。小青早起晨妆，顿时鲜美靓丽，精神也较往日大有起色。妆扮完毕，独自信步来到湖边，临波自照，水中丽影如真。小青对着自己的倒影，左顾右盼，霎时泪堕如雨。小青呼唤着倒影，对影儿言道：“你也是薄命的小青吗？我虽然知道你，你岂能怜惜我？假如有一天我含恨而死，你肯为我现形吗？”喃喃如是。一会儿，她又发声大笑，说：“崔氏，你个发狂污浊的大妇，无缘无故羞辱我！”笑罢，又泣下，对着水中影子说：“假如能跟你做水中清友，我来你就显现，我去你就隐藏，你非我不亲，我到这来寻你，驻足数个晨夕，彼此对语，相亲相慰，我就可以不寂寞，不愁苦了！”言罢，笑泪交加，如痴如魔。

瘦影自临秋水照，卿须怜我我怜卿

那一天，一直病病恹恹、情绪低落的小青，忽然有了几分精神，她对老仆妇说：“立刻请一位高明的画师来为我写真，不惜金钱多少！”

老仆妇把这意思告知了冯通，他为小青请来了一个上好的画师。

可惜，他本人不能来。

画师请来后，冯小青仔细地描了妆，穿上最好的衣衫，丽姿倩影，如瘦梅傲雪，不减清骨和风韵。她倚在院中的梅树下，鬓发半遮面，愁眉紧缩，犹如憔悴的病西施，有着掩不住的妩媚与风情。画师仔细地端详着她，开始为她画像。

画师仔细画了两天，终于画成了冯小青倚梅图，冯小青接过画看了一会儿，摇着头说："貌似而神不似，你只是画出了我的容貌，但却没有画出我的神采。"于是，她要求画师为她画第二张。

画师是个十分认真的人，接着又开始重新作画。这次，冯小青尽量面带笑容，神情自然地面对画师。又费了两天时间，画成了一幅栩栩如生的画像。冯小青对着画审视良久，仍然摇头叹息道："貌似，神似，神情堪称自然，只是风采不够生动，意态不见流动！也许是我太过矜持的原因吧！请先生照我现在的样子，再写照一幅新的来。"

于是，开始第三次作画。这次，冯小青要画师捕捉住她的风情神采，要画出她内在的风骨和神韵。画师要求冯小青不必端坐，谈笑行卧、喜怒哀乐一切随兴所至，不必故意做作。冯小青体会了画师的意思，便不再一本正经地摆着姿势，而是如平常一般地生活行动，或与老仆妇谈笑，或扇花烹茶，或逗弄鹦鹉，或翻看诗书，或行于梅树间。画师在她的一举一动、一颦一笑间，把握住了她的神韵，用了三天时间观察，然后花一天时间调色着彩，把画画成。在这幅画中，冯小青依然倚梅而立，但生动逼真，几乎呼之欲出。

第三幅画完成后，冯小青端详着画中人，憔悴的脸上立即绽开芙蓉般的笑意。画上的冯小青倚梅而立，粉面含春，柔情千缕，风骨卓绝，气韵生动，呼之欲出。这才是外在美与内在品质、气韵、神采融通的冯小青啊！

由此，我们可以看出，冯小青是个追求完美的自恋主义者。尽管她不被世人欣赏，为崔氏所妒，被软弱怯懦的冯通所抛，但她要留一份自信，留一份神采给他人。聪明难糊涂更难。也正因为她才情满腹，太过聪明，所以她糊涂不了。她清新地行走在污泥浊世中，自要保持一份淡雅，一份清高，一份卓绝。所以，她必然不为那个黑暗的社会

所容纳。质本洁来还洁去，要留清白在人间。不能独活，不愿苟活，她便只有一死。但冯小青的美貌也将随着死亡而消灭无存，她“人美如玉，命薄于云，琼蕊优昙，人间一现”，为了保存风神娇态，所以，冯小青在生命的最后时段，请画师为自己写真画像，以留存于世，以不负自己倾世之美貌，绝世之才华，泣世之情爱。

于是，冯小青重金酬谢了画师，然后请人将画像裱糊好，挂在卧室墙上，自己在床上随时可见，她天天呆呆地望着画中的自己，画中的她姿容绝世，波光欲转，妆以淡艳，人带憨态。不烦鸾镜暗窥，恍若蝶魂去来，惹她无尽的爱恋。这世上已无她怜与怜她之人，亦无恋她与她恋之人。她只有自己怜自己，自己恋自己。

她像供神一样的供奉着自己的画像，为它焚香，供上梨汁，并不时和它絮语：“小青啊，小青，你才高福薄，命途多舛，这是命啊！”每每说完，就会大哭一场。

每日与自己的画像为伴，那情形真是顾影自怜、形影相吊。敏感的心被孤寂久久缠绕，深怨沉忧，犹如春蚕作茧，愈缚愈牢，牢不可脱。小青日渐孤僻，举动失常。每日里，她精心梳洗打扮，然后来到湖边，面对着清澈的湖水，痴痴地、久久地发呆，并喃喃自语。她是在望着自己的影子，湖水中那个娇弱纤细、清瘦轻盈，楚楚动人美丽出尘的小青。愈望愈久，愈望愈怨，愈望愈忧戚，忧怨惆怅，相视相怜，相对泪落。她患了严重的自恋症，她恋上自己投照的水中影，恋上凄迷婉约的画中人。白天，她坚持着去湖边面对水中那袅袅的倩影，夜里则与画像中婉弱的小青凄凄泪眼相看：“一个是画儿中的宠爱，一个是影儿里的情郎”。小青就这样自我折磨着，或者和身影说话，或者临水自照，或者对着画像发呆，絮絮叨叨。

新妆竟与画图争，知是昭阳第几名？
瘦影自临春水照，卿须怜我我怜卿。

——冯小青《怨》

“瘦影自临春水照，卿须怜我我怜卿。”真是个大寂寞！小青空书悲赋两三篇，生花妙笔，写来锦绣却如烟。每读此诗，一种强大而持续的孤寂感都会如海潮般袭来。这是怎样的境地，诗句中包含了怎样一个无助的心灵。一个人沦落到影语，顾影自怜，跟自己的影子交谈、交朋友的地步，她对人生还有多少憧憬呢？她的世界里，除了悲痛，还是悲痛；除了绝望，就是绝望。

“卿须怜我我怜卿”反复玩味这句诗，真的要泪落。父母去了，爱情没了，只剩下形单影只的小青，孤独的行走在尘世中，无人欣赏，无人依靠，无人同情。只有自己和影子朝夕相处，只有影子和自己惺惺相惜。人生至此，还有什么可留恋的呢？支如增的《小青传》里对此有所描述：“她时时喜于影语，斜阳花际，烟空水清，辄临池自照，絮絮如问答。女奴窥之即止，但见眉痕惨然。”秋风卷，寒霜遣，冷雨欺，落叶撒窗前。小青卷帘观月问苍天，为何流水逐花残？数更漏，闻钟远，空对金樽无人伴，无奈拨幽弦。

至今，从诗中似乎还可见到当年小青是如何对着自己的画像，写下那句凄绝之极的“卿须怜我我怜卿”。丹青依旧，红颜如花，而小青，那样一个满腹才情、本该惹人怜爱的佳人，却早已在孤山凄恻的风雨里，凋零了如花红颜。西泠风雨里，又添一冢香丘。“一缕幽情梦寐中”，倘使当年小青入了佛门，许会平安一生。若是可以重来，她会作何选择。而未入佛门，当真是她痴傻了吗？千载红尘，原没有什么如果不如果的。历史只有一个结果，不存在假设。

清高出尘的才女得不到丈夫的温存怜爱，也得不到其他人的认可，处处是打击，时时是冷漠，孤独凄凉地与世隔绝。支撑一个女子的主要心理动力都不存在，父母的辞世，丈夫的软弱远避，剽悍的大老婆以正室之势压迫并欺凌，一向心高气傲的弱女子如何承受？在无可寄托之中，“青衫血泪点轻纱”“人间亦有痴于我，岂独伤心是小青”“知是昭阳第几名”写出了她心境的孤绝与凄清。就好像希腊神话中的那喀索斯，只能活在自我怜惜和自我迷恋中，她把池水中、镜子里、画图中的自己恍惚当成知己，与之神交。夕阳一片桃花影，朱门不启，泪痕不干，内中之恻然凄然，如山高如海深。百结愁肠中，只能与自己的影子一诉心声。暮雨丝丝吹湿，倦柳愁荷风急。瘦骨不禁秋，总成愁。别有心情怎说。未是有情人来爱护，却日日尽当诉愁时节。谯

鼓已三更，梦儿怎得成？怆然回首，几许繁华几许愁，空自随风流。

宁作霜中兰，不作风中絮

虽然冯小青的遭际，着实堪伤，但她也有一位知交至友。她就是小青的亲戚杨夫人，当然也有记载说她是大妇崔氏的远房亲戚，因同情小青的遭遇，不怕被大妇羞辱责骂，专要跟小青交往。而崔氏拿杨夫人没有办法，说不听，也不敢得罪，只好听之任之。这样的记载也许更合乎情理，因为冯家的亲戚谁也不敢到孤山别业去，唯独杨夫人来去自由，毫无障碍。而若是小青的亲戚，所受限制比冯家亲戚要严得多，自然更是不能来也不敢来。但这位杨夫人是不受限制的，她一来二去，深知小青是个才女，越发喜欢与之相处，常常上岛来，待上半天，为小青解忧不少。

那天，小青正在病中，杨夫人得知，亲自来孤山探望。其实，小青得病也是常事。没有好心情，饮食起居又不慎，常常病病歪歪的。

杨夫人雇船过来的，先载着小青到西泠桥苏小小墓侧游赏。冯小青望着苏小小之墓，孤零零的一个小土包，上面芳草凄凄，不由感时伤事，买酒祭奠，随后口占一绝：

西陵芳草骑辚辚，内信传来唤踏春。
杯酒自浇苏小墓，可知妾是意中人。

杨夫人听了，也不免怅惋。二人离开西泠桥，载酒泛舟，赏玩西湖佳景。谁知酒入愁肠人欲醉，二人同消万古愁之际，不免有些浅醉。有些话，只有这个时候能说出来。

杨夫人凭着栏杆，极目远眺，对冯小青说："妹妹，你看这大好光景！你虚度年华，太可惜了。即使青楼中人，也能享受人间至乐，妹妹何必幽栖孤山，独守这份清苦呢！"杨夫人的意思是想劝冯小青脱离樊笼，哪怕去做艺妓，也比愁死在孤山上强。

冯小青哀叹道："贾平章剑锋可畏！"她害怕大妇崔氏不会轻易

放过她，故出此语。杨夫人不以为意，却道："冯家大妇有什么锋芒？不过是蛮横发狂罢了。哪比得上你才女平章的剑锋锐利？你我姐妹无间，姐姐倒要劝妹妹几句。"冯小青细声道："姐姐请讲。"

杨夫人慨然道："凭你无双才貌，何愁不得佳偶？没必要守在这样的人间炼狱！我虽不是女侠，却也能帮你脱离这苦海。况且，你的忧心也是多余。你逃走之后，大妇去除眼中之钉，欢喜尚不得，哪有心情追逐？你如果不逃走，难道甘心做妒妇帐下羔酒侍儿吗？就是做章台之柳，也比在这里苦受折磨要强得多！"

冯小青无语，许久才说："多谢姐姐美意。我是宁作霜中兰，不作风中絮。我小时候在扬州，偶然一梦，梦见我伸手折梅，梅花娇艳芬芳，可惜来了一阵怪风，把花瓣片片打落流水之中，之后怪风也住了。这就是我的宿命，外力何能改变？况且我宁肯堕落人间地狱，也不愿做这人攀来那人攀的章台之柳，供人家茶余饭后白白地闲话！人间幸福，得之，我幸；不得，我命。如此而已……"

就这样，心如死灰的冯小青，对她婚后的惟一知己——"(大)妇戚属某夫人"逃脱火坑的劝说，也以"夙业未了，又生他想，彼冥曹因缘薄，非吾如意珠，再辱奚为？徒供群口画描耳"相告，冯小青在敌意的攻击下，已经对自己的生命变得木然、冷漠。

杨夫人见冯小青执意不肯，也不好勉强。于是，把话拉回来，道："你说的也甚有道理，姐姐不勉强你。姐姐只愿你多保重身体，千万谨慎！那个妒妇如果送吃喝给你，更要千万小心，警惕酒水食物中下毒。若是有需要，随时找人传信给我，姐姐给你送上岛来！"

冯小青听到此处，感动得泪雨飘零。杨夫人也伤惋不已，陪着一起垂泪。如此好长一段时间，二人才隐去悲声，默然相对。

天晚了，杨夫人依依不舍，解缆归舟。而后，杨夫人常同亲戚诉说冯小青悲惨遭遇，闻者无不泪下，感慨佳人命薄，痛声唾骂妒妇无德。

不成想，此西湖一别，竟成永诀。因为杨夫人别去后不久，冯小青便病倒了。杨夫人再来探望时，冯小青已香魂飘逝，杳杳无踪。

作为一个弱者，在对手强烈的攻击之下，冯小青的心理发生了失衡和紊乱。她原本睿智轻灵的心灵上，蒙上了猜忌多疑的灰垢。这是

她不得不如此的。

嗣后，知己夫人随宦远去，冯小青只剩得四面环敌。早年的闺彦云集，聚会酬答，犹如冯小青幼年所梦之鲜花，“随风片片著水”，美丽和生机已经凋零。冯小青的生活中，有的只有猜忌、恐惧和无处藏身的算计。冯小青孤独地生存着，孤独逐渐地吞噬着她的生命，腐蚀着她原本晶莹剔透的心灵世界。现实的冷酷无情，使冯小青只有将自己内心的孤苦诉诸于自然景物。冯小青“好与影语，或斜阳花际，烟空水清，辄临池自照，对影絮絮如问答，婢辈窥之，则不复尔。但微见眉痕惨然，似有泣意。”影语、临池自照、对影问答，构成了完整意义上的“自恋情结”。自恋是对自己生命过程的欣赏与赞叹，也是对自己意识、情感、心态等方面的本能认可与赞许，同时也是现实生活中，如人际关系等，不合理调节的结果。冯小青在孤独的现实中，无人抚慰、无人倾诉，而自身又是如此的优越与贤淑，因此把所有对外界的不满和恐惧，在她独自的世界中，逐步转化成对自己生命过程的欣赏：“瘦影自临秋水照，卿须怜我我怜卿。”冯小青对自己靓丽的长相与气质的不俗，有着充分的自信，如果时光倒流，哪怕使自己厕身于飞燕姐妹之间，也不逞多让。然而现实的冷酷，使她慢慢地消瘦了下去，当临水自照时，水中清瘦的身影与岸上美丽的自身不禁相互怜爱起来。冯小青在孤苦无助的煎熬中，形成了对自己怜爱有加的自恋情结。

溪源新腊后，数朵梅开红，天然剪裁，美丽初就。晕酥砌玉芳英嫩，故把春心轻漏。弄月黄昏时候，孤山上，疏影横斜，浓香暗沾襟袖。终似冯小青，临水照艳，一枝清瘦。

洒作人间并蒂莲

冯小青的“自恋”是对自己生命的张扬，而随之的“绝粒”则是对生命的捐弃。生与死两者看似矛盾，实则统一。小青在大妇“狺语哮声，日焉三至”的重压之下，心神疲惫，而那久蓄心中的难于排遣，又无人倾诉的“幽愤凄恻”，如此，久而久之，自然成疾。

“远笛哀秋，孤灯听雨，雨残灯歇，谡谡松声。罗衣压肌，镜无干影，晨泪镜潮，夕泪镜汐。今兹鸡骨，殆乎难支。痰灼肺然，见粒而呕。”

小青以孤灯为伴，拟松声为侣，夜续以日，泪如潮汐。日复一日，致于骨瘦如柴，体不胜衣，达到肺如灼燃，见粒则呕。如花的生命在敌意、攻击以及随之而来的诸种不谐中，消磨殆尽。

但即便如此，小青的敌手，仍未放过她。小青虽欲长生，而“大妇”则欲其速死。

不久，小青的病益发严重了，卧床不起，水米不进，只以梨汁苟延残生。

大妇崔氏知道后，常派医生或婢女来诊治送药，但绝不是出于救治的心，而是让派来的人看看，小青究竟还能再熬上几天！“只有小青死了，崔氏的妒火才能熄灭。”小青想。

小青病后，大妇崔氏表面上请医、送药，而实际却是“送鸩”。小青之于崔氏的恶意，心知肚明，何况她的好友杨夫人早就关照过，叮咛说：“彼或好言饮食汝，乃更可虑。”因此小青坚决不让医生登门，面对着送来大妇崔氏“良药”的婢女，她也只是婉言应答，人一走，便将药水倾覆在地，“掷药床头”。冯小青冷笑道：“我是不愿意再活了，但也当净体皈依上方世界，绝不做刘安鸡犬，岂能被一杯鸩酒断送！”（“吾即不愿生，亦当以净体皈依，作刘安鸡犬，岂以一杯鸩断送耶？”）

小青完全是在用她自己的生命作着最后的反击。如此愁忿交加，无医无药，见粒则呕，病越发重了。

小青只有“日饮梨汁盏许”，每日梨汁的补给也较往常少了许多，只一小盅便说多了。这样，她的病体益发不支，每日“数昏数醒”。就是在如此状态下，小青依然用自己的美艳，捍卫着自己的尊严。纵然沉疴难愈，也不改她靓丽的本色，小青病中“明妆冶服”“终不蓬首偃卧”。她每天把自己打扮的艳丽华美，从不因病体而疏忽自身之美。直到临终的那一刻，小青也是美得逼人，从不像个病秧子。（“玉腕朱颜，行将就土，兴思及此，恸也何如！”）

画像上的冯小青光鲜依旧，可生活中的冯小青却日渐衰弱。无缘再会心上的夫君，画像又怎能解她心上的忧愁。事到如今，冯小青已经完全绝望，她无法争取今生，只好让它快快走完，以便尽早化作来世的“并蒂莲”。

此生万般无奈，她只好祈祷来世的幸福：

稽首慈云大士前，莫生西土莫生天；
愿为一滴杨枝水，洒作人间并蒂莲。

这首诗抒发了她美好的愿望，但愿大士慈悲为怀，普洒甘露，但愿天下的有情人终成眷属。这也是冯小青对美好爱情的渴望，是自我小爱扩展到人间大爱的憧憬。冯小青的诗大都流露出凄楚感伤的情调，但终于从这首诗中看到了她心中的亮光，看到了她爱的暖色。她自己可以独守空房，但也愿世间的男女化作并蒂莲花开。这是多么美好的情怀！谁说冯小青自恋，这首诗不就体现了她的宽广胸怀吗？举世皆浊我清，众人皆醉我独醒，她只是比别人更清醒，不愿委曲求全苟活罢了。正是这清醒，反送了卿卿性命。思悠悠，念悠悠，飘渺音不休，天无际，难梳翅，羽翼殇，泪洒小楼。意纠纠，心纠纠，处处花飞知冷秋，谁人会此生多个愁？

芙蓉睡醒欲如何

被囚禁在孤山上的冯小青，形影相吊，郁郁寡欢，终以愁致病。她拒绝请医延治，病中的冯小青拒绝服药，因为她要拒绝今生的凄苦。

“绝粒”是小青对自己的一种戕害，也是对大妇崔氏疯狂摧残的一种坚定而执着的抵抗和反击。这种用最宝贵的生命作为最后一击的悲壮，使古往今来的文人为之扼腕：“红颜薄命，千古伤心。读至送鸩、焚诗处，恨不粉妒妇之骨以饲狗也！”

随着病情的加重，小青的心越来越坦然，越来越从容。她在期待着死亡的来临，她希望以此世肉体的寂灭，来换取重生的幸福和爱情的自由。

冯小青于此时此际，终于领悟了十岁那年老尼说她“寿不过三十”，堪叹一语成谶。

何处双禽集画栏，朱朱翠翠似青鸾。
如今几个怜文彩，也向秋风斗羽翰。

脉脉溶溶滟滟波，芙蓉睡醒欲如何。
妾映镜中花映水，不知秋思落谁多。

盈盈金谷女班头，一曲骊珠众伎收。
直得楼前身一死，季伦原是解风流。

——《又绝句四首》

东君管尽闲花草，红红白白知多少。草色烟光残照里，一直这么冷冷清清，没有殷勤传信的青鸾。遗世独居，这种幽禁、困顿的日子没有尽头。铜镜中那个女子犹如芙蓉一般，可惜每天纵好颜色，却空对着孤寂，无人欣赏，无人喜爱，这样的女子和脉脉溶溶滟滟的碧波倒映的繁花，哪个愁情更深呢？那心心念念的冯郎可值得小青为之死而无憾？闺中一奁香，绿庭春昼长。如若没有人心惟危，如若没有人情如鬼，这世界该是多么美好。

罢了，去吧，小青决意不恋此生红尘。在生命中，总有些人，安然而来，静静守候，不离不弃；也有些人，浓烈如酒，疯狂似醉，却是醒来无处觅，来去都如风，梦过无痕。缘深缘浅，如此这般：无数的相遇，无数的别离，伤感良多，或许不舍，或许期待，或许无奈，终得悟，不如守拙以清心，淡然而浅笑。看花开花落，云卷云舒，缘来缘去。

倩女魂：夕阳一片桃花影

萧杀之季来临了，秋的世界里万物尽凋。危楼风细细，春一去，秋凉里，黯黯生天际。

这天一早，身体已极度虚弱的小青，挣扎着起来，将自画像张挂榻前，煮酒焚香，自奠道："小青！小青！如此多磨多难的世界，难道还不忍割舍吗？"

言罢，小青勉强支撑着身体写下了一封最后书信，那其实是一封绝笔信。小青请老仆代交给她唯一的闺中好友杨夫人。并在信末附诗一首：

百结回肠写泪痕，重来惟有旧朱门。
夕阳一片桃花影，知是亭亭倩女魂。

——《寄杨夫人诗》

忧伤至深，令人备感凄怆。她婉曲的心思，化作倩倩幽魂。读来让人不由得心生恻然。一顾倾城，两嫣桃花，几许情絮，堕入凡间伴君侧。一点朱砂，两黛颦颦，几番惆怅，落花有意水无情。一朝惊梦，两行清泪，几多哀怨，韶华尽逝雨阑珊。一盏孤灯，两肩霜花，几载光阴，倾尽多少红颜殇。

就在这一天，小青还把自己的几卷诗稿包好，让老仆妇寻机送给冯家大少爷。终日盼君君不见，既不回头，何必不忘。既然无缘，何须誓言。今日种种，似水无痕。明夕何夕，君已陌路，小青情何堪。深思量，浅思量，风卷幽帘好个凉，潸然泪断肠。醉了殇，醒了殇，醉醒三更孤枕凉，月光凝冷霜。

一切交待完毕，勉强打起精神，小青叫老仆妇帮她沐浴更衣，梳洗一新。

然后，燃了熏香。小青供图塌前，梨酒奠之。画像，是小青自圣于人世的绝唱。

她面对自己的画像拜了两拜。再就站在自己的画像前默默地凝望了许久，不想悲从心来，遂大放悲声，直哭得天昏地暗。不能自持时，小青便伏案而泣，泪如雨潸潸，只泣得花容失色，香魂飘摇。

她的哭声愈来愈小，终于力气全无，眼前一黑倒了下去，一恸而绝，气闭身亡。这一年她还不满十八岁。

在十八岁的花季，冰弦声断，娉婷猝萎。地饮憾，天泪垂，西湖涟漪潮恨水，漫天残红都分付于清寒！无穷幽怨类啼鹃，总叫是多血泪，亦徒然。枝分连理绝姻缘。独窥天上月，几回圆？

冯通听到了小青的死讯，不顾一切地赶到了别墅，抱着小青的遗体大放悲声，嘶声喊着："我负卿！我负卿！"清检遗物时，冯通找到了三幅小青生前的画像，连同老仆妇转交给他的诗稿带到家中，像宝贝一样珍藏起来。不料，几天后，诗稿和画像被泼妇崔氏发现，便强行索去，然后全部丢在火中（"或妒妇扬焚图毁诗之余烈，百计以灭其迹。冯即旧家，妇应豪族。"（陈文述语）。冯通奋力抢救，才勉强抢出一些零散的诗稿。

冯小青之惨死，是大妇崔氏之完胜。然而冯小青虽死，大妇崔氏妒火犹不止息。得知冯小青遗有诗稿和画像，竟付之一炬。由此可见，崔氏之阴毒至极，她并没有满足对冯小青形体的剿灭，冯小青遗留下来的画像和诗稿，她当成是冯小青的另一种存在，崔氏仍认为对她构成最强烈的威胁、控告与恫吓。因此，"索图"和"焚诗"，就成为崔氏对冯小青的最后一次施虐与攻击。后人每每读至送鸩、焚稿两处，恨不能将妒妇崔氏千刀万剐、挫骨扬灰，方消心头之怒火。

幸好，冯小青临终前，先将部分诗稿随附花钿之上，赠与仆婢，得以流传下来几首小诗。杨夫人受冯小青之托，从各方搜罗了她的诗稿，计九绝句，一古诗，一词，并所寄某夫人者，共十二篇。将它们结集刊刻行世，书名就称《焚余稿》。

冯小青早夭原因：不是"自闭"是"他闭"

冯小青本有学佛的天赋，十岁时有老尼授以心经，即能成诵。但是她自知绝情之难，断然拒绝了出家之路。冯小青说："若使祝发空门，洗妆浣虑，而艳思绮语，触绪纷来；正恐莲性虽胎，荷丝难杀：而未易言此也。"佛经内典有说：三十三天，离恨天最高；四百四病，相思病最苦。这是佛教徒从绝欲经验中得来的真谛。小青自知做不到绝情，坦然言之，在旧礼教压迫的女子之中，这是难得的。情欲是生命的冲动，

小青不愿绝情而遁入空门，真正表现了她对生命的尊重，对生活的热爱，对真挚感情的追求。但在那个病态的社会里，该生的却死去了，小青之死，悲耶，冤哉！

小青到死都没有学会“识时务”，在黑暗的封建礼数与势力压迫下，她没有低头，她宁可选择死，也没有学会“拐弯儿”。“亲戚劝其改嫁，不从，凄怨成疾。”被囚禁的小青面对着别人劝她另择佳偶，莫负锦绣年华，她这样答曰：“宁作霜中兰，不作风中絮。”此中可以看出，小青的确是有性格的。而从“冷雨幽窗不可听，挑灯闲看《牡丹亭》”，则可以看出小青更是至情至性的女子。

对于冯小青之死，有一些说法，上世纪初性学家潘光旦曾有专著写过冯小青的“性心理变态”，说她是一位如水仙花般的“影恋者”。她的死，是由于对自己的真实欲望缺乏省察，而屈从于社会暗示的结果。

张岱以生花之笔，勾勒了冯小青的凄楚生平，尤其是她临池自照、顾影自赏，如此自恋的形象。她在万念俱灰的情况下，乃呼画师写照，画师三易其图。第一张，形具而未尽其神；第二张，神是而风态凝滞；后画师注视良久，匠意妖纤。第三张，形神毕肖，妖艳之至。乃曰：“是矣。”并以梨酒供之榻前，日以继夜自赏自怜不已。自题绝句曰：“瘦影自临春水照，卿须怜我我怜卿。”

曾有人怀疑冯小青是否史上真有其人。她的洁净敏感卓尔不群，她的痴情纯真独立自由。完美到无尘，因而受到质疑。其实，冯小青是真实存在的。

第一个记载冯小青故事并为其立传的作者——戋戋居士详细地记叙了小青的故事，还非常细致地描绘了小青的日常起居和生活细节。在《小青传》的第三部分，更表示曾见过小青的画像，“闻第二图藏于妪家，余竭力购得之。娟娟楚楚，如秋海棠花。其衣里朱外翠，秀艳有文士韵。”

随后钱谦益在他的《列朝诗集·羽素兰小传》中附有《小青传》，略谓：“又有所谓小青者，本无其人。邑（常熟）子谭生造传及诗，与朋侪为戏曰‘小青者，离情字，正书心旁似小字也。或言姓钟，合之成钟情字也，以事出虞山（今江苏常熟），故附于此。’”

而据张潮所言，“小青事，或谓原无其人，合小青字乃情字耳。

及读吴《紫云歌》，其小序云：冯紫云，为维杨小青女弟，归会稽马旋伯。”这一段记载也肯定了冯紫云的故事，进一步肯定小青的存在。

而让冯小青成为中国古今女性灵肉压抑的代表，是现代学者潘光旦。他虽是个社会学者，却关注了冯小青这个个案，写了《冯小青：一件影恋之研究》的专著，把它看成中国五千年历史的某一部分。他不但不遗余力地考据了冯小青的真实性（此前有人怀疑冯小青真是史上存在的人物），而且，还利用西方弗洛伊德的精神分析法，来剖析冯小青具有的自恋心理产生的根源。我们对于张岱所言，冯小青匠意妖纤的画像，已经无从目睹。但是，潘光旦延请闻一多所画的，据说很能得冯小青自恋神韵的插图，却仍能得以鉴赏。影恋者冯小青揽镜自照，画中人通过镜子，呈现在我们面前。她的头不经意对着镜面，目光含混、幽暗，鲜明的是嘴唇，半启半闭，被食指和中指轻轻摁住。一侧香肩裸露出来，形成了美妙的圆弧形。一个沉醉于自己镜中形象的无意识动作，那手指无意识地放在唇边，是否表达一种处在口欲期的欲望，一种对母亲的吮吸渴望？这样一种姿势，也是一种刻意展现容貌，诱惑观看者的策略。实际上，这与潘光旦转述的《兰因集》中，冯小青对镜的场景相映成趣，时时喜与影语：斜阳花际，烟空水清，辄临池自照，絮絮如问答，女奴窥之即止，但见眉痕惨然。

在潘光旦看来，普通女子对自身之情欲生活，秘不一宣，无此自知之明，亦无此率直与胆力也。而小青独不然，彼于一己情欲活动之方式，洵如前节所云，觉悟容有未尽，其于情欲之刚烈，则知之深而言之切。由此，他认为，冯小青不仅是智慧超常，而且深刻认知自身情欲的需要。可是，在另一方面，她的身体却不能保证她的情欲，有着正当而顺畅的宣泄。这体现在她十岁时，老尼称之福薄，其人必自幼清瘦脆弱，不经风雨。因此，她不能经受青春期婚变的打击，情欲受到礼教的阻碍和压抑，因而异态性格得以产生。这种异态心理就叫影恋。小青虚弱的身体，必然对应抑郁的情感，所谓欲流淤积，神经错乱，精血衰竭，是性生活之不调的表现。从而导致了冯小青的自伤自怜，悲观抑郁，自戕自毁，以致沦亡。冯小青的悲剧，是最深重的

中国女子之悲剧，且带有普遍性。潘光旦指出，“中国女子体力之脆弱，精神郁结者，为数必大，而知识阶层中犹甚。其原因，大多于性生理和性心理的发展，有着密切的联系。”数千年来，无端淹没之中国女子，更仆难数也，而冯小青不过是沧海一粟。西方仅见于神话者，而我国则见诸历史。普通仅为一人精神病局部症候者，而此则为一人精神变态之全部。关于冯小青，潘光旦也认为，自古以来，涉及小青之题咏文字尚多，但大都为文人玩墨，近于夸张，里巷传谈，流为神话，感情泛滥有余，事实搜求不足。而把冯小青作为中国女性性压抑的代表，来加以考证，潘光旦实属前无古人，后无来者。不过，潘光旦笔下的冯小青，也只是他社会思想的个体象征，只是张岱笔下那个冯小青的一种现代理论升级版罢了。

但我以为，小青的死因应归于抑郁，而非“抑欲”。一个人如果到了连死都不怕的程度，还怕“抑欲”吗？所以我对那些称冯小青死于“性压抑”的学者们感到不齿。是什么让小青意志消沉？是什么让小青最终绝望？是冯通没有给她带来应享有的欢娱和安慰吗？

应当说，导致小青早死的根本原因不是“自闭”，而是“他闭”，是冯家剽悍的大老婆的不容，是冯通的软弱无能，是冯家父母对正室的纵容，归根结底，是封建社会里人与人不平等而导致了这样一位有才有貌有气节的女子最终早夭。

小青的自绝是对自我爱情的坚守，是追求真实生命价值的体现，是不愿苟且偷生的自我戕害，是对黑暗社会的无奈抗争。名门小姐，无奈嫁作他人妾，受尽凌辱，被逐出家门，在孤灯暗影中，自我怜惜。一世绝艳的才情，与惨无人道的摧残，却无人同情，无人喝彩，生命在孤绝的耗损中，缺了质感和色彩，少了鲜活和灵动。所以，小青只有一死了之。

可惜她的锦绣年华，只有十八岁！鲜嫩如带露的花苞，短暂的绽放后，就这样，匆匆地谢了。“读冯小青，是读一朵被摧残的花儿，是读对红颜以及‘正士’生与死的困惑。”我喜欢这样的评价。小青，她就是一朵被摧残的花儿，零落成泥碾作尘，也要香如故。只是她太自我太真实，她不时实务，不会弯道超越。假如她圆滑世故些，假如她见风使舵，我相信她不会这么早逝。可是，她毕竟是小青！

世界上理想主义者很多，冯小青是诗人，是美女，更是执着的理想主义者。我怜小青，春衫血泪，映照岭上梅花三百树，一时美如杜鹃花。脉脉溶溶滟滟波，芙蓉睡醒欲如何？小青映镜花映水，不知秋思落谁多？西泠芳草绮粼粼，内信传来唤踏青。杯酒自浇苏小墓，可知小青正是意中人。日也思，夜也思，花落苏堤覆小池，翩翩探藕丝。冷雨幽窗不可听，岂独伤心是小青。夜迟迟，月迟迟，戏水鸳鸯柔语痴，何得相依能如此。

她“宁作霜中兰，不作风中絮”。她的性格是选择在冰雪之中绽放成一株梅，她的理想是“愿祈一滴杨枝水，遍洒人间并蒂莲”。

生与死不过是一种选择。没有对错，也没有如果。

冰弦声了韵未歇，小青的婉约柔美依然留驻，她给世人的怅与伤依然在，她的幽婉依然在天际盘旋。朦胧的西湖秋水，永远怀想她的芳菲凄恻。“宁作霜中兰，不作风中絮。”小青不肯弯，只有折！火轮下，抽身快，不与斯世为伍，小青毅然干干净净、零零单单地赴了清凉界，呜呼哀哉！小青，盖女子之壮美，极女子之悲哀，难言难表！

小青是一首凄美的诗，完整地记录了一个美丽生灵的毁灭轨迹，从青春年少的绚烂自足，到为人妾者的凄楚自恋、哀怨自虐、恸痛自圣。小青的哀恩怨况凸现，“世之负才零落，踯躅泥梨之中，顾影自怜，若忽若失，如小青者，可胜道哉！”

有一位颇工吟咏、落魄不羁的书生煮鹤生，曾于春日薄游武林，泊舟于孤山石畔。他寻到了小青的墓地，但见一冢草土，四壁烟萝，徘徊感怆，立赋二绝以吊之：

其一：

罗衫点点泪痕鲜，照水徒看影自怜。

不逐求凰来月下，冰心争似步飞烟。

其二：

哮声狺语不堪聆，竟使红颜冢中青。

可惜幽窗寒雨夜，更无人读《牡丹亭》。

是夜月明如昼，烟景空蒙，煮鹤生小饮数杯，即命舣舟登岸，只检林木幽胜之处，纵步而行。忽远远望见梅花底下，有一女子，丰神绝俗，绰约如仙。其衣外翠，内衬朱襦，若往若来，徜徉于花畔。

这熟悉的一幕犹如重演了当年她与冯通的初恋情景。

煮鹤生缓缓地循着她的足迹，一点点靠近，恍惚间，似乎都听到了她的叹息声。但再近前数步，却只见清风骤起，吹下一地梅花香雪，而美人已踪迹皆无，不知所适矣。煮鹤生不胜诧异曰："这不是小青娘子的艳魄来了吗？"遂回至船中，又续二章云：

其一：
梅花尝伴月徘徊，月泣花啼千载哀。
夜半岩前风动竹，分明空里佩环来。
其二：
不须惆怅恨东风，玉折兰摧自古同。
昨夜西冷看明月，香魂犹在乱梅中。

自此以后，名流韵士，纷纷吊挽。怜其才，而伤其命薄。

欲将书简寄娇娘，怎堪无韵不成章。清风骤起，吹下一地梅花香雪，美人不知所适，梅花伴月徘徊，月泣花啼千载哀。剪红烛，听更漏，纵相思，难耐夜悠长。且留得，牡丹一梦。夜半岩前风动竹，分明空里佩环来。聚也难，散也难，情入红尘问路艰，往事赴云烟。人生几个欢？不须惆怅恨东风，玉折兰摧自古同。意茫然，心茫然，彼岸相思分两端，雾浓月隐寝难安，几时花月圆。昨夜西冷月明，香魂犹在乱梅中。

第六卷

吴　藻：

命与才妨，寂寞如夜漫长

——完美婚姻追求者的宿命

指尖流觞，墨笺葬魅魂，吴藻执笔写尽三生痴，万千感慨予谁诉？往事如烟，转头成空，一许哀怨何处落，庭前风，落花红，青春苦匆匆。雁去无踪空向北，流水千曲只朝东。历历前欢成旧梦，泪朦朦。此情难忘，情已成殇，醒后更怅惘。花零露残香消烬，月霜降。寒江雾树，归舟何方？何人听吴藻，倾诉衷肠？绮梦惊回夜亘窗，寒意漠漠冷侵床。三千繁华散去，只剩烟水两茫茫。愁凝眼底一腔泪，红豆长成人尚独，影难双。琴音荡，思更长，寂魂伤。

楼台上，一杯清酒对花斟，娇靥痴嗔，柔姿浅笑。一个人的杯盏举落，皆为落寞。淡月临案，轻花落砚，落红冷雨离恨苦。美人吟，冷雨敲窗，瘦影又添愁。软语呢哝闲倚榻，梦晨昏。万种风情萦，醉香魂。

一季秋深，夜渐寒，凄风冷雨葬好花。一弦残月映西楼，玉露盈盈，悄把相思渡。独对诗笺悲往事，更心酸。沧海桑田，红尘深处，江南小桥流水，冬雨绵绵，悄然坠下一地的忧伤与凄凉。常忆离前琴瑟调，谁怜别后管箫凄寒。更漏声声传，夜色又阑珊。一卷《离骚》一卷经，

十年心事十年灯，芭蕉叶上几秋声。欲哭不成还强笑，无望揉碎花万重，几许余生苦痛浓。

吴藻（1799 年—1862 年），字苹香，自号玉岑子，祖籍安徽黟县。其父吴葆真，字辅吾，一向在浙江杭州按常规做着生计事务，遂侨居于浙江仁和（今杭州）。幼而好学，与时大词人厉鹗毗邻而居，擅长作词，又精通绘画，曾写饮酒读骚图。音乐、绘画、词曲创作无不精通，尤以工词而名重于时，堪称清代词苑奇葩。其父与夫皆业贾，两家无一读书人，而独呈翘秀。追求超越本性的生活，实为明清女性性别意识觉醒的代表。耽于社交沙龙，着男装，游历于青楼文人之间，填词绘画，过文士生活。丈夫死后，矢志守节，靠整理自己文集度过余生。有词集《花帘词》和《香南雪北词》，其杂剧《乔影》亦享有盛誉。卒年六十四岁。

清代天真少女的《如梦令》

天才词人吴藻出身商贾，嫁与商贾，有着与宋代朱淑真同样的婚姻愁闷，却转而为内敛沉郁，创作上集晚唐两宋名家之妙而自成一家，传世有散曲，杂剧，以及词集两卷。她的多愁和多彩人生，演绎了一个时代的人文风情。

吴藻生于清道光年间，原籍系安徽黟县。大清徽商在当时被誉为实力雄厚的一支商业大军，吴藻的父亲是其中的一位大丝绸商，她从小随父母居住在今浙江杭州市，古称之为仁和的地方。传说中的仁和县始于五代吴越，开始叫钱江县，北宋改仁和县，一直存在到清代。她是父母的掌上明珠，自一出生就极受宠爱。

吴家不是书香门第，从没出过一位像模像样的读书人。吴藻的父亲虽是个地道的商人，在城里经营绸缎业，却对书香风雅之事特别感兴趣。

爱女吴藻自小就显得颖慧异常，也许是因为自身不谙翰墨的缘故，父亲更希望自己的女儿能知书达礼，也许是受了当时普通的吴越人家子女多读书识字的影响，所以父亲十分重视对其进行文化教育。

幼小的吴藻喜欢舞文弄墨，喜欢唐诗宋词。父亲惊喜之余，就用重金聘请了好几位家庭教师，还有一位名师到家用心培养她。从此，吴藻开始接受全面规范的闺中教育，从读书习字、作诗填词，到弹琴谱曲、绘图作画，让她获得了家道丰饶的上层社会女子可能有的诗画琴曲的艺术熏陶。

吴藻果然没让父亲失望，方到及笄之年，就已妙解音律，能画能诗，诗书琴画样样精通，尤其是在填词上别有造诣。在这种优越的家境里，吴藻的童年和少年不但甘甜如怡，而且充满着情趣。月下抚琴，雪中赏梅，与花儿谈心，同燕子低语。

吴家住在仁和县城东的枫桥旁，与大词人厉鹗的旧居比邻。吴藻有此芳邻，自然受其熏陶不浅，词风也深受厉鄂的影响。在她的心目中，成为厉鄂一样的诗词大家，乃是她理想人生的一块基石。当然，只是基石而已，她还有补天之志。

那位与吴藻家毗邻的厉鹗，属于浙西词派的中坚人物，然而却屡试进士不第。他家境极贫，但性格孤峭，素喜幽静，爱好山水。从某种程度来讲，吴藻后来的所作所为，包括她的心性，其实都受到了他的影响。

在厉鄂的影响下，吴藻尝试着用自己细腻的小心思填词，她在一首《如梦令》中写道：

燕子未随春去，飞入绣帘深处，软语多时，莫是要和侬住？

延伫，延伫，含笑回他："不许！"

小燕子闯入少女吴藻的心扉，她好奇心陡起，追逐着飞入绣帘的燕子，要跟它搭话。最后燕子要飞走了，她却怅然，既然燕子未随春归去，那就留下来与我同住吧！

少女时期的吴藻过着无忧无虑的生活，家境优渥，家教宽松，此情此景类似于宋代少女时期的李清照，每天过着春困秋乏，闲来写写"昨夜雨疏风骤，浓睡不消残酒。试问卷帘人，却道海棠依旧。知否？

知否？应是绿肥红瘦”这样的词句。这首小词，语境新奇，少女的娇嗔与可爱呼之欲出，可见吴藻早年就具有出色的文才。语言直白，已流露出吴藻白话为词的端倪，这后来也成为吴藻最突出、最影响深远的风格。

这首词写得细腻生动，和辛弃疾的“只疑松动要来扶，以手推松曰：去”的词句有几分相似，但此词完全充满了少女的天真烂漫。受到左邻右舍和亲朋好友的称赞，神童少女的名字传向四面八方。

依旧春来，依旧春又去

燕回燕去，无忧无虑的小姑娘渐渐长大了，随着年龄和阅历的增加，她渐渐开始对父母这种养在深闺的生活滋生出不满。吴藻从小生活在商业味浓厚的家庭里，但对商业却丝毫打不起精神来。她觉得周围的世界与自己理想之人生相去甚远。父母置身商界，动机起落皆为一个“利”字。从书中她了解到，很多文人才士都喜欢聚集在一起吟诗填词，不但可以相互唱和，还可以相互指点品评。风清月明，薄酒香茗，三五好友，泰山观日出，湖心亭看雪。畅谈人生，吟诗作词，互相唱和，互相品评。“天朗气清，惠风和畅。仰观宇宙之大，俯察品类之盛，所以游目骋怀，足以极视听之娱”。她对那种生活十分向往，她想要的就是魏晋名士那样的生活。她懂事后，经常埋怨自己是个女儿身，在那个女人地位低下的时代，身为女儿就意味着悲剧的宿命。这种悲情，不是生死离别式的小悲，而是终极的生不逢时的大悲。

仁和这个小县城里，根本没有闺友组织的文会，即使有，这种文学聚会，也是她没有机会参加的，一个待字闺中的女子，是不可能去抛头露面，那是要被视为大逆不道、伤风败俗的。而她周围没有和她一样精通文墨的女子，仆人侍女都是粗人，没有共同话题可言，亲友中也无这样可以陪她谈诗论词之人。故而她不禁开始有了一种孤独之感。她只能一个人独吟独赏自己的才情，于是诗词中也不免染上了愁怅。那阕堆絮体《苏幕遮》中就流露了她这种惆怅的情绪：

曲栏杆，深院宇，依旧春来，依旧春又去；
一片残红无著处，绿遍天涯，绿遍天涯树。
柳絮飞，萍叶聚，梅子黄时，梅子黄时雨；
小令翻香词太絮，句句愁人，句句愁人处。

栏杆曲护，庭院深深，春天匆匆而来，匆匆而去，只遗下残红遍地，无人收拾。她孑然一身，站在浓浓的绿荫中，凭吊逝去的春色。这时风起，吹的柳絮如狂，萍叶骤聚，眨眼梅雨仓促而至。她赶紧躲到亭中避雨，手执书卷，小令清词句句愁人，更助风雨凄凉。一幅凄楚愁苦的《初夏避雨图》俨然呈现眼前。

转眼到了婚嫁的年龄，虽然吴藻从十五六岁起，就被有钱人家相中，到吴家来做媒说亲的几乎踏破了门坎，许多徽商大户知道吴藻才华横溢，而且家庭优越，还长得风姿绰约，容貌清秀，实在应该是“千家羡，百家求”的闺中宠儿。谈婚嫁讲究门当户对，因为吴家是富商，家资巨万，富甲一方。所以求亲的也多是有钱人家的纨绔子弟，吴藻嫌他们胸无点墨，一一摇头拒绝了。仁和县城里才子本就有限，况且，有的读书人家境清贫，有的才子埋头苦读，谁也没想到吴氏商贾之家还藏着位锦绣才情的大姑娘，就是想到了也不敢高攀，虽然她能看得上的，也必须是个才子，即使门不当户不对。

如此一来，才貌双全的吴藻竟然芳龄虚度，婚事蹉跎，转眼到了二十二岁，吴藻尚待字闺中。

吴家父母开始着急了，吴藻却不急，她做着自己喜欢的事情，每天除了继续她的琴棋书画外就是写作。

英雄儿女原无别

在一首《金缕曲》中，吴藻便以纤纤之手，做了一篇豪气逼人，惊天动地的大文章：

闷欲呼天说。问苍苍，生人在世，忍偏磨灭？从古难消豪气，也只书

空咄咄。正自检，断肠诗阅。看到伤心翻天笑，笑公然，愁是吾家物。都并入，笔端结。

英雄儿女原无别。叹千秋，收场一例，泪皆成血。待把柔情轻放下，不唱柳边风月。且整顿，铜琶铁拨。读罢《离骚》还酌酒，向大江东去歌残阕。声早遏，碧云裂。

吴藻是个尚未被人们充分认识的出色的女词人。在中国妇女文化史上，这是位较早觉醒的女性。女性的觉醒，大抵始自于婚姻问题，但仅止步于此，觉醒尚难有深度。吴藻的女性自觉，可贵的是对人生、对社会、对男女地位之别以及命运遭际的某些通同等问题，都有其初步的朦胧的思考，从而成为这种思索和悟解、觉醒长链中值得珍视的一环。这阕《金缕曲》是《花帘词》中的作品，《花帘词》编刊于道光九年（公元1829年）春，即系吴藻三十岁前所作，而此词编次甚前，乃吴藻二十三岁前后的心声。在封建社会，做才女远不如才子们来得潇洒。封建社会倡导“男尊女卑”和“女子无才便是德”。在男权社会里，男人总是希望女子做一个淑女，而不是一个吟风弄月的才女。因为才女智商高，眼光高人一等，能洞悉男权社会的种种弊端，甚至会以身挑战这些弊端。所以那时的才女们大多为情所困，为情所伤。而吴藻，就是一位这样的才女。

在这一首《金缕曲》中，上篇有两个要点，一是“问天”，二是女性自省。问天，是对不公世道的抗议。世道之不公，扼杀才性，对男女其实都一样。这首《金缕曲》呼天抢地，慷慨淋漓。似热血男儿，请缨无路；似末路英雄，悲痛欲绝。词一开头就大声呐喊，责问苍天：“生人在世，忍偏磨灭？”天生我材，必有所用，可世道不公，扼杀了多少英才，磨灭了多少志士。

然而“豪士气”难消时，最激烈的形态却是“咄咄书空”，那么就没有理由让女性一定要将“愁”视成“吾家物”，没完没了地形诸笔端。这是吴藻对女性弱点的自省。把女性从“愁”中解脱出来，自省也即自强，挣脱的乃是一个软弱的情结。看似平易的词语中跳荡的是颗强毅的心，吴藻是深刻的。

下篇紧承着自省而来，强化女性自振意识。先用“英雄儿女原无别”转出新意。有道是“英雄气短，儿女情长”，但在现实的黑暗社会中，英雄豪杰与痴儿怨女“收场一例，泪皆成血”。不但女子没有施展才华的机会，男儿一样空有抱负。这里吴藻对个人命运的思索已跳出了男女性别的狭隘视野，她站在千秋历史的高度，将视角投向了现实社会更深刻的本质内核，揭示了全社会成员个性遭受压抑的严酷事实，从而将个性解放扩张为英雄儿女共同的需要，无疑有积极的现实意义和深邃的历史意义。“英雄儿女”既然“无别”，而且“千秋收场”全皆是泪成血，那么女性就不必放不下“柔情”，应和须眉男儿一起去唱“大江东去”。人们都熟悉秋瑾女士《满江红》词中“身不得，男儿列；心却比，男儿烈”之句，而吴藻则在大半个世纪之前已有此觉醒则更可贵。吴藻强烈意识到柔情、眼泪改变不了“皆成血”的收场，感动不了“苍苍”。吴藻能有此震聋发聩之唱，与她介入男性历来独主的文化社会有密切关系。而其之所以能介入社会文化生活，又是因为有袁枚到陈文述这些鼓励女性文学文化的“性灵”的存在，吴藻正是陈文述“灵伯”之女弟子。文学史家们不该轻忽这一事实。

女性，从走出闺阁之门到打破男女不平等的桎梏，其间的道路多么艰难坎坷、多么漫长曲折！历史上任何一个国家女性的解放都首先取决于社会制度的变革，吴藻要实现她的愿望谈何容易？于是她只能将满腔的悲愤化为慷慨悲歌。因此，这首词读来慷慨激昂，如黄钟大吕，振聋发聩。吴藻生活的年代，女性处于社会的边缘，地位十分卑下。男人充当着绝大多数的社会角色，而女人则是附属品。吴藻不能像男人那样去建功立业，但她的骨子里却流淌着强烈的自信和奔腾的热血。她有高过男儿的诉求，但社会不给她机会。她只能将一腔的绝望与失落转化为火山般喷发的悲愤，诉诸笔端。吴藻超越古人的新观点，也是女权运动者振臂高呼、孜孜以求的男女平等的观念，在这首词中表露无遗。比如她说“英雄儿女原无别”，向几千年压抑女性、束缚女性的传统与历史发出了强有力的控诉。而且，在“收场一例，泪皆成血”的终极归宿中，女儿的柔情也是枉然，只有整顿“铜琶铁拨”，只有高唱《离骚》，才能疏泄心中的不平与愤慨。

吴藻是这么写的，也是这么做的。她不仅在词中高唱《离骚》，而且在现实中，也将《离骚》编入杂剧，成为当时非常流行的剧作。

吴藻在二十岁时，以杂剧《乔影》而闻名大江南北。

《乔影》充分展现了她的人生理想和心灵轨迹，那里面洋溢着男女平等的思想，抒发了她郁结于胸的愤懑之情。剧作情节很简单，但是表达的思想内容很复杂。全剧只有一幕，写东晋有“咏絮之才”的才女谢道韫，出身名门，性喜读书论史，常常因自己是女儿之身而自惭形秽，不施铅华，不弄粉黛，行为举止颇类男子。谢道韫才志如飞鹏，幻想着翱翔万里长天，怎奈身为女儿，如笼中病鹤，左右前后皆不得振翅。每日里只能自怨自艾，自叹自怜。一日，她为自己写真，将镜中的女儿服色画成了男儿衣履，手中捧着《离骚》，旁边放着酒杯，欣然题曰：《饮酒读骚图》。翌日，真的换穿男装，来到书斋，将写真张挂起来，对着画像，饮酒读骚，如画中一样，自我凭吊。而后，狂饮痛哭，霎时天灰地暗，万物萧然。

《乔影》是奠定吴藻文学地位的顶峰之作，细细玩味，此剧情节虽然称不上曲折，且篇幅短小，却承载了吴藻所有的生命内涵。其寓意是襟怀虽然像凌云展翅的飞鹏那样豪放，可处境却好似紧锁樊笼的病鹤般不自由，想到自己是个女儿身，只得自悲自叹罢了。剧中唯一的人物谢道韫，就是吴藻的自身写照。况且，文采焕然，情辞恳切，动人心弦。吴藻满腔的不平之气跃然纸上。

风光的婚嫁，淡漠的新娘

父母软磨硬劝，终于使吴藻勉强答应了同城丝绸商黄家的求婚。此君是当地行商辈的后起之秀，手中掌握着巨额的丝绸贸易，家中资产过亿，堪与吴家相媲美。这些都正中吴藻父母的心思，门当户对。可吴藻对这门婚事一点兴趣也没有，可自己已苦苦等了这么多年，心中的白马王子却一直不降临，也许自己生就是商家妇之命，任凭怎样的心高，也摆脱不了命运的限定，只好认命了吧，她的心已有些淡漠。

书中自有颜如玉，书中自有新世界，可吴藻偏要在现实世界中寻找理想化的东西，所以她会碰壁，所以她会经常怅叹。尽管吴藻鄙夷铜臭，但不可否认，正是她鄙夷的东西带给她一个甘如蜜糖的少年时代。许多贫困人家的女儿迫于生计，早早嫁人或流落青楼，只有她二十几岁了还优渥地养在家中，每日只以读书填词作画为乐。

她不情愿地披上了嫁衣，她为自己感到莫名的悲凉。

婚礼是在一个风和日丽的天气举办的。娘家和婆家都是一方富商，这场婚礼极尽奢华，轰动了杭州的整个仁和县城。十六人抬的迎亲花轿溢彩流金，鞭炮声、锣鼓声、锁呐声响彻云霄，送亲的嫁妆排出了好几里地，场面煞是可观。但吴藻丝毫没有被周围的气氛感染，全然不像一般的新娘子那样羞怯怯、娇滴滴，满怀着兴奋和憧憬。她坐在花轿中，神情漠然，心境淡淡，似乎已把未来的生活猜透，一切都将是平平淡淡。并不是吴藻心中另有他人，也不是父母强迫而成的婚姻，要说原因，只能怪吴藻有一颗比天还高的心。

一腔风情无人解

黄家也是朱门大户，家财万贯。进了黄家门，可以说是过着吃喝玩乐的生活，什么都不愁，黄家对吴藻真是百般珍视，不仅举行了盛大的婚礼，年轻的丈夫又给了她一个大大的惊喜。在宽敞的屋子里给她准备了一间书房。一张花梨大理石大案，案上摆着各种名人法帖并数十方宝砚，还有各色雕刻的笔筒，内插的各种笔如小树林一般。吴藻不禁心花怒放，她心想，原来丈夫也是喜欢读诗书之人。以后可以夫唱妇随，赌书消得泼茶香，此种生活也是神仙过的日子。

然而，黄家虽是世代的丝绸商，豪富足以与吴藻的娘家相媲美，可是却也同样是从未出过读书人。黄公子从少年开始经商，除了会看账本外，就没再摸别的书本。由于随父一心经营，所以没有喝过多少墨水，文化程度不高，他一年中除了算数和记住生意场上的来往金额，很少接触诗词文章，对文学没有任何兴趣。他在婚前听说了妻子的才情，

十分佩服和敬重，花了心思为她布置了豪华的书房。

初见丈夫支持自己读书作文，吴藻还暗暗惊喜，以为丈夫也是个知解风雅的人，然而是自己错识了他。于是当丈夫忙完商务回家后，她喜盈盈地拿出自己作的新诗、新词读给丈夫听，丈夫倚在床头，频频称好，待吴藻读完再看丈夫时，他已坐着睡着了。原来只是附庸风雅，到底是个庸俗汉！在生意人的眼里，只有金钱的流通和进进出出的数字，吴藻的心又重新掉进了冰窟，一腔风情无人解，冰冷的泪珠无声地从她眼中流出。

丈夫虽然不懂吴藻的诗词，但对她可是百般宠爱，对她的生活关怀得无微不至，衣食住行，全不需吴藻操心，她天天关在自己的书房中，一心一意编织她的闲愁。除了偶尔操琴舒泄外，她的愁大都系在了词句中，琴无知音空自弹，词还留在纸上，今人不看后人看。

丈夫从不违逆吴藻的意愿，哪怕是再过分的要求，行为是极其出格的，他都能理解，都能包容。在他的眼里，妻子写点诗词文章，纯粹的是玩乐一下，她爱玩就让她好好玩吧，只要她开心就好。每当她作出新词，丈夫便供上一脸的倾慕赞叹。其实，他不懂。可是，他愿意让爱妻收获这份肯定。他们夫妻之间，缺乏心灵上、志趣上的共鸣，可这阻挡不住他爱她。

卿不解怜我

婚后的生活，凭心而论，吴藻是幸福的。然而，这却不是吴藻所想要的生活。尽管优裕安稳，可惜少了一个可以说说话的人，一个可以在半夜醒来倾诉聆听的人，所谓爱如桐花万里路，连朝语不息。若是不爱，那么半夜唤醒，谁还有心思听你诉说忧愁，谁会管你是否看见海棠花未眠而惊喜。婚姻，需要的更多的是一份无以言说的默契。诚如《国风·陈风》所言："东门之池，可以沤菅，彼美淑姬，可与晤言。"因此吴藻还是有一种自我失落的感觉。吴藻知道丈夫爱她，可她宁肯不相信这样的事实。他们之间很少有共同语言。他虽然体贴她，爱护她，给她自由，却不知道她真正需要什么。她需要丈夫停下忙碌的身影，陪伴她坐在花园里，吟诗作赋，畅谈文艺。可这些，打死他也做不到。

无人懂得，便成为了吴藻最大的悲哀。这样的生活，即使安稳，然而却了无生趣。从吴藻的一首《祝英台近·影》可窥见她婚后的悲情：

曲栏低，深院锁，人晚倦梳裹。恨海茫茫，已觉此身堕。可堪多事青灯，黄昏才到，更添上、影儿一个。最无那。纵然著意怜卿，卿不解怜我。怎又书窗，依依伴行坐？算来驱去原难，避时尚易，索掩却，绣帷推卧。

吴藻此刻的心情，就仿佛是前朝冯小青临水照花时感叹的“卿须怜我我怜卿”。那“恨海茫茫，已觉此身堕”的伤己之痛，是对婚姻不遇的极度悲怨，那个仿佛由愁丝凝结成的无法避开的“影儿”，勾勒出作者精神状态的极度低迷。在她颇多的词作中，都可以让人感受到“卿不解怜我”这样的怨情。

与大多数出身于书香世家的闺秀词人不同，吴藻生于商贾之家，没有家学渊源。但清初以来“吴越女子多读书识字，女红之暇，不乏篇章”的时代文化环境和宽松富裕的家庭经济条件，使吴藻获得了家道丰饶的上层社会女子普遍看重的琴诗书画四艺的熏陶。年未及笄，她已妙解音律，能诗能画，闻名遐迩，尤其是在填词上别有造诣。这位有“夙世书仙”“天赋之才”“前生名士，今生美人”之誉的才女，对美好的爱情充满了憧憬；对她的“所天”充满了期待。吴藻由父母之命嫁给同乡商人黄某为妻，这桩看起来门当户对的婚事却并不遂她所愿，她的心中充满感伤。在《酷相思》里，她叹息道：

寂寂重门深院锁，正睡起，愁无那。觉鬓影微松钗半亸。清晓也，慵梳裹；黄昏也，慵梳裹。竹簟纱橱谁耐卧，苦病境，牢担荷。怎廿载光阴如梦过。当初也，伤心我；而今也，伤心我。

寂寞深院，凉簟纱橱，愁苦病境，欲睡无眠。吴藻细腻的情感渴求身畔的回音，她卓超的才华期盼欣赏的眼神，但丈夫无法理解她的才思情怀，可叹她只能在如梦光阴中黯然神伤了。

从现存吴藻的全部作品中，我们可以发现她对这桩婚事很不满意，却又无奈。有人对她的数百首词做过统计，没有一首表现情爱和谐的作品，有的只是对于婚姻、角色乃至存在所感的全方位的痛苦。这种无法释放、无法排遣的苦闷，使她养成了一种内向性、忧郁性的思维和情绪特性：“愁怕和天说，诗多带病敲。”（《喝火令》）自闭性的愁和自验性的病，成了她生活和感觉的常态。

走出金丝笼

一种知音难觅的悲哀在吴藻心中徘徊。因为鄙视丈夫的粗俗，她便懒于梳妆，无意讨丈夫欢心。

丈夫整天忙于商务，深夜回家也多半累得只能睡觉，没有心思对她轻怜蜜爱，这怎能不让感情细腻的吴藻伤心难过。但要说丈夫不爱吴藻、不心疼吴藻可有些冤枉，只能说他不懂得怎样才能安慰得了她那颗孤高寂寞的心。他见吴藻被闲愁折磨得日渐憔悴，十分着急，自己没有时间陪，便劝她多交些朋友，也好换换心境。这倒颇合吴藻的心意。吴藻确实觉得无聊，接受了丈夫的建议，开始结交一些红粉闺友。

于是，吴藻便在家中举办文艺沙龙，把当地爱好文艺的少女、少妇请到家中，一起谈诗论词。

吴藻交友当然是选那些懂诗解词的，挑来选去，这种女子在县城里只有那么几个，而且这些人虽然粗通诗词，可在才情卓绝的吴藻面前，常常只有仰慕、赞叹的资格，很难有什么唱和。她们岂能达到吴藻的高度？吴藻能以女性性情中特有的细腻敏感、清圆流丽、优雅柔艳的气韵，吐出一首首充满哀惋幽怨的情词。同时更以“林下风”的逸致，抒发豪宕悲郁的情怀。时人以为在浙派大家厉鹗、吴锡麟逝世后，“或虑坛坫无人，词学中绝，不谓继起者乃在闺阁之间”。所谓宝钗桃叶，写风雨之新声，铜琶铁板，谱海天之高唱，在并世的女词人中很少有人能与之比肩。

但吴藻通过这些闺友，慢慢结识了一些真正的文人才士，他们一般是这些闺友的兄弟和丈夫。吴藻的词作传到文人才士手中，他们不由得击节称叹，随着吴藻声名日盛，一些比较大胆的文人，开始邀请吴藻去参加一些文人们的诗文酒会，这真是符合吴藻的心意，她也决定摆脱金丝笼中的生活，她要勇敢地走出家门了。在吴藻看来，真正的才女不仅要有才，还要有过人的胆识，到男人们中间去，探讨文学和人生才过瘾，还要敢于向固有的潜规则挑战。一天，吴藻把自己的想法悄悄告诉了丈夫，她原来以为丈夫会反对她的做法，没想到丈夫不但不阻止她，反而点头支持她。吴藻永远记得的是丈夫对她说的话："夫人，只要你玩得开心，能高兴起来，你就放心去做吧！"在得到了丈夫的同意后，吴藻高兴得彻夜难眠，她为自己设计了一下后欣然前往。

同那些情趣高雅、大吟诗词的文人们，诗酒唱和，吴藻宛如鱼儿得水，她才情迸发，让他们惊羡不已，誉之为"当朝的柳永"。

江南的湖光山色，西湖的浓妆淡墨、桃红柳绿永远是才子佳人们的天堂，吴藻的词作又一次在这里引起极大的轰动。于是，风清月明之际，飞檐翘角的阁楼上，吴藻常受邀与三五好友，坐定谈诗品酒。这样的诗会一次又一次启迪了吴藻，她似乎在交际活动中重新找回了失落的自己，性情又变得活跃开朗起来。这样的聚会，这样的会话，使她经常在夜深人静时分带醉而归。即使这样，吴藻的丈夫也没有责怪她。

于是，吴藻便频繁地与这些儒巾长袍的书生一同登酒楼，上画舫，丝竹管弦之乐，曲酒流觞之欢，举杯畅饮，高声唱和，丝毫没有拘束。

他们常常月夜泛舟湖波上，深更不归；春日远游郊外，带醉而回。吴藻的这些行径实在是越出了妇人的常规，可是她丈夫并不干涉，他的愿望只是：陌上花开，可缓缓归矣。只要妻子高兴，他不在乎别人说三道四，因为他有他的理由：吴藻是个不同于一般女人的女人，当然不能用常规来约束她。由此可见，丈夫其实是很爱她的，只是生活方式不同，爱的方式也不一样。在婚姻问题上，他采取了包容，因为他没有能力抚慰她那颗孤高寂寞的心。丈夫这样对待她，让常人觉得这位丈夫无论会不会作诗，都绝不是一个庸俗的男子了。他对妻子爱

得是何等深沉，因为他如此的懂她。只是吴藻她不懂，也不愿去懂。

“百炼钢成绕指柔，男儿壮志女儿愁……自惭巾帼，不爱铅华。”“想我空眼当世，志轶尘凡，高情不逐梨花，奇气可吞云梦。”这样的心意有多少人懂得呢？

易男装：一洗女儿故态

丈夫事事顺她的心意，给她自己的独立空间，既然丈夫纵容，吴藻愈加无所顾忌了。与一群须眉男子同行同止，虽是潇洒，但毕竟有不便之处，吴藻恨自己是个女儿身，如果是个男儿，便不会有这样那样的烦恼与不便。她在一首《金缕曲》中表达了再生为男儿的诉求：

生本青莲界，自翻来、几重愁案，替谁交代？愿掬银河三千丈，一洗女儿故态。收拾起、断脂零黛，莫学兰台愁秋语，但大言、打破乾坤隘。拔长剑，倚天外。人间不少莺花海，尽饶他、旗亭画壁，双鬟低拜。酒散歌阑仍撒手，万事总归无奈。问昔日、劫灰安在？识得天之真道理，便神仙也被虚空碍。尘世事，复何怪！

吴藻发下宏誓大愿，要引银河三千弱水，洗掉自己的女儿身，化作英姿飒爽的男儿汉。再也不要对着镜儿，傅粉画黛，而是要学男儿，怒拔长剑，直指天外。这等磊落豪宕的胸怀，这份瑰丽奇妙的神思，当真是所谓的男儿也及不上。

虽然掬起银河水，要想把女儿身洗成须眉汉，也是虚设妄想。但是脱下女儿装，扮成男儿模样倒是不难啊！

毕竟，作为一个女人，经常参加男人们的活动毕竟有许多不便，也容易遭人闲话。她想起谢道韫的执着和勇敢，灵机一动，决定女扮男装去赴男人们的酒会。从此吴藻出门参加文友聚会时，她就换上儒巾长袍，配上她高挑的个头，俨然一个翩翩美少年。

有了这样的打扮，她的行动方便多了，可以更加自由地出入一些酒楼茶馆。从此，吴藻在丈夫和文人雅士面前成了一个公子哥儿。她举止文雅、风度翩翩、满腹诗书，实在是能以假乱真了，就连丈夫也常常对她这样的打扮捧腹大笑。在他的眼里，爱妻怎样做，都是美的，是好的，是对的。

待买红船，载卿同去

一次，吴藻酒后，听人说到青楼女子的许多事情，便好奇地随一帮文人到青楼去玩玩。在中国历史上，吴藻是唯一一位女扮男装去逛妓院的女诗人。

那天，当她一走进青楼，她的美貌和气质立即吸引了那些涂脂抹粉的青楼女子，都纷纷朝她献媚。其中有一个姓林的漂亮歌妓竟对她动了真情，竟要以身相许。

吴藻逢场作戏，还给这位林姑娘写了一首《洞仙歌·赠吴门青林校书》。校书就是旧时对妓书的雅称，记述了此事：

珊珊琐骨，似碧城仙侣，一笑相逢淡忘语。镇拈花倚竹，翠袖生寒，空谷里、想见个侬幽绪。

兰釭低照影，赌酒评诗，便唱江南断肠句。一样扫眉才，偏我清狂，要消受玉人心许。正漠漠、烟波五湖春，待买个红船，载卿同去。

她的才华让林姑娘激动得热泪盈眶。吴藻真的要买只红船，与林姑娘同游五湖而去吗？非也。这只是一时的酒酣娱兴而已。有人也许会说，这是她有同性恋倾向，其实根本不是。我觉得，吴藻这些行为可能还是玩笑的成分居多吧？吴藻感情空虚无依，如果她在那个时代搞婚外恋，必被唾沫淹死，于是假凤虚凰，聊以解闷。吴藻说来还是比较幸福的，她可以这样的肆意而为却无人约束。

其实，在吴藻的内心深处，尽管女扮男装外出参加聚会，借酒消愁，但终究还是寂寞惆怅的，她的眼中是丈夫尽管有钱，但不是她的文字知己。“停琴坐，秋影落空阶。”漫漫长夜，夜凉如水，相伴的仍是凄凉；“圆缺阴晴天不管，谁管得，古今来，万斛愁？”惟妙惟肖地

写出了众多困惑。

当爱情没有以吴藻渴望和憧憬的形式来叩门，在拒绝了一堆庸常的求婚者后，她还是在二十二岁时，听从父母之命，嫁给了一位年轻商人。但富足闲适的太太生活一点也不符合她的人生观和价值观。幸运的是，她碰上了一位愿意给她宽松空间的丈夫。婚后，她终于走出自己的小天地，遇上了一群文艺青年。

“生活在别处”的痛苦，不仅让吴藻不满足于平庸的县城生活，而且还使她对自己的女性身份无限惋惜和不甘。她曾写杂剧《饮酒读骚图》，剧中的谢絮才不爱红妆，自画一幅男装打扮、饮酒读骚的小影，一日还脱去女装，扮为男子，面对这幅画像豪饮痛哭。东晋的王恭说，想成为名士，要有三个条件：常无事，痛饮酒，熟读《离骚》。可见，吴藻有很深的名士情结。可身为女儿身是做不了名士的，这让她倍感压抑。对自己的性别，吴藻不甘心认同，她希望自己是一个男人。她借着谢絮才之口，说出了心中的错位：“百炼钢成绕指柔，男儿壮志女儿愁。今朝并入伤心曲，一洗人间粉黛愁。我谢絮才，生长闺门，性耽书史，自惭巾帼，不爱铅华。”“自惭巾帼”四个字，道出了无奈，也道出了她内心的分裂。

后来，吴藻的分裂，不再只体现在文学作品中，而是逐渐侵入了她的真实生活。在那个文艺青年组成的圈子里，吴藻尤其喜欢与男文人一起交游。因为在她的内心，他们正是她所希望的样子，她和他们一起饮酒作词。后来她干脆洗尽铅华，作男装打扮，束男人的发式，穿男人的衣服，和他们去酒楼，去画舫，饮酒酬唱，和他们远行郊游，醉酒而归。甚至，她还像男人一样，逛起了妓院，和青楼女子玩起了眉目传情的游戏。

虽然结婚却不曾恋爱过的吴藻，是想变换性别角色，像男人一样去谈场恋爱吗？她似乎很享受这种“男人”的生活，也很沉迷于这种性别错位。她的人格分裂越来越严重了。

但吴藻不是天生的性别错位，只不过她比别人更为敏感，也更能感受到因性别而产生的压抑与不公平。在她的心中，“英雄儿女原无别”，但是在现实社会里，二者的差别简直是天与地。这导致了她的精神危机。

所以说，其实她想摆脱的并不是女性的身份，而是强加在这个性别身份上的不公与压抑。吴藻幻想自己是个男人，就是这种内心纠结所导致的病症。吴藻与花木兰不同。花木兰替父从军是种不得已，是被迫性别换位，而且花木兰非常清醒于这点。而吴藻则因精神危机而误入歧途，更像是一种精神分裂。吴藻就是这么一个想法怪异的女子。她的头脑里，少见女儿应有的那种敏感与醋意，而是装满了为女儿鸣不平，进而要翻身做男人的奇怪思想。西方把这种思想，叫做女权主义思潮。他们称赞吴藻是中国女权运动的先驱者。

也有人说，吴藻是同性恋者，其实不然。她只是太执著于性别身份的“无别”。另外，她和歌妓只是逢场作戏，所谓恋爱不过一场游戏。

于闺阁之外或深或浅，或款款或洒落的交游足迹，适度纾解了吴藻抑郁的情怀，亦展现了她相对独立的人格魅力。而最能舒缓其情绪的，还是她笔下的文字。从她填的第一首《浪淘沙》开始，到最后觉得“忧患馀生，人事有不可言者……此后恐不更作。”不过十年时间，吴藻之传世作品，计有：《花帘词》一卷、《香南雪北词》一卷、《喝火令》一阕（凡292阕，收入《民国黟县四志》）、《花帘书屋诗》九首、《乔影》（别名《饮酒读骚图》）一套、小令一首、套数五套。清嘉道年间，时人对其作品推崇备至：《两般秋雨庵随笔》云：“《花帘词》逼真，《漱玉》遗音”；吴载功《乔影》跋云：“灵均香草之思犹在人间，而得之闺阁尤为千古绝调”；《续修四库全书·提要》曰：“清代女子为词者，藻亦可以成一家矣。”苹香能特立于清闺秀词人，不但因为其具有生花之妙的词笔、博雅的学养，更在于她独特的性情，即晚清社会对才媛之态度以及其不谐身世引发，培养出的雅士气向外而表现出来的显著的“双性”人格。所谓“双性”，即“双性同体”，意为同一身体兼备雄雌两性的特征。此词源于柏拉图之《会饮篇》：远古之人类分为男人、女人、阴阳人，每人皆有两副面容及体格，天神宙斯因惧怕人类之力量过于强大而将其劈成两半，由此演化成了现代之人。于是人的生命与生活自此便在寻找另一半的题旨下展开，因为它要恢复原始的整一状态，把两个人合成一个，治好从前剖开的伤痛。这种对可能是同性、也有可能是异性的“另一半”的精神追寻，后来

衍化为个体在性情及艺术上的本性超越。而这种超越的思想基础，就是对男女性别差异的深刻认识和反思。

长夜迢迢，落叶萧萧

转身，案牍一砚淡墨留芳，幽然提笔，执笔缓落，漫遣丹青，墨舞寒香，绘一笺离愁，谱一纸寒凉，书一页过往，续一节残篇。诉不尽的愁思，缀满心枝；狂泻的诗句，漫卷在风中。

吴藻的内心深处终究还是寂寞惆怅的，白天和人雅聚，夜晚回家，却心怀落寞，漫漫长夜，守着的仍是凄凉，于是在这样的心境下，她提笔写下这样的一阕《行香子》：

长夜迢迢，落叶萧萧，纸窗儿不沮敲。
茶温烟冷，炉暗香销，正小庭空，双扉掩，一灯挑。
愁也难抛，梦也难招，拥寒食睡也无聊。
凄凉境况，齐作今宵，有漏声沉，铃声苦，雁声高。

处境优渥，衣食无忧，堆金砌银，丈夫对她是百般爱慕和纵容，然而吴藻的内心深处却日日绕愁萦恨，颇有“人人争唱饮水词，纳兰心事几人知”的感觉。这种滋味有谁能相信？然而却是实实在在地存在着，吴藻忧愁，她怨自己命苦，苦就苦在自己的才高，苦就苦在自己的心高。锦衣玉食填不满她的心，她渴望着她没能得到的那份浪漫之情。嫁得文人雅士一个，琴瑟和谐，每日诗词唱和，赌书消得泼茶香，赏花饮酒，花下品茗，幽室焚香，月夜泛舟，这便是她心中理想的婚姻生活。而命运偏偏给她安排了一个专心务实的憨厚丈夫。谢道韫嫁王凝之，婚后无比怨恨道：“一门叔父，则有阿大、中郎；群从兄弟，则有封、胡、遏、末。不意天壤之中，乃有王郎！”

吴藻无疑是一个颇为小资的女人，她这种讲究情调之人，自然会觉得这桩婚事百般不合适。

“买个红船，载卿同去。”吴藻欲效法范蠡，买舟载西施泛游五湖，同归烟波浩渺之中。真是奇人奇语。有人认为这首词是吴藻敷衍妓女的作品，没多大意义。谬矣。这正是吴藻心声的表露。她多么希望跟丈夫过那种同舟共泛五湖春的生活，可丈夫有范蠡那样的资本，却没有范蠡那样的浪漫、情趣、洒脱。这也是吴藻的痛苦所在。不要以为她在逗这个妓女玩，其实，字字句句都是悲情倾诉。她其实很可怜，理想的生活遥不可及。

为了使自己的文学水平不断提高，吴藻和女同伴又前往苏州拜见陈文述。陈文述是嘉庆时期举人，有一定文学功底，家中建了一座碧城仙馆，他像袁枚那样，收了一大帮女弟子，终日里在那吟诗唱词，打算择江南宝地重振闺秀文学，在当时的影响很大。吴藻除了拜见和结识了这位师长之外，还认识了好几位令她终身难忘的女友，与她们结下了深厚的友谊，还在间隙写下了不少酬答词。陈文述对吴藻评价很高。

吴藻就这样成为了陈文述门下徒弟。清代时大力倡导女性文学，广收女弟子的人，当首推袁枚和陈文述。当时的才女们，都以身列苏州的随园和碧城仙馆的门墙为荣。“前生名士，今生美人”这是陈文述对吴藻的评价，他说她是自己弟子中的第一人。

在苏州的日子里，吴藻还认识了陈文述的儿子陈小云与妻子汪端，他们是一对词坛伉俪，夫唱妇随，堪称文坛鸳鸯，让吴藻十分羡慕。吴藻认为这才是人生理想中的婚姻，后来她在致汪端的《南楼令》一词中，赞美他们的婚姻是“福惠证双休，神仙第一流”。

吴藻认定理想中的夫妻生活就是湖上泛舟，花下品茗，诗词唱和，琴瑟相谐。而这一切，对颇有些心高气傲的吴藻来说，已是一种不可能实现的奢望了。她不禁感到万分悲凉。

吴藻与这些才子们一同登酒楼，举杯畅饮，高声唱和；月夜泛舟，远游郊外，不醉不回。就这样，时光一天天在她吟诗作词、寻愁觅忧和放浪形骸中度过。这样的日子一晃就是十年，她不曾生下一男半女，她的心高高浮在生活之上。她总觉得，尽管丈夫对她好，但志不同道不合，嫁给丈夫是一生的委屈。

从现实来看，吴藻的婚后生活可以说是物质上得到了最大的满足，

精神生活上也几无羁绊。黄家算得上是当地首富之家，而丈夫对这位貌如天仙、才如柳咏、名动四方的妻子平日所为，全然不加干涉，任其赏花听雨、吟诗填词、鼓琴作画，自由支配生活中的一切。许多仰慕吴藻文名风采的人，都竞相与她交往，从闺中诗友到社会名流，以及普通的百姓，只要吴藻愿意结交，她的丈夫一概不加反对。她不仅可以毫无顾忌的与男性友人来往，甚至还能携妓同游，并且毫不掩饰地把她写入词中："偏我清狂，要消受玉人心许。正漠漠烟波五湖春，得买个红船载卿同去。"（《洞仙歌·赠吴门青林校书》）客观地说，在以男性为主的封建时代，吴藻的丈夫能如此对待自己的妻子委实不易。然而对于一个有着绝世才华，非常注重追求爱情生活质量的女性来说，她的丈夫所表现出的充其量只是大度包容，她真正需要的是精神上的对应和谐，而这正是她的丈夫所缺乏的。

吴藻的词中，很多都是以男儿的口气来写的，而且不是普通的男儿。她心目中的理想男儿，热烈、激情，敢于承担，还不失风流洒脱。她真正的悲剧也许就在于看的书太多，太过才高，以及太过心高，心比天高是她的痛苦所在。

吴藻虽然享受着广交文友、清赏山水的欢乐，却难以消弭婚姻不遇的惨淡疾痛。作为一个具有出色才情、追求夫妇精神和谐新美质的女性，她因爱情的无法对应而产生的悲苦情怀，已超越女性词史上绵延不断的爱之苦的咏叹。而她对"美满婚姻"的追羡，更闪现现代色彩的情爱理想。吴藻可以说是一个爱情婚姻完美至上的追求者。什么才是她理想中的婚姻所在呢？她借《百字令·题玉燕巢双声合刻》一词说得很透彻很清晰：

春来何处，甚东风种出，一双红豆？嚼蕊吹花新样子，吟得莲心作藕。不隔微波，可猜明月，果尔填词手。珍珠密字，墨香长在怀袖。一似玳瑁梁间，飞飞燕子，软语商量久。从此情天无缺陷，艳福清才都有。低隔芦帘，蛮笺彩笔，或是秦嘉偶。唱随婉转，瑶琴静好时奏。

这首词是借他人婚姻演绎自己的梦寐婚姻。在她看来，夫妇间的情趣相同，彼此就像"软语商量"双双呢喃的梁间燕子，诗词唱和、琴瑟相谐，长久保持亲密的感情交流，才称得上“情天无缺陷”，“艳福清才都有”。也只有双方同时具有相对应的才貌，能够进行精神上的交流，才算得上是真正意义上的美满婚姻。正是基于这种认识和对爱情的追求，她与作为商人的丈夫，无法在艺术才情上沟通交流，平等对话，共同营造一个有浓郁艺术氛围的家庭。吴藻这种建立在两性平等、情趣相投、精神交融、不断升华、富有个性的“美满婚姻”理想，具有了超越时代的觉醒意义。

她渴望找到的是一个才情与之匹配的丈夫，而这已由她的婚姻不遇而幻成泡影。对女词人而言，这不能不说是一个莫大的遗憾。她沉浸在“恨海茫茫，已觉此身堕”的浩叹之中，吴藻对丈夫所不满的，并非是他在身份上是个商人而不是个文人，而是因为他在精神上是个商人而不是文人，她与他永远无法在精神上和谐。她所有的感伤因这种精神阻绝的体验而触发。于是，那些表现婚姻不遇的作品，也成了她抒发哀伤的所在。她的《乳飞燕·题红楼梦传奇》对林黛玉悲惨结局的伤痛不已，何尝不是词人悲情的自身折射：

欲补天何用？尽消魂、红楼深处，翠闱香拥。呆女痴儿愁不醒，日日苦将情种。问谁个、是真情种？顽石有灵仙有恨，只蚕丝烛泪三生共。勾却了，太虚梦。

喁喁语向苍苔空。似依依、玉钗头上，桐花小凤。黄土茜纱成语谶，消得美人心痛。何处吊、埋香故冢？花落花开人不见，哭春风、有泪和花恸。花不语，泪如涌。

吴藻常以《红楼梦》自娱。《红楼梦》是一部奇著、名著。著者曹雪芹稍早于吴藻。其中很多思想正好与吴藻引起共鸣。例如，曹雪芹在书中宣扬女性至上，以贾宝玉之口，声称：“女儿是水做的骨肉，男儿是泥做的骨肉，我见个女儿，我便清爽，见了男人，便觉浊臭逼人！”而且还说《红楼梦》是为闺阁作传，写得尽是平生所见所闻的奇女子。像林黛玉、薛宝钗等见识学识皆不在男儿之下，又说王熙凤“万个男儿也不及她一个”，可见，把女儿摆到了前所未有的高度，堪称开天辟地以来，绝无仅有的新奇观点。吴藻恰恰能心领神会，感叹曹雪芹

为隔世知己。“花不语，泪如涌。”那泪是痛泪，是感同身受的泪水。她从林黛玉、薛宝钗、史湘云等红楼女儿身上，找到了自己的影子，寻到了自己的化身，所以才为之痛哭。她为书中人物而哭，也为自己的一生而哭。

吴藻是个尚未被人们充分认识的出色的清代女词人。在中国妇女文化史上，这是位较早觉醒的女性。一般说来，女性的觉醒，大抵始自于婚姻问题，但仅止步于此，觉醒尚难有深度。吴藻的女性自觉，可贵的是对人生、对社会、对男女地位之别以及命运遭际的某些通同问题，都有其初步的朦胧的思考，从而成为这种思索、悟解和觉醒长链中值得珍视的一环。

当吴藻体会到婚姻不遇是造成自己人生悲剧的重要原因之后，她反思自己之所以不能拒绝父母为她选定的婚姻，原因就在于她是位女性。在中国两千多年的封建伦理道德传统中，女性理想被概括在“三从”、“四德”里。女性成为卑下、弱势的群体，终身依附男性，毫无人格可言。作为一位心智发达、情感敏锐的女性，吴藻在个体精神痛苦中，感到生命被自然和社会环境所挤压，感到人类生存特别是女性生存的困境。她痛恨自己的女性身份，不满于社会对女性才华的无意义的闲置。二十余岁，吴藻初登文坛，即以感慨淋漓的口吻，写下一部传唱于大江南北的杂剧《乔影》。剧中，她托名“谢絮才”，坦言女性身份束缚才情的无奈和苦闷。她自负“飞鹏”之才，却宥于性别而成为“樊笼之病鹤”。但她不甘心命运的摆布，要做自己的主宰“幻化由天，主持在我”。全剧充溢着渴望冲破性别角色，欲做“风流之名士”的“高情”和“奇气”。“百炼钢成绕指柔，男儿壮志女儿愁；今朝并入伤心曲，一洗人间粉黛羞”；“敢云绝代之佳人，窃诩风流之名士”。她借助于配画《饮酒读骚图》，身着男装，饮酒读《骚》，完成了男女角色的暂时替换。吴藻对男性角色的真诚钦羡，使她写出了极具男性文化色彩的《洞仙歌·赠吴门青林校书》“正漠漠、烟波五湖春，待买个红船，载卿同去。”在词中，吴藻“移形换位”幻化为男性，俨然以名士自居，渴望得到那位貌美才高、品洁情幽、相悦相知的“玉人心许”，且希望买舟五湖，相携而隐。这是名士情结的典型流露，是她对自身女性角色的真心舍弃。这种性别错位的不平性体验在现实中是不可能的事，只能是“清狂”的“扫眉才子”精神心态上的一种寄托，也就因为如此，她的心灵愈发痛苦！一首《金缕曲》直接表达了吴藻对传统女性角色的背离：“生本青莲界。自翻来、几重愁案，替谁交代？愿掬银河三千丈，一洗女儿故态。”她不愿做传统意义上的闺阁女子，“愿掬银河三千丈，一洗女儿故态”；她否定了女性传统的生存状态，“收拾起断脂零黛，莫学兰台悲秋语”；她要学男子建功立业，“拔长剑，倚天外”。词的上篇写得激情澎湃、慷慨豪放，“但大言、打破乾坤隘”，可视为女子觉醒的宣言。下篇回到现实，依然无路可走，于是不得不借“识得无无真道理”的虚无观来消解之。由这首词，人们可以看到吴藻女性觉醒新意识的成长和无奈，也可感受到她作为一个女性存在的虚幻和绝望。

不上兰舟只待君

婚后近十年，吴藻的丈夫不幸被一场大病击倒骤然离开了人世。丈夫刚死时，她并没有多大的悲痛，有的也只是对生命的惋惜和一个熟悉的人离开的伤感。特立独行的吴藻向来不以为丈夫在她的生活里有什么必要性。没有丈夫的日子，她依然像从前一样生活。这个男人与自己，仿佛并无太多交集。他不会作诗写词，只会每天对着账本算盘；他不会花前月下，只会给她每天的丰衣足食；他不会和她游山玩水，只会傻呵呵地听她偶尔兴起讲讲自己的游览经历。然而，渐渐地，她开始发现生活和以前不一样了。有种孤单开始在心中蔓延，她更发现无助开始袭来，把她压得喘不过气。现实中，我们常常期待遥远的美好，却忽视身边的风景；常常向往彼岸的生活，却无视身边的情怀；常常感觉到爱情在别处，却对近在咫尺的爱人视而不见。

也许，真的要在失去之后才会觉得珍贵，才会想要去珍惜。吴藻曾经厌烦的，却在失去以后，变得可亲可爱起来。

丈夫在世时，寂寞是无形的，只是隐隐约约在吴藻心头徘徊；丈

夫走了，寂寞则实实在在地围住在吴藻的前后左右。没有了丈夫关切的问寒问暖，过去她认为那是婆婆妈妈的啰嗦；没有了丈夫归来的脚步声，过去她认为那是多么烦人；没有了丈夫沉睡时粗重的鼾声，过去她认为那是十足的粗俗……一切过去以为多余的东西，在失去以后，吴藻却发现竟还是不可缺少的一种感觉，失去之后，才发现它们的可贵。

忆往昔，是谁，一语如清泉一泓，引落我的泪滴，轻启了我心底的隔世忧伤？是谁，用满满的细语，留下无穷的思忆，让我在归去来兮间，一立千年，痴痴守望？是谁，用深情的一眸，定格在我的心中，烙下幽邃的痕迹，让我在风尘中寻寻寻觅觅，沉醉思念？又是谁，说要怜我生生世世，伴我朝朝暮暮，执手岁岁年年，任我呵手填尽红豆词，执笔写尽三生痴？

吴藻开始伤心了，而且越来越伤心，伤心至极，尽管丈夫生前不能做到与她夫唱妇随，但毕竟他十分宠爱自己。那些诗酒唱酬的日子都成为一种美好的回忆了，吴藻再也不能从中体会出乐趣了。丈夫走了，她品味到什么才是真正的孤独。以前，无论她做什么，丈夫都是支持和包容她。甚至她十年没有生育，丈夫也不曾说过她一句什么。每天他关心的就是她出外开心吗？今天填了什么新词？她却认为他是啰嗦，什么都不懂还要问她。十年的无微不至，她已经习以为常。突然间，这一切戛然而止，她这才发现，身边这个人曾经为自己做了那么多。思来想去，十年来，她觉得自己欠他太多了，他对她一直都是“你主宰，我崇拜，没有别的选择”。她对他，只有不屑和淡漠，一个妻子应该做的，她什么都没有为他做，她忽然大哭起来。只有失去了才知道珍惜，这确实有点太残酷了。

门外水粼粼，春色三分已二分；旧雨不来同听雨，黄昏，剪烛西窗少个人。

小病自温存，薄暮飞来一朵云；若问湖山消领未，琴梓樽，不上兰舟只待君。

——《南乡子》

在吴藻的这首《南乡子》的词中，她终于开始写出了丈夫的身影。

吴藻在慨叹，春色三分已二分，而这二分春色中，又有多少给了丈夫呢？冷雨敲窗，孤独人儿，又是怎样一种凄楚！小病中，只能自我温存，若是丈夫在时，早已是忙前跑后，百般的体贴照顾，如今相伴的只有西山那抹暮云。一张琴，一尊酒，只为君设，然而，冷雨惊梦醒，才知道不过一场悔泪交织的梦罢了。

吴藻一直觉得可有可无的丈夫，现在却让她铭心刻骨的惦念。黄昏时分，再没人陪她共剪西窗烛；生病之时，再没人着急惦念嘘寒问暖。她的心，完全沉了下来，感觉已走到了生命的深秋。那么爱玩的女子从此开始闭门不出，“不上兰舟只待君”，可是，这次她再也等不到了。吴藻感觉到痛彻心扉的悲凉。

这年，吴藻三十二岁。她曾经紫陌寻芳追彩蝶，曾经兰舟载酒舞罗衣。如今美景空留千怅恨，愿相违。

吴藻也在飘雨的秋夜里，这样问着天国里的丈夫：何当共剪西窗烛？如同唐朝温柔贤淑的王七姐问着丈夫李商隐，过去这样的感情是不会在她身上发生的。可是现在，沧海桑田之后，吴藻后悔莫及。

思尽泪争尽，新愁叠旧悲。窗内那一帘妖冶风光，早已不在；华屋里，吴藻身披萧瑟，点染哀伤。她对着镜子，浅浅一笑，却随之滚落下一串晶莹泪，溅在素笺之上，蔓延开一弯又一弯的痛。

曾经，她隔绝了和现实的交汇，体会不到身边的爱意体贴。直到丈夫死后，吴藻才突然发现，曾经近在咫尺的人，其实是最应该倍加珍惜的。他虽然不会作诗写词，但他会怀着喜欢她推崇她的心理来看她作诗写词；他不会花前月下，但见到她不开心，他会想办法开导她劝她多交朋友增长见闻；他不会和她游山玩水，但他会不顾流言蜚语坚定不移地站在她身边支持她，任她与异性朋友出游，任她深夜带醉而归。

感情这件事，最珍贵的莫过于“未得到”和“已失去”，未得到的是心头的朱砂痣，已失去的是触碰不及的白玫瑰。

吴藻发现，世间最苦痛的，是当这个对自己好的人离开了以后，才会骤然发现那个人对自己的重要性，想要珍惜，却是再也不可能了。往者不可追，等到失去之后才明白了自己内心最真实的想法，却没有

任何办法可以挽回。君我天涯隔岸居，此时心上痛，枕畔香词依旧艳，书尽缠绵难遂愿。

吴藻婚后在精神上的苦闷毋庸置疑，而物质生活上却不用担忧。她大约过了十余年的安逸生活，家庭突然发生重大的变故，她的丈夫撒手人寰，撇下她一人孤苦度日，从此改变了她的人生轨迹。丈夫在世时，她不用为生活忙碌，更不用为生计操劳，而今她不得不面对独立支撑门户的严峻现实。过惯了名士优游生活的女词人突遭此沉重的打击，生活的内容也随之发生了巨大的变化。她的作品风格也由先前的清丽哀婉变为苍凉激越，一洗儿女故态，颇具苏、辛豪宕词风：

半壁江山，浑不是，莺花故业。叹回首，萧条野寺，凄凉落月。乡国烽烟何处认，桥亭卜卦谁人识？记孤城，只手挽银河，心如铁。

才赋罢，无家别。早殉此，馀生节。尽年年茶坂，杜鹃啼血。三尺焦桐遗古调，一抔黄土埋忠穴。想哀弦，泉底瘦蛟蟠，苔花热。

——《满江红》

她的这首《满江红》词，为题谢叠山遗琴而作，是在痛哭人亡琴在，更像是在诉说自身凄凉的境况。格调高昂，情思沉郁，境界远大，已经不再局限于一己的悲感。

寂寞如夜漫长

一卷离骚一卷经，十年心事十处灯。芭蕉叶上几秋声。

欲哭不成还强笑，讳愁无奈学忘情。误人犹是说聪明。

——《浣溪沙·一卷离骚一卷经》

吴藻的这首《浣溪沙》，读一遍都让人觉得心酸。从此，每日陪伴她的，只有“一卷离骚一卷经”，心中念念不忘的是“十年心事十年灯”，是丈夫这十年的关爱温暖使她在这种痛苦中感悟并且渐渐成熟，她变了一个人，仿佛已经真正长大，已经不再是那个被人捧在手心的小女孩。十年来，当她发现真爱就在身边的时候，丈夫已经永远的离去了。这真是人世间最悲惨最残酷的事。

业师陈文述也曾引导她去“金刚偈”“玉女禅”中寻求安慰。红尘梦一场，爱了谁？痛了谁？何为功？何为过？何为对？何为错？手心手背皆无相，翻掌合掌成因果。万相无相，一切皆空！终究是一场镜花水月的梦，风花雪月的痛！冷雨不知离恨苦，一夜敲窗，落红知多少。倏然，一缕寒风拂面，惊了思绪万千，若满池涟漪，绘出眼中迷离，散漫而肆意。

吴藻这首收录于《花帘词》被认为压卷之作的《浣溪沙》记录了这一蜕变的艰辛历程，描写了她皈依禅宗的日常生活场景，抒露其愤懑激越的心声。

自省、自强并不就能自立。女性面对的纲常压力远较男性为重为酷烈，而愈是有自省、自强意识的女子则所受到的精神制约愈严重，愈是敏感的人也就愈沉痛。

吴藻在当时被视为不守妇道之人，她不仅与男性词人赵庆熺（秋舲）、魏谦升（滋伯）等频频唱酬，而且还画有《饮酒读骚图》，将自己改着男儿装，更作杂剧《乔影》。可以肯定地说，在她轰动大江南北之同时，必也遭致无数非议和诽谤。

这首《浣溪沙》写在《金缕曲·闷欲呼天说》后约五年，词亦收于《花帘词》一集。如果说，《金缕曲·闷欲呼天说》是吴藻从宏观上对人生、对女性生活的思考和把握，那么这阕小令则从微观角度抒露着其心声。词情似略萧飒，然而愤激语意显然无隐蔽，愤激也是种抗争。

值得玩味的是她的愤情实际上却又以调侃、自嘲的语气出之，于是愤火转为冷焰，对压抑势力无异于投去了冷峻的一瞥。然而，这又毕竟是痛苦的，试想，“强笑”代哭，“忘情”销愁，绝顶聪颖的人得装糊涂，是一种特殊的情味。吴藻毕竟生活在嘉道年间，她不可能超越历史而强其心志。

末句是沉痛的：“你太聪明了！你太灵慧了！”教导的人这么说，朋友中也许也有这样说，甚而自己长夜青灯沉思时也会自疑自惑地这么说。但是，吴藻心态中的基石仍是倔强的，“十年心事十年灯”，

冷漠对待心所厌恨之事，坚持“十年”就是无声地斗争和抗压。所以，这说到底又并不萧飒，更何况有那一卷《离骚》在。“十年心”之“心”是怎样的一颗激烈心，需从《离骚》中去体察、辨识。“一卷《离骚》”必须与“十年心”共读，下篇三句应与上篇三句回环观照，始能发现小令诚不“小”。

人为伤心才学佛

吴藻的老师陈文述劝其修道，并赠以法名“来鹤”。而且陈文述还特别强调：“诸女弟子‘皆诚心礼诵’，参悟真如，尤以钱塘吴苹香为世擘。”

曾经沧海难为水，之后的吴藻“矢志守节”。吴藻告别了以往的生活，决定一心学佛参禅。从此，超绝尘外。

大约在道光十七年（1837），吴藻移家于景色清幽的南胡，就此开始了她青灯黄卷的礼佛生涯。

当时，才三十余岁的吴藻就独身移居到人迹稀疏的嘉兴南湖，在僻静处，按照佛教经典，取“香山南、雪山北”之意，筑“香南雪北庐”。后来她的词集也以香南雪北为名。她自言道：“忧患余生，吟事遂废，因检残丛剩稿，恕而存焉。自今以往，扫除文字，潜心奉道，香山南、雪山北，皈依净土，几生修得到梅花乎？”

吴藻的后半生隐居在嘉兴南湖僻静的“香南雪北庐”，对着满园梅花，看花阅书。吴藻在青灯古佛的生活中，与古城和野水为伴，从此归于平静，归于那种青灯古佛的境界。

这期间，该有多少难言的隐痛缠绕着她，昔人言：“人为伤心才学佛。”具体到吴藻而言，想必也是如此。她婚后十年的人生道路无疑是一部充满命运悲情的《骚经》，她要竭力压抑排遣它，只有读经参佛，为“讳愁”而“学忘情”，以求得解脱。我们仿佛在体验女词人艰难沉痛的心路历程：强作欢颜，装傻卖笑。而这一切又恰恰发生在一个绝顶聪明的女性身上，这是怎样的一种令人伤感欲绝的悲哀啊！

“人到伤心才学佛”，吴藻是一个热爱生活和对生活充满激情的人，学佛，对她来说，是对现实的彻底失望，是完完全全地关闭自己。早年激情飞扬、诗酒唱酬的名士生涯，成了一个遥不可及的梦。她给自己的人生来了个一百八十度的大转弯，带着伤心和孤寒，从热闹的现场，绝望地走开。

是的，她在属于男人们的世界里走过一遭，也反抗过，并发出了自己的呼声。“英雄儿女原无别”，振聋发聩，是对女性命运的强烈控诉，可这又能怎样呢？“叹千秋、收场一例，泪皆成血”，花的收场是落红，红颜的收场是泪和血。

在吴藻生活的嘉庆、道光时代，作为近代社会到来的前夜，一方面，女性文化的繁荣，带来了众多女性的觉醒，她们要求施展抱负的呼声，也纳入了个性解放思潮的主旋律；另一方面，女性在实际的社会地位和文化处境并没有根本性改观的情况下要实现真正的个性解放也只是个梦想。

吴藻，这个在时代浪潮前早醒的女性，受激于个人婚姻不幸和才情不遇的困厄，曾发出“古今人有我伤心否”的叹息追问，结果得出“英雄儿女原无别”（《金缕曲》）“豪士悲歌儿女泪”（《乳燕飞》）的悲剧性结论。她痛感个人存在意义的模糊不定甚至是幻灭泡影：

一路看山归，路转山回。薄阴阁雨黯斜晖。白了芦花三两处，猎猎风吹。千古冢累累，何限残碑。几人埋骨几人悲？雪点红炉炉又冷，历劫成灰。

——《浪淘沙·冬日法华山归途有感》

本词可以说是吴藻《惜春华·秋海棠》和《台城路·秋蝶》之歌的尾声，从秋海棠的“梦冷”“香疏”到秋蝶的“凉透双翅”再到“雪点红炉炉又冷，历劫成灰”，她那压抑着生命激情的苦闷心灵，由秋到冬一步步走向寂寥，甚至连悲哀也没有了，只剩下彻骨的悲凉。在人所自定的存在意义的两极，在生活中感受到否定性的她，触摸到了其中冰冷的一极。

当然，她激情冷却、情怀寂寥的过程，并不只依赖一瞬间的历史参悟，时光的消弭和改造之功也不可忽略。她曾在词里表明过自己觉

悟到的时间之力：

楼外残霞，柳外栖鸦，透西风落叶窗纱。都将秋思，吹在侬家，算几宵蛩，几分月，几丛花。冷了红牙，住了铜琶，一年年减尽才华。翠尊银烛，浅醉消他。纵梦无多，愁有数，病添些。

——《行香子》其一

“冷了红牙，住了铜琶”，一个才情丰美的生命在“翠尊银烛”中一年年“减尽才华”，走向深深的寂静。而陡添的疾病置换了难以泯灭的心灵痛苦，梦不再多，愁也可数。时间的流逝荡涤了吴藻牢骚郁勃的灵魂，消释了她悲愁忧患的情怀。在后期的《香南雪北词》中，吴藻基本已不再直接表露自己体尝到的角色痛苦和存在幻灭感，那种无端而起的哀怨，大多转为看图赏花的美景清赏：

银院小梅，十二重帘卷。雪北香南春不断，无奈咏花人倦。满城初试华灯，满院湿粉空明。云母屏风月上，高寒如在瑶清。

——《清平乐》

天上人间，皆是白色的洁雪香梅，被无垠的月光照耀得空明无涯。在宁静空灵的环境中，吴藻的心也越来越平静，就像她屋前的那一树梅花，静开无声，洁白无华，只有一缕清香暗自吐露，无期无盼，无牵无挂。

吴藻的思想感情由执著于世到淡出人世的巨变中，不能承受又无路释放的过于饱满的痛苦及急需减压的心理，已隐隐地为她画出了出世的路径。

才媛吴藻：命与才妨 风格奇异

吴藻是一个奇女子，一生带有传奇色彩，被誉为是清代著名女诗人和女词家第一人，当之无愧。

吴藻来人间一回，只不过是上天命定的一场华丽邂逅，终成了一段静默的收场。又把哀愁谱入词，行行无奈泪难支。一念痴，爱恨纠缠。自古多情空余梦，何必惹尘埃？如此，且容吴藻，携一纸字的素，染一抹墨的香，于清商浅记处，葬却半世芳魂！缱绻着一世的哀伤，眼角眉间心底事，有谁知？

轮回路上，吴藻用篆刀在骨上心上，深深刻下一行行文字。寒情冷墨，萧瑟已过，往事在流浪的光阴中潜行，用一壶思念温娴风雪交加后的浓郁。如果，隔着岁月数着轮回，与青灯相伴。那么，最后也只是苦海依旧，烟雨朦胧。寂寞悟得身是客，泪纷纷。暮雨林霖，迟歌离殇，吴藻用凄绝悲凉书写，倾一生，为谁心疼？一世温婉，永生缠绵！未果的美满预期，成了吴藻书不尽的痴，画不尽的伤。梦锁红楼愁永夜，泪斑斑。墨浅情深，写不尽的是凄怆。春来春回中，谁不是红尘过客？逝水年华，心有千千结。暮霭江天，一轮华月，当沧海桑田，当繁华落尽，如水的眼眸，只余一滴黯然。烟花易醉，岁月易冷，容颜尽憔悴。寄燕子江南，渐行云烟水上，满眼游丝，轻飞柳絮。几度红尘，几度烟雨，艳芳消融于一派冷寂之中。窗下桐花落，阶前芭扇寂寞，开到酴醾歌歇。一池墨色，半盏时光，拈支素笔，难诉离殇。徘徊处，惆怅竟无歇。

第七卷

徐灿：河山变，家国叹

忆此生，江南湿漉漉的青石板，连着小桥流水，却不料一朝竟困于塞北的冰天雪地。

婷婷玉立的江南伊人，袅袅娜娜的桃花枝头，杨柳风不寒，喜鹊叫，彩虹挂长天；叹此身却在北风呼啸中，怀想着江南那斜映进纱窗的一缕夕阳。

河山变故，家国之叹，能不牵着徐灿的思绪？江南的雨，该是细细地织，斜斜地飘。

江南女子徐灿，轻愁涟涟。花开花谢，逝者已消沉，觅不到春花秋月，只有往事成霜说寂寞。

夜阑珊，花枝瘦，正是愁时候。人生如梦，梦易醒，青春与爱恋共成风，虚空，虚空！怕见落红，怕听江南旧时曲，怕对归来楼前月。

镜里容颜哪有从前桃靥，几许苍茫，几分酸楚，缱绻多情，终被虚设。新凉透彻，小楼里，一枕愁无歇。奈良辰美景，独被泪分折。屈指经年，最怕韵里诗间，雨打风吹，一番惆落纠结。

徐灿（约 1618 — 1698），字湘蘋，又字明深、明霞，号深明，晚号紫管，江南吴县（今苏州市西南）人。明末清初女词人、诗人、书画家，为“蕉园五子”之一。光禄丞徐子懋的次女，弘文院大学士海宁陈之遴的继妻。从夫宦游，封一品夫人。工诗，尤长于词学，多抒发故国之思、兴亡之感。又善属文，精书画，所画仕女设色淡雅，笔法古秀，工净有度，得北宋人法，晚年善画水墨观音，间作花草。著有《拙政园诗馀》三卷，《拙政园诗集》二卷，凡诗二百四十六首，今皆存。徐灿晚年皈依佛门，扫除文字，不复作诗为词，这位集才情、气节与卓识于一身的一代词人，彻底勘破世情，于暮鼓晨钟、青灯古卷中，度过了寂寞的余生。

当年娇小日

草长莺飞，词里的江南，半随流水，半嫁东风。平平仄仄的句子，穿透午夜的清寒，袅娜成蝶。好景依依。更声捣碎闲潭落花，一片片，一夜夜，碾过生命的刹那芳华。

徐灿儿时住在苏州城外支硎山下的一座山庄里，其父徐子懋经史皆通，故而徐灿自小受到良好的教育，据《拜经楼丛书》本《拙政园诗集》卷首所收其侄陈元龙撰写的《家传》云：她“幼颖悟，通书史、识大体”，为徐子懋“所钟爱”。徐灿家学渊源，其祖姑徐媛为一代才女，其父为光禄丞经史皆通，故而徐灿自小受到良好的教育，其童年、青年的欢愉生活是令人神往的。在《拙政园诗馀》中，徐灿时有追忆、怀念这段生活的篇什，比如，分别题作“姑苏午日，次素庵韵”及“丙戌立春，是日除夕”的两首《满庭芳》词中所写“难回想、彩丝艾虎，少小事微茫”及“当年娇小日，屠苏争饮，肯让他人；紫钗花胜子，镜里宜春”诸句，都以深情的笔触忆念少时的节日乐事。在《拙政园诗集》中，徐灿追怀当年所居山庄景物及游赏胜事之作尤多，如《有感》诗所写“少小幽栖近虎丘，春车秋棹每夷犹”，及《秋感八首》之六所写“几曲栏塘水乱流，幽栖曾傍百花洲；采莲月下初回棹，插菊霜前独倚楼”，

这正是徐灿一生中难忘的美好岁月。又如《初夏怀旧》诗云：

金阊西去旧山庄，初夏浓阴覆画堂。
和露摘来朱李脆，拨云寻得紫芝香。
竹屏曲转通花径，莲沼斜回接柳塘。
长忆撷花诸女伴，共摇纨扇小窗凉。

徐灿另一首《怀灵岩》诗云：

支硎山畔是侬家，佛刹灵岩路不赊。
尚有琴台萦藓石，几看宝井放桃花。
留仙洞迥云长护，采药人回月半斜。
共说吴宫遗履在，夜深依约度香车。

一方面，徐灿家在多峰岩泉石之胜的支硎山畔，如此秀美的景色，足以赏心悦目，净化性灵；另一方面，徐灿的家庭是一个文学世家，钱谦益在《列朝诗集小传》闺集"香奁"中称其祖姑徐媛（字小淑）"多读书，好吟咏，与寒山陆卿子唱和，吴中士大夫望风附影，交口而誉之……称吴门二大家"，吴骞在《拜经楼诗话》卷四中则谓徐媛"所著《络纬吟》盛称于时，以绮丽胜"。可以说，自然环境的陶冶，加上家学的沾濡，提供了孕育这一代才人的优越条件和重要因素。

于是，她爱这纸上的万里江山，也爱这一世的滚滚红尘。那时的她，有多少美好的憧憬和期待，少女的梦都是灿烂的。夜幕欲上时，怎管夕阳余辉瑟瑟不舍去，便欲问雁儿要飞到哪里去。

清照之后又一人

有清一代，女性文学树枝叶繁茂，风姿摇曳，呈现了空前繁盛的态势。胡文楷在《历代妇女著作考》中收录了历代有诗词成集的妇女共四千二百余人，题材上突破了惯常的春恨秋愁，融入了女性意识的觉醒。从社会边缘人的角度解析自然、社会以及人类命运，这就使得原本单薄孱弱的女性文学染上了理性思辨的色彩，从而显得格外丰富和凝重。诗歌的艺术风格也显示出绚丽多姿的面目，颠覆了男性抒写女性生活的“伪闺音”，以清新明丽的笔触，细腻缠绵的感受，抒发着自己对生活的感悟。明末清初的女词人徐灿，就是其中一枝最芬芳的奇葩。徐灿在兴亡衰替中捕捉空茫与幻灭感，一扫女性词的纤巧逼仄，从宽度与深度上拓宽词境，词作深沉韵厚，被陈廷焯推为本朝第一，李清照之后又一人。加以徐灿后来所经历、感受的易代之悲、身世之痛，其部分作品就更具有特别值得称道的，男性词人也少有的深沉的沧桑感和悲咽跌宕的唱叹之音。

文学有其时代性、地域性，在一个特定时代中、特定地域内，往往形成一个有时代和地域印记的作家群体。明末清初，江南文风极盛，妇女文学也随之兴起，形成了一个前所未有的女性作家群，而姑苏一带隐然为此作家群的中心。在苏州，大致同时，更为吴人所艳称者推沈宜修（字宛君）。其家极一门之盛，除三个女儿叶纨纨、叶小纨、叶小鸾外，与之有亲属关系者尚有李玉照、沈宪英、沈华鬘、沈智瑶、张倩倩等，俱工文学，如钱谦益《列朝诗集小传》所述：“宛君与三女相与题花赋草，镂月裁云。中庭之咏，不逊谢家；娇女之篇，有逾左氏。于是诸姑伯姊，后先娣姒，靡不屏刀尺而事篇章，弃组纴而工子墨。松陵之上，汾湖之滨，闺房之秀代兴，彤管之诒交作矣。”作为南宋以来唯一能与李清照一争高下的女性词人，徐灿正是在这一妇女文学勃起，又是词的中兴时代，在这一得天独厚的地域文化氛围中脱颖而出的。徐灿所作诗词颇丰，诗多于词，但艺术成就远不如词，这点陈之遴在《拙政园诗馀序》中提及：“湘蘋所为诗及长短句，多清新可颂——长短句愈于诗。”在姑苏城内这个女性作家群体中，徐灿常与柴静仪、朱柔则、林以宁、钱云仪相唱和，结蕉园诗社，称“蕉园五子”。这时的徐灿，有陈之遴的爱情，有“蕉园五子”的友情，还有周围浓浓的亲情，幸福让她笔下流露出来的情感，都是美好的赞颂。

嫁为继室

徐灿于崇祯初年嫁给了陈之遴，陈之遴在明末清初为知名诗人。陈之遴出身于浙东的名门望族。在政治上，他早年就与钱谦益、陈名夏等结识，经常参加东林党和复社的活动。和他一起的钱谦益也是著名的文人，曾经是明代文坛的领军人物，陈之遴常和他一起相唱和。

陈之遴为海宁人，其家在海宁堪称望族。朱尔迈在《搏桑阁集·李夫人竹笑轩续集序》中云："吾邑僻处海滨，文章甲第相望，不名一家。自数十年来，推最盛者：曰陈氏，曰葛氏。""陈氏"即指陈之遴家。陈元龙所撰《家传》称：徐灿"既结缡，事舅中丞公、姑吴夫人至孝"。这说明她曾在陈家与陈之遴的父母共同生活的一段时期，但其诗词中却没有在海宁生活的记述。查陈之遴诗集中有《西湖杂诗》三十二首，从第一首开端"家住西湖滨，长戏西湖里"两句看，似乎他们家曾卜居杭州西湖畔。而徐灿的诗词中也时有咏西湖之作，特别其晚年所作回顾一生经历的《秋感八首》中有一首排在忆苏州诗后的专写杭州的诗，可能她嫁至陈家后，曾在杭州居住。

徐灿虽然才高出众，却是嫁为继室。关于徐灿许配陈之遴为继室的事，《家传》只是这样写道："素庵公原配沈夫人早世，请继室于徐。时素庵公举孝廉三年矣。""孝廉"是举人的别称。

徐灿是什么时候成为陈之遴的继室呢？陈之遴考中举人后，曾于明思宗崇祯元年戊辰 (1628 年)、崇祯四年辛未 (1631 年)、崇祯七年甲戌 (1634 年) 先后三次应进士试，均未考中，陈之遴诗集中有《戊辰下第作》《辛未下第作》《甲戌下第作》三诗可证此事。当然陈之遴最后还是考上了，明崇祯十年丁丑 (1637 年) 他高中第一甲第二名进士。

当时，惊喜交集的徐灿题作"丁丑春贺素庵及第，时中丞公抚蓟奏捷，先太翁举万历进士亦丁丑也"的《满庭芳》词，向陈之遴祝贺高中之喜，这必是她与陈之遴成婚后所写，那么陈之遴"请继室于徐"的时间大致可定在崇祯初年。至于词题中所说"中丞公"，则是指陈之遴的父亲陈祖苞，陈祖苞当时以右副都御史，巡抚顺天 (治所在今北京市)。徐灿的出生年岁，今已不详。姑定其出阁时为二十岁，从明崇祯元年（1628年）上推二十年，则其生年或在明神宗万历三十五年（1607年）前后。

归岫好，莫矜霖雨出人间

本来，婚后生活的最初是很如意的，枕畔香雾氤氲，兰花指慢挑好韶光。

陈之遴是当时著名的才子，徐灿是当时著名的才女，两个人在文学上有着许多的共同语言。正是由于他们在文学上志趣相投，互相吸引，才为夫妻感情奠定了思想基础，在两人的诗、词中常常可见唱和之作。

他们墨上传香，樽前把酒，不负风和月。他们有大块文章，细漪醇醪，仄平煽举，良辰豪设。放夜吟哦，练辉如雪，待缱绻同歇，重系罗结。轻依在窗下，淡淡衫儿薄薄罗。谁绾双丝结，颦黛微开。新歌几叠，宫商处、尽说诗心彻。百斗流觞，只须沉醉，忘了人间事，把玉宇清霄，蜡纸金泥，写到真切。

婚后不久，陈之遴于崇祯十年进士及第，这预示着陈之遴的前程一片锦绣。但是好景不长，陈之遴被崇祯皇帝斥为“永不叙用”，夫妇二人被迫回到了海宁。这次打击使徐灿对宦途险恶产生了寒意，她原本平和、明朗、安宁、自适的心态决定了她必然会对宦途险恶产生畏惧与厌倦。

徐灿《拙政园诗集》七言律体中有一首《答素庵西湖有寄》，编排在《甲申七月有怀亡儿妇》诗前，应写于崇祯末年，还是陈之遴在《拙政园诗馀序》中自称“以世难去国，绝意仕进”之时。诗是劝陈之遴莫再作出山之想，有“从此果醒麟阁梦，便应同老鹿门山”，“寄语湖云归岫好，莫矜霖雨出人间”诸语。但陈之遴并非真能“绝意仕进”之人，他寒窗苦读多年，经历了多次失败，才让自己的梦想迈出第一步，但是还没有走多远，就被命运无情地打击回了原地，他岂能甘心？而这也使得他于明亡后出仕新朝。

陈之遴为中丞之子，有才干并且有野心，当他于清顺治二年（1645

年）迎降清廷之后，机智敏练的他，以词臣躐居政地，出仕新朝。

由于受到多尔衮的重视，陈之遴堪称平步青云，在数年之内，官职一升再升。顺治八年，官至礼部尚书。顺治九年，授弘文院大学士，调户部尚书。这一时期，陈之遴恩宠备极，宦途显贵，春风得意。而此时的徐灿，眉弯那一缕轻愁，映在水边缓缓流动中，像一个不老的梦。她听梧桐细雨，轻轻净净地滴落。无眠中，独自数着生命酸楚的跫音。

英雄泪血，断垣悲咽

如果从陈之遴的父亲陈祖苞在明崇祯十一年(1638年)自杀于狱中，他也无辜受到连累这件事而论，陈之遴降清或有如《李陵答苏武书》中所云“陵虽孤恩，汉亦负德”的复杂心理，而对心怀故国，又与陈之遴伉俪情深的徐灿来说，她的心情是更复杂的。

徐灿一生，可谓坎坷，由明入清，经历了天崩地拆、时代鼎革之变迁，又随着丈夫的宦海沉浮而经历了人情的冷暖，饱尝了生活的酸辛。当清兵大举南下，攻击南明政权，江南一带惨遭蹂躏。陈之遴在海宁的老家和徐灿在姑苏的旧宅，都在战争中受到了或大或小的损毁。在国家陷入水深火热之中时，徐灿非常地痛心，深受儒家思想影响的她对民族和国家抱有强烈的坚贞之情。对于丈夫出仕清廷，徐灿始终抱着难言的痛苦，清朝入关之后，因为是少数民族的统治，明清之际很多的文人崇尚誓不仕清的气节，出仕清朝，被当时很多的文人所鄙视和不齿，受到唾骂。因此，对丈夫降清，深明大家闺秀之礼而又富有民族气节的她既不能与丈夫直面抗争，又不能认同丈夫的做法，所以她内心是非常矛盾与寂寞的。一方面传统的妇德和对丈夫的挚爱使她不能又不忍与陈之遴起冲突，另一方面儒家重气节的精神和爱国的情怀又使她对丈夫的作为深感遗憾，所以她的心情是矛盾而抑郁的。虽然陈之遴春风得意，徐灿的内心却特别煎熬，丝毫没有感到快乐，并且这个问题始终使徐灿在感情和生活上深深陷入矛盾和痛苦之中。

徐灿词作风格特色的形成主要是在这一时期。某一个黄昏，她拈了香的手指穿过鬓边的青丝，一如斑驳错落的宋词，在轮回里，潮湿而漫长。

陈之遴虽然青云直上，但一直受人弹劾，处于岌岌可危之境，卓有见识，对政治风云有着清醒认识的徐灿，对此并不觉得意外，她曾经委婉地劝说陈之遴退隐山林，仿效隐居苏州天平山的才女徐淑及其丈夫范允临，但终究未果。于是，徐灿心头纠缠着亡国之痛、思乡之愁以及对丈夫的失节之愧和对丈夫前途的忧虑，真是千愁百虑，纷至沓来。正如朱祖谋《望江南·杂题我朝诸名家词集后》对其所作的评述："双飞翼，悔杀到瀛洲。词是易安人道韫，可堪伤逝又工愁。肠断塞垣秋。"徐灿也多次在词中流露了自己的隐痛。

只如昨日事，回头想，早已十经秋。向洗墨池边，装成书屋，蛮笺象管，别样风流。残红院，几番春欲去，却为个人留。宿雨低花，清风侧蝶。水晶帘卷，恰好梳头。

西山依然在，知何意，凭槛怕举双眸。便把红萱酿酒，只动人愁。谢前度桃花，休开碧沼，旧时燕子，莫过朱楼。悔煞双飞燕新翼，误到瀛洲。

——《风流子·同素庵感旧》

万千心事，托与盈盈月。共谁倾诉，不负佳时节。算蟒带朝衣，不过飘蓬类转，尽负柳枝南折。至于辜负景致，都成虚设，误佳人宫商，翻作愁结。徐灿之词意深，欲以王谢荣衰的前朝往事惊醒当局之人，一"悔"一"误"，道出自陈之遴仕清以来激荡在徐灿内心无以言说的悔恨和难堪。虽身为闺中弱女子，徐灿却有着明末清初爱国文人守气节重操守的冰霜之气、松柏之志，可谓深明大义、见识卓越，为清初名媛之典范。昔时的闺秀词人，多半如王鹏运所说："生长闺闱，内言不出，登临游观唱酬啸吟之乐，以发抒其才藻。"徐灿的生活虽然也局限于深闺，但她一天也没有远离过政治的旋涡。明王朝的覆灭，清廷对抗清义士的残酷镇压，丈夫仕途的大起大落，都让她间接地感受到了时代风云的变幻无常，在她心中留下挥之不去的阴影。因而她的词中除了闺愁怀远之作，也有许多篇幅抒写时代的沧桑、山河的破碎和对故乡的思念，这是徐灿词最具光彩的部分，也是她特立于闺秀

词人之上，受到时人称颂的重要原因。其中《踏莎行·初春》一词最为著名，写于明亡之际，寄托着女词人沉痛的亡国哀思：

芳草才芽，梨花未雨，春魂已作天涯絮。晶帘宛转为谁垂，金衣飞上樱桃树。

故国茫茫，扁舟何许，夕阳一片江流去。碧云犹叠旧河山，月痕休到深深处。

明清交迭之时，士人的品格与气节受到了严峻的考验，有的人视死如归、气贯长虹，他们或战死沙场，或自沉于水，或绝食而亡，或隐逸草野，布衣终老；有的人则经不起清廷的威胁和利诱，纷纷剃发变服，成为新贵。徐灿耳濡目染，深受儒家人格的思想熏陶和明耻守节之时代精神的影响，有着一颗充满忧患的爱国之心，其人格和气节，绝对不是那个功利心极重、媚事清廷的陈之遴所能比。"夕阳一片江流去"是徐灿怀着无限眷恋和凄婉为故国唱出的挽歌，难怪谭献在评论这首词时感慨道："兴亡之感，相国愧之。"

经历过这样的沧桑巨变，徐灿常常流露出世事难料、人生如寄的感慨，她在《永遇乐·舟中感旧》中喟叹：

无恙桃花，依然燕子，春景多别。前度刘郎，重来江令，往事何堪说！逝水残阳，龙归剑杳，多少英雄泪血？千古恨，河山如许，豪华一瞬抛撇。

白玉楼前，黄金台畔，夜夜只留明月。休笑垂杨，而今金尽，秾李还消歇。世事流云，人生飞絮，都付断猿悲咽。西山在，愁容惨黛，如共人凄切。

这首词将个人身世之感与国家兴亡之感紧紧地交织在一起，显得十分深沉蕴藉，顿挫峭折，沉郁苍凉。谭献在《箧中词》五中也说其"外似悲壮，中实悲咽，欲言未言"。"往事何堪说"，显示出词人心中有无限情意徘徊未出。"世事流云，人生飞絮"，百般思绪互相激发，使徐灿哀怨不已，"春景多别"，感觉不到春光之美。徐灿在词的表达上并没有让思绪一泄而出，而是形成了其词气的"幽咽"之美。

这首收录于《拙政园诗馀》中的《永遇乐·舟中感旧》词，应当是写于带着子女进京与丈夫团聚的旅途中。

此作万端感慨，无限凄怆。徐灿此次北上，距崇祯年间的北京之行约已十年，故地重临，抚今思昔，其所牵动的旧恨新愁是纷至沓来、匪言可罄的。词的起调三句，寄情于景，慨叹别来桃花无恙，燕子依然，景犹是景，物犹是物，处处都勾起回忆和思量。接着，以“前度”两句由写景转入写人事。“前度刘郎”句与起句“无恙桃花”紧相绾合，化用刘禹锡诗“玄都观里桃千树”及“前度刘郎今又来”句意，感叹人事已改，今非昔比。“重来江令”句与“依然燕子”句暗相钩连，分别用刘禹锡诗“旧时王谢堂前燕，飞入寻常百姓家”及“南朝词臣北朝客，归来惟见秦淮碧”句意，借南朝兴废的历史寄寓对明室倾覆的哀悼。作为一首感旧词，这里用刘禹锡及江总典，以见人是“前度”，地是“重来”，而其所感之“旧”，既是个人的悲欢，也是国家的兴亡。下面“往事何堪说”一句中的“往事”，正是这身世之感与亡国之痛交织在一起的往事。上篇词的后半部则进一步表达对明亡的悲恨。“逝水残阳”，以景寓情，其意境与前《踏莎行》词“夕阳一片江流去”相似。“龙归剑杳”用张华、雷焕因斗牛间常有紫气，于丰城掘得双剑，两人卒后，双剑合归延平津，化为双龙蟠萦水中的传说，是以神剑之化去喻非凡之人物已离人间。“多少英雄泪血”则是对易代之际无数志业未酬，以身殉国的抗清英烈深致哀悼。“千古恨、河山如许，豪华一瞬抛撇”两句，与前《满江红》词中“满眼河山牵旧恨”相似，明白点出其恨是河山今已变色的千古之恨。“豪华一瞬抛撇”暗用萨都剌《满江红·金陵怀古》词中“六代豪华，春去也、更无消息”句意，以“一瞬”两字慨叹从北京城破、思宗自缢到南京陷落、南明倾覆，在时间上竟如此迅速。词的下篇更扩展词笔来写此亡国之恨。“白玉楼前，黄金台畔”，用天帝成白玉楼，召李贺为记及燕昭王筑台，置千金其上延揽贤士的传说，“夜夜只留明月”则化实为虚，以楼前台畔、明月空照的凄凉之景暗示易代后人才之凋零殆尽。后面“休笑”三句，则以富有喻示性的垂杨金尽、秾李消歇的意象，慨叹战乱之馀，一切扫地以尽。这就是宋亡于元之际，徐君宝妻在一首《满庭芳》词中所痛惜的“典章文物，扫地都休”。这种种恨事实无可消除，因而在词

的将近终篇处归结为“世事”三句，以“流云”来比喻世事之变幻无常，以“飞絮”来比喻人生之漂泊不定，而此由世事变幻带来的国族之痛、由人生漂泊带来的身家之恨，则只有付诸哀猿的啼声之中。最后“西山”两句，融我于物，以景结情。句中的“西山”，看来就是前引陈之遴《拙政园诗馀序》所记，其夫妻在崇祯年间寓居北京城西隅时常望见的“云物朝夕殊态”的西山。而今，舟行将抵北京，重来的词人又遥遥望见了这成为个人悲欢、历史兴亡见证者的一带群山，只觉山亦有情，似也经受不了这么沉重的人间苦痛而“愁容渗黛”，“共人凄切”。陈廷焯选此作入《词则·放歌集》，称其“全章精炼。运用成典，有唱叹之神，无堆垛之迹”。也是从这个作品里，固可见拙政园词善于以景载情，善于以空灵的意象运化厚重的词思。其富有“唱叹之神”者在此，其展现词之特美者亦在此。

梦到乡关惊鶗鴂

徐灿从小接受的是传统的儒家教育，她的父亲徐子懋称徐灿“幼颖悟、通书史、识大体，”可见徐灿知识渊博，通读四书五经，从而积淀了深厚的儒家道德传统，“识大体”便说明了她深谙作为一个封建的大家闺秀所应遵守的道德规范，自觉而自律。

儒家鼓励积极入世，所以徐灿在陈之遴于崇祯十年进士及第是极为支持与赞赏的，她还作了《满庭芳·丁丑贺素庵及第》来表示她的衷心祝贺。

儒家以仁政治天下，而忠恕之道在儒家思想中也是相当重要的概念。“夫子之道，忠恕而已矣。”所谓忠，即心无二心，意无二意的意思。徐灿的忠君思想是根深蒂固的，明亡后，对于自小接受儒家思想教育的徐灿来说，丈夫降清意味着不忠，已失气节。但是作为一个深受儒家思想影响的封建大家闺秀，徐灿不可能不守妇道，做不到像柳如是那样逼丈夫自尽以求忠于前朝。这种矛盾的心境致使徐灿有苦却又不敢直言，因此，徐灿的作品时时表现出欲言又止。

乱后国家，意中愁绪真难说。春将去、冰台初长，绮钱重叠。炉烬水沉犹倦起，小窗依约云和月。叹人生、争似水中莲，心同结。

离别泪，盈盈血。流不尽，波添咽。见鸿归阵阵，几增凄切。翠黛每从青镜减，黄金时向床头缺。问今春、曾梦到乡关，惊鶗鴂。

——《满江红·有感》

这首词写于陈之遴降清别家后，从词中可以看出，陈之遴出仕新朝，徐灿是不愿意随丈夫上京的。词作主要表达的是对丈夫的愁怨，最后一句“问今春，曾梦到乡关，惊鶗鴂”，含蓄地表达了对丈夫的责怪。鶗鴂即杜鹃鸟，相传为蜀帝杜宇的魂魄所化，常常在夜里啼鸣，声音凄切，词人借此抒发自己的悲苦哀怨之情。

异乡的天空下，栽满不同形状的云朵。每一朵都因心事重重，而饱含泪水。就如同乱世中，每一座庭院，都因漂泊的帆影，而明亮忧戚。如此夜晚，她眼里的三千秋水与万千心事重叠交缠。是的，那些如烟的往事，只是逝水间一抹感伤的涟漪。

但是，生活在当时的社会、当时的家庭中，徐灿于陈之遴在清廷任职后不久，也不能不携子女去北京与之团聚。《拙政园诗馀》中有一首题作《将至京寄素庵》的《满江红》词，看来就是此行途中所写。

柳岸欹斜，帆影外、东风偏恶。人未起、旅愁先到，晓寒时作。满眼河山牵旧恨，茫茫何处藏舟壑。记玉箫、金管振中流，今非昨。

春尚在，衣怜薄。鸿去尽，书难托。叹征途憔悴，病腰如削。咫尺玉京人未见，又还负却朝来约。料残更、无语把青编，愁孤酌。

——《满江红·将至京寄素庵》

这首词写于陈之遴出仕新朝后徐灿携儿女北上京城与丈夫团聚的途中，词中描写了旅途之愁苦，并杂以家国之恨。上篇写旅愁，说是旅愁，其实是写河山旧恨。虽然即将与丈夫团聚，但徐灿心中却无喜悦之情，她根本不想来到这个已为清人占据的京城，恨不得把船藏起来。想起当年与丈夫中流泛舟时，有笙箫相伴，而今却只有词人孑然一身，怎么不让人生出凄凉之感呢？下篇抒情，词人很想给丈夫捎书一封，

倾诉一下自己的凄苦，只可惜无鸿可托，只有默默无语，独自忍受那难言的旅愁。而徐灿独自咀嚼的岂止是旅愁，兴亡旧恨更是她所受的折磨与煎熬。

在夫妻即将重逢之际，本应满怀欣喜，如陈之遴的《西江月·湘蘋将至》词所写：

梦里君来千遍，这回真个君来。羊肠虎吻几惊猜。且喜余生犹在。
旧卷灯前同展，新词花底争裁。同心长结莫轻开。从此愿为罗带。

而徐灿的感情却与此迥然异趣。她只感到东风恶，旅愁重，河山牵恨，今已非昨，其“茫茫何处藏舟壑”句与前《踏莎行·初春》词中“故国茫茫，扁舟何许”两句相似，所表达的也是国亡家破、容身无地之感。

悲壮凄咽，欲言未言

令徐灿伤感的是，陈之遴并不为降清而感到羞耻，夫妻两人的政治分歧越来越大，但是徐灿严守妻道顺从的儒家道德规范，未曾与丈夫正面冲突，只是作诗词抒发自己的国愁家恨而已。而很多时候，作为一个封建妇女她不能放开言辞，导致她的作品呈现出“幽咽境深”的艺术风格。

由于身经改朝换代，徐灿词中苍凉的兴亡之感是很浓重的，这为女性词的意境作出了极大的开拓。其忧生患世的情感，表现在她深隐幽咽的词韵中。所谓“幽咽”，即欲言又止，欲言未言的意思。在江山易主的历史变革中，作为一个敏感的知识女性，徐灿感受到了时代的寒意。几经起落的人生境遇，国恨与家愁的叠加，使她不能也不敢放开言辞，其词作则呈现出“幽咽”的特点。

徐灿词的独到之处，不仅因其词作意蕴深沉弥厚，最重要的是在于其美感效果上的“幽咽”色彩，成就了旷世的忧生患世之音。

翠帐春寒，玉墀雨细，病怀如许。永昼愔愔，黄昏悄悄，金博添愁炷。薄幸杨花，多情燕子，时向琐窗细语。怨东风、一夕无端，狼藉几番红雨。

曲曲阑干，沉沉帘幕，嫩草王孙归路。短梦飞云，冷香侵佩，别有伤心处。半暖微寒，欲晴还雨，消得许多愁否？春来也，愁随春长，肯放春归去？

——《永遇乐·病中》

这首抒发低徊的伤春怨别之情的长调，将意蕴美感结合得恰如其分。可是，词的内涵又不仅仅是伤怨，还透露出徐灿素有的理想与期待落空的悲苦。“半暖微寒，欲晴还雨，消得许多愁否”，词人欲说还休，在结尾处又收为伤春幽怨。幽弦折叠，回肠处，听得莺声彻，几许正缠绵。泪眼红痕，绮梦销魂，瘦损蛮腰，薄凉罗袂，伤感千千阙，谁慰心结？

黍离之悲是徐灿一直深藏于心的伤痛，一经触动，便椎心泣血。“往事何堪说”，是她欲说还休的遗憾和悲凉，明王朝已成逝水残阳，抗清义士的丹心碧血也空自抛洒，只留下千古遗恨。物是人非而江山依旧，徐灿忍不住唏嘘感慨，发出“世事流云，人生飞絮，都付断垣悲咽”的苍凉之声。亡国之恨和人生如梦的感慨交织在一起，令徐灿心中充满无限怅恨。《满江红》和《永遇乐》的词牌常用于表现豪放激越的情感，徐灿一向温柔敦厚、词风醇雅，如此悲慨激烈之声实属少见，严迪昌曾说“徐灿运笔阔大处不逊男子”，此为胸中郁气堆积日久，不能不发之故。但却不是江河飞瀑，一泻千里，往往中途受阻，激溅起巨大的浪花之后又回旋成涡流，即谭献所谓“外似悲壮，中实凄咽，欲言未言”。

几日愁风和恨雨

几日愁风和恨雨。乡梦教留住。花外燕双飞，等得它来，诉与伤心语。碧云有路须归去，青鸟书无据。残月又模糊，空照人愁，没个分明处。

——《醉花阴·风雨》

徐灿这首词写的是在春日风雨中思念家乡的情感。词的一开头便点题:“几日愁风和恨雨”，风曰“愁风”，引发人愁怨的风;雨曰“恨雨”，让人怨恨的雨。一连几日的风雨让徐灿产生怨恨之情，那是由于风雨引起了徐灿思念家乡的情怀“乡梦教留住”。梦回家乡，流连忘返;但梦醒以后的现实与梦中的情景，却形成了强烈的反差:“花外燕双飞，等得它来，诉与伤心语”。春花外紫燕双双飞翔，徐灿呼唤燕子回到梁上来，好跟它吐诉内心的忧伤。下篇则从跟前的风雨愁怨联想开去:“碧云有路须归去，青鸟书无据”。漂泊天涯，虽道路遥遥而终须归去，然而青鸟传书，无所依凭;归路迢迢，而归期杳杳，则让人格外悲伤。结尾处宕开一笔，写“残月又模糊，空照人愁，没个分明处”。一钩残月，晦暗不明，模糊不清。没有明亮之处。这里以景结情，景是残景，情是苦情，情景互相生发，既以不足之情结束全词，又最后深化了词的意境。

徐灿词无论在境界和意蕴上均为女中翘楚，对此人们多有肯定，周铭云:“湘蘋夫人善属文，兼精书画，诗余乃得北宋风格，绝去纤佻之习”;徐乃昌云:“其冠冕处，即李易安亦当避席，不独为本朝第一”;谭莹云:“起居八座也伶俜，出塞能还绣佛灵;文似易安人道韫，教谁不服到心形”;陈之遴亦在《拙政园诗馀序》中提到:“香长短句，得温柔敦厚之意，佳者追送诸家，次亦楚楚无近人”。

乡关之思、亡国之痛、丈夫的折节之恨，都不宜明言，这就形成了徐灿词意蕴的哽咽深隐、委婉曲折的风调，陈之遴所谓“语多凄婉之调，所遇然也”。徐灿词极少遵循上阕写景，下阕言情的规律，景语与情语的界限模糊，交迭在一起，构成回环往复的特点，令人极难把握其情绪的脉络，又加上意象的复杂和叠加，层层推进、回旋曲折，因此内涵丰富隐曲、极富张力。徐灿为词，擅于将情绪忽而向上扬起，忽而打入深谷，造成起伏跌宕、深恨化为悲咽的情势;又巧将家国之恨悄悄糅入景物描写和人生的感慨之中，词的意蕴更显凝重幽深。有时她的家国之思隐藏在怀古的外衣之下:

伤心误到芜城路，携血泪，无挥处。半月模糊霜几树。紫霄低远，翠翅明灭，隐隐羊车度。

鲸波碧浸横江锁，故垒萧萧芦荻浦。烟水不知人事错。戈船千里，降帆一片，莫怨莲花步。

——《青玉案·吊古》

顺治初年，徐灿途经金陵、扬州一带，看到山河破碎，物是人非，不禁感慨万端。上阕描述战火过后扬州城萧索破残的景象，下阕指责南明小朝廷“戈船千里”，却“降帆一片”的腐败无能。徐灿能够在一片盲目的忠君爱国声中反思历史，深究明朝覆灭的内因，识见非一般男子所有，她隐晦地将亡国的深怨大哀，镶嵌在吊古感怀的框架之中，这正显示了徐灿幽怨感伤、深藏不露的词风。

恩爱共咏亭前合欢树

陈之遴在明末清初为知名诗人。邓汉仪《诗观三集》称“其诗雄浑清壮”；徐世昌《晚晴簃诗汇·诗话》赞其“七律才情飙举，实过梅村”；邓之诚《清诗纪事初编》也谓其“诗格颇似吴伟业”；《四库全书总目提要》则评“其诗才藻有馀，而不出前、后七子之格”。其诗集《浮云集》，重校本增入诗馀一卷。徐灿的《拙政园诗馀》为陈之遴亲手编次，并为作序；序中云：“湘蘋爱余诗愈于长短句，余爱湘蘋长短句愈于诗，岂非各工其所好耶？”这是陈之遴对自己与徐灿诗、词的高下所作的一个公允的比较和评价。正由于他们在文学上气味相投，在这一点上互相吸引，彼此尊重，才能成为夫妻感情的基础。在两人的诗、词中时见唱和之作。从徐灿为陈之遴所作的一些诗、词中，可见他们共同生活时的欢愉之情及暂时分别的相思之苦。虽然她在明亡后深怀故国之思、沧桑之感，对陈之遴后来仕清一事，心存憾悔，时有微词，在政治感情上出现分歧，而在夫妻感情上，无论境遇的顺逆，无论是在安乐中还是在患难中，两情是始终不渝的。

据陈之遴在《拙政园诗馀序》中追述，他自“丁丑通籍后”，与徐灿“侨

居都城西隅。书室数楹颇轩敞，前有古槐，垂阴如车盖。后庭广数十步，中作小亭。亭前合欢树一株，青翠扶苏，叶叶相对，夜则交敛，侵晨乃舒，夏月吐花如朱丝”。在此如诗似画的居住环境中，夫妻“觞咏”于那株成为他们感情象征和见证的合欢树下，“闲登亭右小丘，望西山云物朝夕殊态”。陈之遴还在一首题为《和湘蘋旧邸感赋》的《风流子》下篇回忆当时的生活：

当年为欢处，有多少、瑶华玉蕊迎眸。日夕题云咏雪，不信人愁。正密种海棠，偏教满砌，疏栽杨柳，略许遮楼。只道多情明月，长照芳洲。

徐灿《风流子》原作的上篇及其《唐多令·感旧》词中“记合欢树底逡巡，曾折红丝围宝髻，携娇女，坐斜曛”诸语，也是回忆当时生活的。这是一段诗情与爱情交织而成的岁月。

但这段生活的时间并不长。此时，在内忧外患交迫下，明室已经摇摇欲坠。作为一位敏感的词人，徐灿已心怀隐忧，预感到他们的生活将随大局的变化而变化，在一首《水龙吟·次素庵韵感旧》词中追述她在“合欢花下留连”时，已曾向陈之遴说：“悲欢转眼，花还如梦，那能长好？”这一预言果然不幸而言中。不久，他们就离开北京南下了。陈之遴在《拙政园诗馀序》中追述他们在北京西城寓所中的生活时有“再历寒暑”之语；徐灿诗集中有《出都留别合欢花》及《代合欢感别》两诗，后一首诗则有“依依三载荷殷勤，露滴风吹每见珍”诸语。从这些记述，可知他们在这座寓居中，其实足足住满了两年，而跨越了三载，时间约为明崇祯十年到十二年(1637年—1639年)。其离京的原因，陈之遴在序中只说“寻以世难去国”；而《明史·颜继祖传》则说：陈之遴的父亲陈祖苞在巡抚顺天的次年，即明崇祯十一年(1638年)，“坐失事系狱，饮鸩卒。帝怒祖苞漏刑，锢其子编修之遴永不叙用”；阮元《两浙輶轩录》也引查羲《选佛诗传》云：陈祖苞“因边疆失事，瘐死诏狱”，陈之遴“以其丧归”。徐灿的《拙政园诗集》，直到清仁宗嘉庆七年(1802年)由陈之遴六世从孙敬璋将所藏家传钞本出示吴骞，才得以刻印行世。《拙政园诗集》是按体编排的，但每一体中的诗作仍大致按写作时间先后排列。前引《出都留别合欢花》及《代合欢感别》两首七绝后有一首题作《到家》的七绝：

朱栏曲曲隐妆楼，到日重牵别日愁。
羞向海棠悲老大，不禁红泪对花流。

可能就是她这次随陈之遴南归后所写。就在他们南归的几年内，时局进一步急转直下。陈之遴有首题为《金陵旧宫》的五言排律，诗题下注云：“壬午岁作。”壬午岁为明崇祯十五年(1642年)。大概就在陈之遴这次赴南京时，徐灿写了一首《送素庵之白下》的五古，中有“斯行虽不遐，世故纷难任；天地异今昔，陵谷移崇深；旌旆弥天翻，长戟森如林”诸语，正是当时局势的写照。明崇祯十七年(1644年)三月，李自成军攻入北京，思宗自缢；四月，清兵乘机入关，北京又为清兵侵占。次年，清兵大举南下，江南一带惨遭蹂躏。陈之遴在《拙政园诗馀序》中曾感叹云：“毋论海滨故第化为荒烟断草，诸所游历，皆沧桑不可问矣。”其所云“海滨故第”，当指其在海宁的老家。在这期间，徐灿在苏州的故居也非往日旧观。其《满江红·有感》词云：“乱后家山，意中愁绪真难说”；另一首《满江红·示四妹》词中，则有“采莲沼，香坡咽；斗草径，芳尘绝；痛烟芜何处，旧家华阅”诸语。从这些描写，可以看到在明、清易代之际，江南干戈满地之时，陈之遴和徐灿两人家乡残破的状况。朱尔迈《李夫人竹笑轩续集序》在比较李、徐的遭遇异同时云：“逮沧桑后，流离患难，匿影荒村，或寄身他县。其诗益凄楚不堪读，盖忧从中来，不可复止。此两夫人之所同也。”看来，在此期间内，徐灿与陈之遴还曾有一段艰难困苦的避难经历。

这一沧桑巨变为徐灿的作品注入身家之恨、国族之痛，其词遂多悲咽跌宕之音。

伤心误到芜城路。携血泪，无挥处。半月模糊霜几树。紫萧低远，翠翘明灭，隐隐羊车度。

鲸波碧浸横江锁。故垒萧萧芦荻浦。烟水不知人事错。戈船千里，降帆一片，莫怨莲花步。

——《青玉案·吊古》

倪一擎在《续名媛词话》中评价此词说“跌宕沉雄”“非绣箔中人语”。此词，题作《吊古》，实为伤今。词的首句说明过扬州时所作，次句“血泪”云云暗指清兵攻破扬州、屠城十日及史可法壮烈殉国事。徐灿另有一组《舟行有感》诗，其第三首有“呜咽邗沟水，汀回晚系舟”，“芜墟腥未歇，杵血满寒流”诸句，可与此词参读。词的下篇则伤悼昙花一现的南明的覆灭。

衰杨霜遍灞陵桥。何物似前朝？夜来明月，依然相照，还认楚宫腰。金尊半折琵琶恨，旧谱为谁调？翡翠楼前，胭脂井畔，魂与落花飘。

——《少年游·有感》

此词也是一首抒发亡国之悲的篇什。陈维崧在《妇人集》中称其首两句“缠绵辛苦”；陈廷焯则选此词入《词则·大雅集》中，评为“感慨苍凉”。

明亡于清，南宋亡于元，都亡于少数民族的入侵。元军攻破南宋都城临安（今浙江杭州）后，曾掳后妃北去；当时为宫中昭仪的王清惠于北去途中写了一首《满江红》词，一时广为传播，一些抗元志士如文天祥、邓剡等都有和词，而徐灿在明亡后也写有一首《满江红·和王昭仪韵》：

一种姚黄，禁雨后、香寒色。谁信是、露珠泡影，暂凝瑶阙？双泪不知笳鼓梦，几番逃到君王侧。叹狂风，一霎剪鸳鸯，惊魂歇。

身自在，心先灭。也曾向，天公说。看南枝杜宇，只啼清血。世事不须论覆雨，闲身且共今宵月。便姮娥、也有片时愁，圆还缺。

和王清惠词这件事本身已说明了词人的意向和感情，显然是借南宋的灭亡和王清惠的遭遇来寄寓自身的易代之哀、流离之痛。上篇词似影射其在北京的那段生活已成“露珠泡影”，笳鼓声中，狂风起处，鸳鸯好梦已被惊破。下篇词中“身自在，心先灭”及“看南枝杜宇，只啼清血”诸语所表达的哀痛，其分量是十分沉重的，而最后几句则以无可奈何的心情故作淡漠之语。

徐灿还有一首表达其兴亡之感的名作：

芳草才芽，梨花未雨。春魂已作天涯絮。晶帘宛转为谁垂？金衣飞上樱桃树。

故国茫茫。扁舟何许？夕阳一片江流去。碧云犹叠旧山河，月痕休到深深处。

——《踏莎行·初春》

此词与前面所举《青玉案·吊古》诸作，均写于朱尔迈所说的“逮沧桑后，流离患难，匿影荒村，或寄身他县”期间。词以《初春》为题，起调“芳草才芽，梨花未雨”两句，写的正是初春景象，下面“春魂已作天涯絮”一句，却分明是晚春之事。前者乃客观描述，后者当属主观感受。而此一词境的转换，则是王国维《人间词话》所云：词人“以我观物”，使物“著我之色彩”，从而出现了主观与客观的背离和差异。此时，外界的季节虽是初春，而在经历了国亡家破巨大变故的徐灿心目中，一片春魂已化为晚春飞絮之飘荡无主了。就人事而言，“天涯絮”这一意象，固可令人生发多重联想，既可喻弘光朝覆灭当年唐王朱聿键、鲁王朱以海等先后在福州、绍兴等地建立的流亡政权，也可喻当时词人避难他乡的流离生涯。徐灿在另一首《永遇乐·舟中感旧》词中也有“人生飞絮”之语，这是她在明亡后不时流露的一种交织着身世感与亡国恨的飘荡无主的心态。此词下篇“故国茫茫，扁舟何许”两句，就是进一步抒写与此心态相伴随的“国亡家破欲何之”的迷惘与悲慨。而拙政园词多悲咽跌宕的唱叹之音，正因似此深厚而沉痛的词情之积于中而发于外。再从此词下篇后三句，并联系上篇第三句看，还可见拙政园词在抒发此类词情时，往往多以比兴托喻之语，多运用化情为景、移情于物的表达方式，以显示词的含蕴空灵的奇特美。其紧承“故国”两句的“夕阳”一句，就是把那国破家亡、容身无地的迷惘悲慨之情融入眼前的江上之景。这一句，境界壮美，托意无穷。其随江流而去的，岂止一片苍茫的夕阳，也是一页沉重的历史，其中有个人悲欢在，也有国家兴亡在。结句“碧云”两句，则以词人之眼观物，以词人之心感物，既怨碧云之不知人事已非，犹重重叠叠笼罩在明亡后的山河之

上，又深愿月痕有情，休运行到碧云深处去照临那忍垢蒙羞的山河。前举《青玉案》词中的“烟水”句、《少年游》词中的“明月”句以及《永遇乐》词中的“西山”句，等等，在运思和写法方面，也都与此“碧云”两句相似。谭献在《箧中词》卷五中评此词云：“兴亡之感，相国愧之。”后句指陈之遴在清兵侵占江南后不久即降清一事而言。此词或写于陈之遴已降清后。词的前、后两结：“金衣飞上樱桃树”句，似含对陈之遴另栖别枝的讽谕；“月痕休到深深处”句，似为对陈之遴重去北京的劝阻。总之，徐灿的拙政园诗词中，对陈之遴之仕清是时有微辞的。

拙政园时光：出有朋友之乐，入有闺房之娱

苏州园林甲天下，而拙政园又是苏州数一数二的名园。此园在清初，一度为降清后曾任弘文院大学士的陈之遴所有。文坛上的夫妻除了顾太清和奕绘，像徐灿和陈之遴之间也有不少的唱和之作。夫妻两人曾咏于拙政园中，过着安逸幸福的日子，“时史席多霞，出有朋友之乐，入有闺房之娱”。《水龙吟·次素庵韵感旧》颇显患难深情。在与丈夫分离时，徐灿也因思念写了不少作品，足见其伉俪之情深。

与陈之遴为儿女亲家的吴伟业在其《咏拙政园山茶花》小引中，曾谓园内“有宝珠山茶三四株，交柯合理，得势争高，每花时，钜丽鲜妍，纷被照瞩，为江南所仅见”，并在诗中赞美此花“艳如天孙织云锦，赪如姹女烧丹砂，吐如珊瑚缀火齐，映如蝃蝀凌朝霞”。诗人笔下的园和花固然令人神往，而更令人追怀的则是与园和花有关的人和事。吴伟业的诗写于园主人陈之遴于清世祖顺治十五年(1658年)被流放到关外之后，但此时陈之遴尚在人间。约十年后，陈维崧于清圣祖康熙六年(1667年)也写了一首《拙政园连理山茶歌》，则由园和花谈到了人和事：

拙政园中一株树，流莺飞上无朝暮。艳质全欺茂苑花，低枝半碍长洲路。

路人指点说山茶，潋滟交枝映晚霞。此日却供游予折，当年曾属相公家。月底骑奴长戟卫，花时丞相小车采。小车长戟春城度，内家复道工词赋。赋就新词易断肠，银筝钿笛小秦王。镜前潄玉词三卷，箧里簪花字几行。鸩鹊机忙春织锦，鸳鸯瓦冷夜烧香。三月双栖青绮帐，三春双宿郁金堂。双栖双宿何时已，从此花枝亦连理。兴衰从古真如梦，名花转眼增悲痛。女伎才将舞袖围，流官已报征车动。此地多年没县官，我因官去暂盘桓。堆来马矢齐妆阁，学得驴鸣倚画栏。辽阳小吏前时遇，曾说经过相公墓。已知人去不如花，那得花间尚如故。

这首诗中所云“相公”“丞相”，指陈之遴。据吴骞《尖阳丛笔》卷一载：“拙政园台池林木之盛，甲于吴中。明嘉靖中御史王献臣始辟之，其子以博逋偿徐氏，传子及孙，又归于陈素庵相国”，故诗中称“当年曾属相公家”。诗中所云“此地多年没县官”及“辽阳小吏前时遇，曾说经过相公墓”诸语，则指陈之遴获谴后，如阮葵生《茶馆客话》卷八“拙政园”条所记，“尽室迁谪塞外”“穷老投荒，穹庐绝域，黄榆白草，父子茕茕，而此园已籍没县官”，后陈之遴于清康熙五年(1666年)死于戍所。诗中的这些记述，大致是真实的。但“花时丞相小车来”以及“双栖双宿”的描写，则只是诗人编织的绮丽遐想。其实，如吴伟业诗引中所云，陈之遴“自买此园，在政地十年不归，再经谴谪辽海，此花从未寓目”；吴骞《尖阳丛笔》亦云：“相国自买此园，在政地十年不归，及得罪……徙辽左，终于戍所，虽盖有此园，实未尝一日居也。”

不过，诗中所述“内家复道工词赋”，则实有其人，指陈之遴的继室徐灿。她的诗、词集即以“拙政园”命名。其《拙政园诗集》收古、今体诗二百四十六首，《拙政园诗馀》收词四十六调、九十九首，传世之诗的数量多于词，但词的成就高于诗。在文学史上，她主要是一位词人。

我来叹兴亡

徐灿在国破家难时的词当属其成就最高的作品，那些抒发家国之

思、兴亡之感的作品令人叹服。而诗作中反映这方面内容的却不多，如《舟行有感》其三：

鸣咽邗沟水，汀回晚系舟。
江都无绮阁，建业有迷楼。
月皎鸿秋吊，花红鹿书游。
芜墟腥未歇，杵血满寒流。

“邗沟水”即邗江，在今江苏扬州东北。“江都”即扬州，“建业”即南京。徐灿的《舟行有感》其三所描述的正是清兵南下，江南一带惨遭蹂躏的惨象，“呜咽邗沟水”“芜墟腥未歇，杵血满寒流”诸语暗指清兵攻破扬州、屠城十日，及史可法壮烈殉国之事。这些诗句可谓“沉雄悲慨”，故陈之遴六世从孙敬璋在《拙政园诗集题词》中称“非寻常巾帼所易及”。徐灿另有词《青玉案·吊古》中借“吊古”描述了这一沧桑巨变的历史，其中“烟水不知人事错，戈船千里，降帆一片，莫怨莲花步”更是大胆地指出兴亡更替的原因。无怪乎倪一擎在《续名媛词话》中评此词“跌宕沉雄”，“非绣箔中人语”。然而，如《石头闻警》：

曰梦谁非梦，此生何足怜。不须回首望，乡国半愁烟。

再如《有感》：

少小幽栖近虎丘，春车秋棹每夷犹。耳闻战伐犹三叹，眼见兴亡遂十秋。入洛方思青盖谶，浮淮长恨锦帆游。苍茫一片芜城月，何必吴吟始欲愁。

虽叹兴亡之哀，却已是无奈之感。从这类诗中所表现出的思想感情来看，可能大多已不是陈之遴获罪遣戍（即 1655 年）前之作。

肠断塞垣秋

徐灿诗作中很大一部分是抒发自己随夫远徙塞外、不得归的思乡怀旧之情。这种感情深沉却平和，是徐灿身经山河易主，家世多次变故后看破红尘的心境的反映，是极痛之后的平和。感情较为凄切、伤感，如《忆梅花》：

迢遥清梦碧江湄，点点寒梅发旧枝。
欲拟色香谁得似，莫论开落总堪思。
花明茂苑乡关杳，人在穷边驿使迟。
旅况几年凄切甚，不须羌笛夜频吹。

陈之遴在清廷飞快地升官，引起了同僚的嫉妒，在顺治十年，陈之遴不断遭到同僚的弹劾。顺治十二年(1655年)，陈之遴以弘文院大学士加少保，兼太子太保，在仕途上登至顶峰。但宦海多风波，到顺治十三年(1656年)，陈之遴却因被弹劾“植党营私”“市权豪纵”，“下吏部严议，命以原官发盛京(今辽宁沈阳)居住”。陈之遴被发配到盛京（沈阳）居住，徐灿随行。遗憾的是，她的《拙政园诗馀》，由陈之遴编次于顺治七年(1650年)，由其子坚永、容永、奋永、堪永付梓于顺治十年(1653年)，本名《拙政园诗馀初集》，但未续出二集，以后虽有所作，今已散佚。因此，她此次随陈之遴去盛京的情况以及她此后的境遇和心情，已不能从她的词作而只能从她的诗作中钩稽出最值得重视的自我表述了。

陈之遴这次并未一败涂地，在盛京住了不到一年。同年冬，清廷“复命回京入旗”。陈之遴得到复职，回到了京城。对此行，陈之遴有《发京师》《齐化门》《通州》《辽河》《至盛京》等五律三十首，记其前往盛京的沿途所经、所感；又有《初发盛京》《渡辽河》《白河》《通州》《至京师》等七律三十首，记其回程的所经、所感。徐灿则只在回京途中写了一首《玉田县》诗，在诗题下记云：“丙申季冬，随素庵奉召西还，道出玉田，赋此。”诗中有“风沙满鬓人非昨，道路经时岁已阑。差喜长安今咫尺，归来恰及五辛盘”几句，表露了她悲喜交集之情。

此后没多久，于顺治十五年（1658年），陈之遴又因结交、贿赂内监罪，“鞫实论斩，命夺官，籍其家，流徙尚阳堡(今辽宁开原东)”（《清史稿·陈之遴传》）。

陈之遴这一次真是在劫难逃，他获罪之重，虽免一死，但活罪须样样去受，在革职、没收家产之外，全家被迫迁往尚阳堡。这次的流放和上次完全不同，前两年是“以原官发盛京居住”，这次不仅陈之遴自己受到责罚，连家人也受到牵连。据吴伟业《亡女权厝志》记，陈之遴的“家人咸被系”，“全家徙辽左，用流人法”(《吴梅村全集》)。吴伟业，字梅村。吴伟业曾写《赠辽左故人八首》，其第二首中“短辕一哭暮云低，雪窖冰天路惨凄”两句，描写了陈之遴出发时的惨状；“百口总行君莫叹，免教少妇忆辽西”两句，则以表面慰藉之语更深一层地揭示了全家遣戍的悲剧。第七首为陈之遴的老母而作，有“生儿真悔作公卿”句，既慨叹宦海风波之险恶，也进一步写出了这一悲剧之惨绝人寰。

徐灿随同陈之遴一起流放到了沈阳。偏远的东北环境十分艰苦，和南方相去甚远，让习惯了锦衣玉食的夫妻两人接受不了。徐灿心情更加低落。漫怨浮生，碎柔肠，心雨凄切。想江南，难谛鸥盟，难留故事，难补池萍月。读遍古今书，尽信斯言，翻成大错，清宵梦靥。

作为一位工愁善感的词人，徐灿经历如此巨大的家庭变故，受到如此沉重的精神打击，其此后的生活和心情之痛苦是可想而知的。看白首功名，浅印虚华，羁身薄禄，终成空设。枉负清怀，俗埃尘染，误了凌云节。吴骞在《重刻拙政园诗集题词》中称她“身际艰虞，流离琐尾，绝不作怨诽语”。其实，此时她是流人身份，在写作时，措辞不能不倍加谨慎，即便有“怨诽语”，也决不能示人。而且，她主要是词人，用词这一文学体式来表达怨情更能曲折尽意；但许三礼《海宁县志》中提到《拙政园诗馀》时，谓自陈之遴死后，她“虽吟咏间作，绝不以一字落人间矣”。她在塞外所作之诗留了下来，其在塞外所写之词竟“不以一字落人间”，这里必有不便“落人间”的苦衷，这是极为可惜的。梦底墀阶，书中壮语，都付苍穹月。几年之后，其他一同被流放的陈氏族人，都已经回到了家乡，只有陈之遴一家，还留在凄苦的塞外。在流放中，徐灿所生的四个儿子中，大儿子、二儿子和小儿子都死在了戍所，心情低落的徐灿接二连三地受到了丧子的打击。刚被流放之时，陈之遴还想着有回到南方的一天，但是还没有等到那一天的到来，陈之遴就在被流放的六年后，即康熙五年，病逝在戍所。失去亲人的痛苦，以及身在他乡的艰难困苦，让只有第三个儿子相依为命的徐灿痛苦至极，心情的灰暗颓败是难以形容的。昔日热闹的家庭变得七零八落，那些曾经的温暖荡然无存，抑郁的徐灿心如死灰。杏花红叠，谁折枝寄来，千里玉关彻。春暮桃花流水远，杨柳清风早歇。

因而，晚年的她只能在佛法中寻求情感的归宿和心灵的解脱，“布衣练裳，长斋绣佛”而终。

日夜乡心逐去鸿

多愁善感的女词人徐灿，在如此巨变的打击下，即便是已流徙辽左数年，终不免在其诗《忆梅花》中道出“旅况几年凄切甚，不须羌笛夜频吹”，其内心苦痛与《秋夜偶成》亦可见一斑。

一

一动金风剪众芳，黯红愁绿总茫茫。
龙沙日夜飞霜急，回首燕台菊未黄。

二

萧萧秋气逼窗寒，香冷金炉漏半阑。
笳鼓不须惊客枕，且容残梦到江干。

三

露白霜浓处处秋，月光依旧照朱楼。
碧阑干外花千树，可念羁人别后愁。

四

故国云山一望中，碧溪清此绕丹枫。
那知羁客愁千缕，日夜乡心逐去鸿。

五

半庭芳树冷秋烟，羌笛声中月又圆。
一寸愁心供永夜，幸多归梦岭梅边。

——《秋夜偶成》

初徙塞外，她对朝廷充满希望，但也知不可能过早遇赦回乡，于是怀乡之情便在这矛盾中滋生漫延。

一夕和风佳气生，江南此际渐春荣。
椒觞献岁怀吴苑，玉佩朝正集汉京。
暖旭欲消青海冻，瑞烟遥带碧山晴。
金鸡为报归期早，柳色依依引客程。

——《庚子元日》

“金鸡”是古代大赦时举行的一种仪式：举长杆，顶立金鸡，然后聚集罪犯，击鼓，宣读赦令。因古人迷信天鸡星动时，就要有大赦，故有这种仪式。李白《流夜郎赠辛判官》诗：“我愁远谪夜郎去，何日金鸡放赦回？”徐灿于1660年元旦作此诗，明知陈之遴被免死革职，迁徙此地只不过一年有余，归乡之期尚遥不可及，然而她还是满怀信心，发出了“闻道君王思玉色，何时还向汉宫飞？”（《塞上见白雁》）这样的企盼之语。即便如此，充斥诗中的诸如“沙场犹有未归人”“云里重寻归去路，碧空无尽月悠悠”这样落寞、怅惘的情绪实是徐灿无力于现实的感喟。此类诗作又如《秋闺》：

寂寂秋风瑟瑟衣，卷帘萋草尚依依。
鸟啼深院人谁到，云锁空山叶自飞。
病枕不堪愁里度，乡思翻觉梦中违。
阑干双泪凭谁落，欲寄伤心雁未归。

再如《立春感怀》：

千古荒凉地，春光到日迟。
息心疏翰墨，呵手事机丝。
紫塞愁中结，青山梦里诗。
年年当此日，端的问归期。

漫长而悲惨的十二年流放

陈之遴的《浮云集》，是他在戍所亲自编定的。其《自序》所署年月为“康熙丙午仲春”，丙午岁为康熙五年(1666年)。阮元《两浙輶轩录》中称陈之遴“康熙丙午卒于谪所，后五年之遴妻徐灿疏请归骨，许之”，可知陈之遴于编成《浮云集》的当年即去世；许三礼《海宁县志》称徐灿“谪居奉天(今辽宁沈阳)七载而嫠”；陈元龙所撰《家传》则称徐灿“从素公谪居塞外十二年”。这些记载的年数是彼此吻合的。从康熙五年(1666年)上推七年，从康熙十年(1671年)上推十二年，正是徐灿抵达戍所之年，即顺治十六年(1659年)。对于徐灿来说，这是一段漫长而悲惨的岁月。人在绝望的境地中，总以希望、幻想来自我安慰、自我欺骗。徐灿在塞外所作的诗篇中也常抱有随时会被召还的希望和幻想，例如：她在抵达戍所的当年除夕所写《己亥除夜》诗及次日春节所写的《庚子元日》诗中分别有“阳和忽转条风暖，好送雕轮凤阙旁”及“金鸡为报归期早，柳色依依引客程”诸语。之后的《怀德容张夫人》两首之二中也有“屈指明年容色早，紫泥应下玉关东”之语。直到清康熙五年(1666年)，在一首《丙午元旦》诗中仍有“归计年年切，今年定得归”，“凤城芳树下，犹及着罗衣”诸句。或许徐灿也没有想到，一直要等到陈之遴已卒、诸子皆没、以流人身分在荒寒的塞外生活了十二个年头后，才在一个偶然的机会下扶柩以还江南故乡。此十二年中，她历尽了人间的苦难，尝够了人生的辛酸。

从徐灿的另一些诗作，还可以看出，乡思、归梦始终在折磨她。她失去了现在，看不到未来，就只有以回忆过去来填补空虚的岁月；她在现实生活中毫无欢乐，就只能从梦幻世界中求得补偿。在她出塞后所写诗作中，随处可见“那知羁客愁千缕，日夜乡心逐去鸿”“碧阑干外花千树，可念羁人别后愁”“一寸愁心供永夜，幸多归梦岭梅边”“笳鼓不须惊客梦，且容残梦到江干”“如叶轻帆清梦里，分明归路向吴江”“客心今夜永，清梦欲何如”“惟有春宵梦，重寻或不难”……这类写乡思、归梦的句子。本来入清以后，徐灿重到北京居住时，身在燕市，心在江南，但出塞后却有一些把北京当作第二故乡来回忆的

诗句，如："龙沙日夜飞霜急，回首燕台菊未黄"，"鸿声几度催归梦，菊老燕台酒半温"，"遥想凤城今夜里，清辉依旧到朱楼"等。这种心理，略似刘皂《旅次朔方》诗所云"客舍并州数十霜，归心日夜忆咸阳。无端又渡桑干水，却望并并似故乡。"当然，徐灿的境遇更为凄苦，其感情也更复杂。

徐灿曾以七律体写了《秋日漫兴八首》及《秋感八首》，显然为步杜甫《秋兴八首》之作。其《秋感八首》回顾一生遭际，概括了她所度过的人间岁月，也概括了她所经历的历史沧桑。从最后一首中"辽海三看雁往来"，可知写这组诗时，她出塞已三年。其写法与杜甫《秋兴八首》基本相似，由此时此地写到异时异地，从而展开了一幅生活图卷、历史图卷。全组诗以"弦上曾闻出塞歌，征轮谁意此生过"两句发端。前两首叙写在塞外的生活和心情；第三首忆念崇祯年间在北京寓所中所度过的那段岁月，诗中"凤池文史尚从容"及"妆罢开帘见晓峰"诸句，可与陈之遴《拙政园诗馀序》中"时史席多暇"及"望西山云物"诸语相印证；第四首追述北京城破事，以"龙归凤去须臾事，紫禁沉沉漏未残"等句哀悼明思宗之自缢；第五首写在南京昙花一现的弘光朝，以"金莲香动佳人步，玉树花生狎客笺"讽刺弘光帝及一批朝臣的荒淫腐朽，以"石头城下寒江水，呜咽东流自岁年"的结语抒发诗人的感慨；第六、第七首则分别回忆她一生中魂牵梦萦的在苏州、杭州的早年生活；第八首与第一、二两首，首尾呼应，仍回到眼前的现实。这组诗是她的精心之作，可视作她一生的总结。

旧柳浓耶，新蒲放也，依然风景吴阊。去年今午，何处把霞觞。赢得残笺剩管，犹吟泛、几曲回塘。伤心时，飞来双燕，絮语诉斜阳。石榴，花下饮，吊花珠泪，还倩花藏。过一番令节，如度星霜。向晚竹窗萧瑟，凄凄雨、先试秋凉。难回想，彩丝艾虎，少小事微茫。

——《满庭芳》

这首《满庭芳》作于本应是家人团聚的端午节，节日里风景依旧，柳依然是江南的柳，旧柳早已浓绿万千，但是在徐灿的眼里却黯然失色。身世像秋雨那样凄凉，于是徐灿一下子便随着那凄清的冷雨回到童年的美好时光，小时候“彩丝艾虎”的往事，是会被放在记忆中，终身难以忘怀的。她的很多怀旧诗就是这样，淡淡地描摹着记忆中年少时的场景，细细地用笔勾勒出来，那平淡的场景似乎并没有什么特色，和千千万万的家庭所度过的端午节一样，因为太过于平常，那些隐藏在平凡事物中的浓浓的情意，也就不容易被人察觉出来。抚今追昔是最令人伤怀的，孩提时的生活有多么难忘，和现实生活形成的强烈对比更让人伤感。梦里的江南再美，也是回不去的过往，现实的人生才是真正要面对的。

在清康熙五年(1666 年)陈之遴死前，徐灿与他茕茕相守，还不时聊以诗篇共同抒写愁怀，消磨岁月。对照两人诗集，有不少同题之作。陈之遴死了，诸子亦皆没，她的生活之孤独痛苦，实令人难以想像，看来她已万念俱灰，连作诗的心情也没有了。在《拙政园诗集》中，似乎没有清康熙五年(1666 年)以后，她在塞外所作的诗篇。在《诗集》卷尾则有两首似乎为她暮年南归后所写的题作《感旧》的七绝：

人到清和辗转愁，此心恻恻似凉秋。
阶前芳草依然绿，羞向玫瑰说旧游。

丁香花发旧年枝，颗颗含情血泪垂。
万种伤心君不见，强依弱女一栖迟。

诗写得极为沉痛。第二首中的“君”，当指陈之遴。这可能就是她最后的作品了。《清史稿》本传称徐灿“晚学佛，更号紫管（音yán)”，陈元龙所撰《家传》也称其“晚益皈依佛法”。她希冀以此求得情感的解脱，这是她当时所可能找到的唯一的心灵归宿。但从上面两首诗看，其情感上的苦病是终身难以解脱的，其心灵上的创伤是终身难以愈合的。一盏灯花，心头恨语，却不敢付于笔端。念漏断北风，此处无江南疏桐，寂寞枝头，冷落闲愁，塞北无以诉。勾心深处千结，瘦尽灯花，瘦亏小院，瘦损南天月。筝阒瑟寂，清寒不抵，水阔木兰舟，想江南，飘渺江天隐曳，朱楼镜花空折。

扶柩回乡：生还偶然遂

《清史稿》虽然有《陈之遴妻徐传》，但叙述十分简略，对其出塞事，只云："之遴得罪再遣戍，徐从出塞。之遴死戍所，诸子亦皆没。清康熙十年(1671年)，圣祖东巡。"在陈之遴死后的第五年，也就是康熙十年，在塞外生活了十二年的徐灿，终于迎来了转机。根据记载，在这一年，康熙皇帝东巡，徐灿当时跪在道边回话。

"徐跪道旁自陈。上问：'宁有冤乎？'徐曰：'先臣惟知思过，岂敢言冤。伏惟圣上覆载之仁，许先臣归骨。'上即命还葬。"

——陈元龙撰《家传》

康熙听了徐灿的陈述后，下令准许陈之遴的棺柩回到家乡。陈元龙所撰《家传》则称："当时同被谪者，例不得还，即家属叩阍悉不准。准者，惟徐夫人一疏。"从这些记述以及徐灿的措辞之苦，可见清初对流人之严酷与徐灿处境之可悲。她最后居然能扶柩南归，真可说是"生还偶然遂"了。

回到江南的徐灿年已六旬。江南那些景色依旧美丽，但是在徐灿看来，已经失去了年少时的色彩，江南再也不是那个她所向往的江南了。无奈隔了天河，惟恨春宵，忆君肠断，憔悴花时节，难了却心结。

孤独和悲凉成为她晚年的基调，在海宁陈之遴的家乡，在一栋小楼中，她潜心礼佛。在塞外的极度伤痛之时，礼佛就已经是徐灿经常做的事情，那可以让她超脱。在那日复一日的诵念之中，她渐渐心态平静了。徐灿的塞外思归之作中，感情的沉稳平静其实和信奉佛教有很大关系。比如《同素庵游安平泉时以初度礼佛山寺次东城原题韵》中有"青云破梦终皈佛，绛雪回颜不羡仙"等诗句都表达了她的归佛之念。

徐灿晚年皈依佛门，静坐修行，亦早有诗作表明她皈佛意坚，见《和素庵写金刚经作》云：

朝朝探般若，尘念醒心头。

渐解经中义，浑忘塞上秋。

细雨频催，点点泪痕孑。挑落残红，挑开瘦雨，挑尽西山月。把笔底春秋搁，遣步步苍山，独上层阶啸傲。绮枕空设，空有梦魂歇。一寸愁肠，却打万结。徐灿的一生，生逢乱世，历经困难和挫折，从河山变异，城头易帜，到随着丈夫的宦海沉浮而阅尽人情冷暖，饱尝生活的辛酸。她的下半生，充斥着生死离合，风雨沧桑，家破人亡，晚年尤其凄凉，丈夫和儿子都离开了自己，惟有青灯古佛相伴。太多的故事，太多的悲欢离合，虽然文鸾词凤，锦幕瑶扉，天生一个仙姝。虽然瀛洲深处晶帘卷，齐眉倚玉案欢愉。可是谁知道烟萦蔓草，合欢树折樵苏，俄遭蜚语，关山阻绝裙裾。终于熬到霜尽阳回日，她得以南返桑榆。真是沧桑历尽，千万般伤痛都尝遍了。叹人世，起伏难凭，奈何昏晓，纵暑天，心犹如冰寒。辗转弄琴箫，旧调谁听？聚散何由，紫荣朱贵，尽付云中阙。叹墨里乾坤，画底胭脂，一纸纠结。

沧桑阅尽，风波过后，空余惆怅。空楼昨日影犹存，寂然凝眸无语。来时花路入幽径，楼宇琴临风，案上茗飘香，花好月圆曲正好。时光打马，转瞬千年。暮年归来时，花谢暗香绝，楼空似幽谷，茗随人去冷，身后空余离音追耳畔。清澈的涌动中，触及了那一缕忧伤。思今昔，不见旧时秋蝉西墙鸣，只见今日雨重翅薄蝶难飞。花艳风大，花香早散尽，空有一树繁华迷蒙。无以解忧，徒步登上弯桥惹飞絮，怎知更惹尘埃扑鼻来。纸页上，只是一些散碎的心事，来不及叙述，便草草结束。雨落时万籁俱寂静，唯闻珠入玉盘，正逢心事凝聚时。小楼外、寒烟笼，流年的暮色，跌落在满城柳色的稔熟里。好景本可迷人意，可惜物是人非，沾泪处。云情雨意，宛然其中。东流不息，千帆过尽无一似往日，头白归江南，人事生疏，俱是不相识。过往的时光，已在心间低吟成一首无字之诗。 烟色满天，人事改。庭前疏影，携半壁，胭脂红。痛彻吟哦里，往事难消歇。苍云出岫，苹风好，争向今宵月。明鸿万里，玉壶流转，尽知徐灿冰心一片清。

第八卷

陈端生：

彤管声名终寂寂，怅望千秋泪湿巾

乱叶满幽径，落魄红尘原是误，醉醒都无措。梦无凭，空记省。休问又何年，兜兜转转，一样的满纸悲凉吐，句句悲声应。有千愁，敢唤世人醒？无新词，自唱自悲哽。字字飞鸿，几许郁郁，窗外秋风，帘内花儿憔悴，素笺寄恨，堪怜枕孤衾冷。水中寒影，冷月花魂，日落晚风箫音起。

陈端生（1751 年—约 1796 年），清代弹词女作家。字云贞，号春田，浙江钱塘（今杭州）人。嫁淮南范秋塘（陈寅恪猜测为浙江秀水范璨之子范菼，郭沫若认为是会稽范菼）。著有《绘影阁诗集》（失传），弹词小说《再生缘》（一至十七卷）。

《再生缘》：堪称史诗

在景色秀丽的杭州西子湖畔，在滨湖的南山路柳浪闻莺旁，有一处石砌高墙很雅致的宅院，院门上题写着“勾山樵舍”四个大字，院子里有一座小山，人称勾山，小院就是以此为名。这里，就是清代少女作家陈端生的故居，这是一位不该湮灭无闻的绝代才女。

凡是看过越剧、淮剧或黄梅戏《孟丽君》的人都会对那个女扮男装，科考中了状元，并被皇帝选作驸马的奇女子留下深刻印象。但不知有多少人知道这出名剧乃是根据清朝女作家陈端生的弹词小说《再生缘》改编的。当然，很多人不一定知道弹词《再生缘》，这是一部七言排律长篇叙事诗，作者就是陈端生。但确确实实，大江南北广为传唱耳熟能详的越剧、淮剧和黄梅戏《孟丽君》，就是根据那部被江南女子用吴侬软语伴着琵琶三弦弹唱的著名长篇评弹《再生缘》改编的，比如，耳熟能详的黄梅戏《女附马》“为救李郎离家园，谁料皇榜中状元……我考状元不为把名显，我考状元不为作高官……就等告假回故乡，见了李公子，我送他一个状元郎”，那个著名的女扮男装女状元孟丽君就是《再生缘》的主人公。

对于长期以来几乎默默无闻的陈端生和她的《再生缘》，五十年代时，曾引起国学大师陈寅恪的注意，他在晚年时进行了深入研究，写出长篇论文《论〈再生缘〉》，陈寅恪先生竭尽全力推崇《再生缘》的文学价值，称其为“叙事言情七言排律之长篇巨制”，认为它是“弹词中第一部书”，“弹词之作品颇多，鄙意《再生缘》之文最佳”。陈寅恪认为，其艺术成就不在杜甫的七言排律之下，甚至可以和希腊、印度著名史诗媲美，陈寅恪说：“世人往往震矜于天竺、希腊及西洋史诗之名，而不知吾国亦有此体”，故有云“端生之书若是，端生之才可知，在吾国文学史中，亦不多见。”

《再生缘》为长篇叙事弹词，七言排律，文辞优美，叙事生动，描写细腻。其艺术结构独具匠心，情节波澜起伏，引人入胜，线索清晰，首尾贯通。众多人物安排得错落有致，井然有序，其文采斐然，一改弹词文体拖沓冗长的通病，可谓字字珠玑，令人手不释卷。

陈寅恪还感慨地说："陈端生以绝代才华之女子，竟憔悴忧伤而死，身名淹没，百余年后，其事迹几不可考见"，他为陈端生"彤管声名终寂寂"而"怅望千秋泪湿巾"。其实，这个女才子还著有《绘影阁诗集》，可惜因为她四处漂泊，已经失传。才命两相妨的她，忧伤一生，其孤单凄凉的四十几载春秋中，忧伤不仅体现在她的诗词上，而且她整个生命就是忧伤的化身。

当代文豪郭沫若开始为陈寅恪"高度的评价"感到"惊讶"，想检验一下陈教授的评价是否正确，他怀着补课的心情通读《再生缘》，结果竟使他这年近古稀的人感受到在十几岁时阅读《水浒传》和《红楼梦》时那样的着迷，证明了陈寅恪的评价是正确的，进而赞赏《再生缘》是"杰出的作品"，他把《再生缘》和《红楼梦》相提并论，说是"南缘北梦"。于是开始对《再生缘》进行校订，几次拜访陈寅恪，故有一副对联曰：

壬水庚金龙虎斗，郭聋陈瞽马牛风。

"郭聋"，指双耳失聪的郭沫若。"陈瞽"，指双目失明的陈寅恪。郭沫若 1892 年出生，属龙，干支纪年为壬辰年，于五行中属水，故"壬水""龙"指郭沫若。陈寅恪 1890 年出生，属虎，干支纪年为庚寅年，于五行中属金，故"庚金""虎"暗指陈寅恪。

可见，在两位大师级人物的眼中，《再生缘》的文学价值是不可忽视的。

就这样，近现代的两个文化巨人陈寅恪和郭沫若，在他们晚年之时，几乎在前后脚的时间里，都对这个叫陈端生的女子产生了极其浓厚的兴趣。

陈寅恪先生在《论〈再生缘〉》中，击节而叹："端生此等自由及自尊即独立之思想，在当日及其后百余年间，俱足惊世骇俗，自为一般人所非议。"

郭沫若更是把她抬到了前所未有的高度："把它比之于印度、希腊的古史诗，那是从诗的形式来说的。如果从叙事的生动严密、波浪层出，从人物的性格塑造、心理描写上来说，我觉得陈端生的本领比之十八九世纪英法的大作家们，如英国的司考特（Scott，公元一七七一年——一八三二年）、法国的斯汤达（Stendhal，公元一七八三年——一八四二年）和巴尔塞克（Balzac，公元一七九九年——一八五零年），实际上也未遑多让。他们三位都比她要稍晚一些，都是在成熟的年龄以散文的形式来从事创作的，而陈端生则不然，她用的是诗歌形式，开始创作时只有十八九岁。这应该说是更加难能可贵的。（《序〈再生缘〉前十七卷校订本》）”。并且郭沫若把原来的“南花北梦”之说换成了“南缘北梦”，这样的赞誉足以说明《再生缘》一书的重要文学价值。

但即便如此，到今日，陈端生的文学价值依旧被埋没，依旧没有得到该有的肯定。而郭沫若曾经感叹的那些话就是用在今日也不为过：“这的确是一部值得重视的文学遗产，而却长久地被人遗忘了。不仅《再生缘》被人看成废纸，作为蠹鱼和老鼠的殖民地，连陈端生的存在也好像石沉大海一样，迹近湮灭者已经一百多年。”

没有陈寅恪、郭沫若怕是没有兴趣去研究陈端生，而没有郭沫若，世人便难以窥得《再生缘》之全貌，并且也不能从万千散落的故纸堆中集得一部比较完整的版本。仅以此，我认为就该给以郭沫若文学的敬意。

少女作家彩笔写缘

《再生缘》作者陈端生的生平鲜为人知，这样的一位大才女，是值得我们去了解一番的。所幸陈寅恪先生晚年“专作无益之事，以遣有涯之生”，写了近八十页的长篇论文《论〈再生缘〉》，对前后两茬作者的生平钩沉索隐，使后人在读小说的时候，能够“知人论世”，深明作品的时代背景和与作者个人经历之间的关系。与《柳如是别传》一样，陈先生的论文全是考证，一般人是看不懂，也不大爱看的，需得用普通人习惯的方式写出来，才有看头。

陈端生家居于西子湖畔“柳浪闻莺”对面的“勾山樵舍”，这个

叫做“勾山樵舍”的宅院住过江南的大儒、陈端生的祖父陈兆仑，因为其号勾山，所以他的宅院起名“勾山樵舍”。她于乾隆十六年(1768年)出生在浙江钱塘(杭州)的一个官宦人家，同时也是一个书香世家。她的祖父陈兆仑，字星斋，号勾山，在朝为官，同时也是一位负有盛名的文学家，曾任《续文献通考》纂修官总裁。他是雍正进士，“桐城派”古文家方苞的入室弟子，曾任顺天府尹、太仆寺卿等，著有《紫竹山房文集》，为当时人所推崇。陈端生的父亲陈玉敦，是乾隆时的举人，曾任山东登州府同知、云南临安府同知。母亲汪氏亦为知书达理的大家闺秀，极秉文学修养，是大理有名的才女，其父汪上堉是浙江秀水人，中过进士，能诗善文，曾任云南府和大理知府。由大理知府汪上堉的女儿一手教育出来的陈端生很有文才，也就不奇怪了。另外，身为杭州人的陈端生却将《再生缘》故事起点放在云南，并将男女主人公很多活动之地放在云南首府，很叫人纳闷。知道了她母亲的家庭背景，一切便都有了解释。想必陈端生小时候听母亲讲过很多关于云南的事情，而且深深的被吸引，对云南产生了很多幻想和神秘感。写小说时自然就从神秘的云南开始了。又或许云南离固执传统的京城很远，人们的思想不那么受拘束，汪氏传给子女的观念很开明，陈端生在审视社会传统观念的时候，才能没有拘束，才能写得出《再生缘》那样的作品。另外，陈玉敦曾任云南临安府同知，她也有在云南生活的经历，因此便更加不必奇怪。

陈玉敦夫妻郎才女貌，结婚之后，汪氏跟随陈玉敦进京赶考，一举而中，朝廷任命陈玉敦为官。就在他上任的当年，汪氏生下了陈端生。也就是说陈端生出生时，家庭条件很不错，正值安稳幸福时期。陈端生一出生，爷爷陈兆仑就很喜欢，因见她眼神深邃、容貌端庄，宛如天空中的云朵般富有灵气，于是就给她取名为陈端生，字云贞。

长于文化氛围浓厚的书香门第，陈端生耳濡目染，受到了良好的熏陶，从小就善诗文，才华焕然，俞蛟《梦厂杂著》中有云：“云贞淑而多才，擅长笔札，工吟咏”，称其诗“宛丽清和，真扫眉才子所不如者”。江南何止出才子，也多出才女。陈端生还有两个妹妹，大妹陈庆生不幸早夭，实际上陈端生是与小妹陈长生相伴成长的。闺房中，

“姐妹联床听夜雨，椿萱分韵课诗篇”，姐妹情深，在无忧无虑中度过了美好的少女时光。

陈端生的祖父是一个很开明的旧文人，曾写《才女论》一文，认为女性“习篇章”“多认典故”“大启灵性”，对于“治家相夫课子皆非无助”，而且可使女子变得“温柔敦厚”，因此得出结论“才也而德即寓焉”。虽然他眼里的才女最终目标还是作一个更称职的主妇，但是他把文化修养提到了有用的地位，至少为他的女性后人接受文化教育敞开了大门。陈端生和她妹妹陈长生都以文学才情见长，当受益于祖父的开明思想。

可以说，陈家的两个女孩接受的是开放式教育。原因之一就是她们的母亲来自云南，那里远离传统文化的中心，人们的思想不怎么受传统的拘束；而江南一带经济繁华，商贸氛围浓厚，世风也比较开明。所以，母亲汪氏传给陈端生的观念是开明的，江南又给陈端生较为宽松的环境，使得陈端生的思想观念能够比较自由的发展，她后来审视社会就少有传统的约束，打破传统思维方式，能够畅其所想，大胆说出对封建传统叛逆的观念，这就是她写《再生缘》的前提。

陈端生妹妹陈长生也很有文采，当时江南一带世风开明，男女之防并不严格，她妹妹陈长生就是当时文豪袁枚的“女弟子”之一。陈长生后来嫁与曾任翰林院编修的叶绍楏（琴柯），又是另一桩文化联姻。叶家有一特征，女性都富于才思和诗艺，其水平之高，令当时人称奇。袁枚就曾评论说，“吾乡多闺秀，而莫盛于叶方伯佩荪家。其前后两夫人，两女公子，一儿妇（指长生），皆诗坛飞将军也。”（《随园诗话补遗》三）从江南女子都多才多艺，又好群聚吟咏，可知《红楼梦》所叙述的姐妹结社，并非曹雪芹的杜撰或理想，那的确是当时世家大族中很普遍的现象。因此，陈端生能打破传统思维方式，写出《再生缘》，大概也与女性，而且是有才华的女性，围绕身边的家庭环境有关。

《再生缘》前十六卷是在陈端生十八、九岁时写的。那时她还待字闺中。虽然有人说她的祖父很节俭，家里显得很寒酸，但毕竟官位很高，不至于像普通贫民那样的穷困。动笔之时是在1768年秋天。

闺帷无事小窗前，秋夜初寒转未眠。
灯影斜摇书案侧，雨声频滴曲栏边。
闲拈新思难成句，略捡微词可作篇。
今夜安闲权自适，聊将彩笔写良缘。

这是《再生缘》开篇所述，说明了写作的季节，具体时间大约是乾隆三十三年(1768年)九月。那年陈端生虚岁十八。

陈端生动笔写《再生缘》的时候，家住北京外廊营，因为她的祖父从雍正十三年(1735年)起一直在京城做官，全家都在北京陪侍，陈端生随全家在北京生活。九月间，刚好她的祖母以及伯父母等都回杭州去了，而因为她的父亲“留京供职”，陈端生一家却没有回去。陈端生比平时空闲，而且家中环境也相对安静些，是写作的好时机，于是开始撰写七言排律诗《再生缘》，仅几个月，她就写完了《再生缘》的第一至三卷。到第二年五月，前后共八个月时间，她已经写完前八卷。

需要注意的是，陈端生和曹雪芹(1717年—1763年)差不多同时代，曹雪芹去世的时候，陈端生十二岁。六年后她在北京开始写作《再生缘》，而《红楼梦》已经在北京流传多年。陈端生是否有缘读过《红楼梦》呢？陈寅恪先生说她未必读过《红楼梦》，也许有道理，但也未必没读过。如果读过，才女陈端生会如何看才女林妹妹，又如何看大观园中诸姐妹及其命运呢？

第二年的正月，陈端生的祖父离开北京回杭州，但陈端生父亲还在京中做官，姐妹俩和母亲都继续留在北京，这期间，她一直在坚持写作。

从小生长在苏杭的母亲汪氏酷爱评弹。当时弹词是流行在江南闺阁之间的一种时尚消遣，它只用三弦、月琴伴奏，比复杂的音乐演奏简单易行，又不需像戏曲那样在大庭广众中演出，像在家庭密友间促膝谈心，可以一边听故事，一边谈感想，互相修改启发，成为被囚禁在家庭中的妇女难得的相互倾诉和沟通的途径。弹词绝大部分写的是女人的幻想和感受，是女人在女人中寻求知音的一种媒介，但没有太好的唱本。因为母亲对评弹的特殊喜好，深居闺房的十八岁少女陈端生在北京一个幽静的四合院开始着手为母亲写一部评弹。她的写作完全是为了自己的梦想和情绪的抒发，她只想为自己和她母亲带来更多乐趣，但她写得很认真，常常挑灯夜战，工作到深夜，“灯前成卷费推裁，玉漏催人慵欲睡，银灯照影半还挨”是经常的事情。

八月，陈端生的父亲陈玉敦调任山东登州府，全家都跟随前往。登州府治所在今天的蓬莱市，蓬莱临海，风景十分优美，陈玉敦在那里是地方长官，又是京官外放，享有特殊待遇，有着全府第一家的优越感，这是在北京所没有的感受。加之又有神话传说，在那里的生活让才女陈端生感到非常舒适与安逸：

地临东海潮来近，人在蓬山快欲仙。
空中楼阁千层现，岛外帆樯数点悬。

但优越舒适的物质生活并没有侵蚀陈端生的追求和努力，在蓬莱的这段时间，陈端生继续勤奋写作，写作速度很快，可以说进入了她的创作高潮期。她在登州住了约七个月时间，就完成了九到十六卷的创作，那时她还不到二十岁。陈寅恪先生推测她勤奋写作可能还和她母亲身体不好有关，她母亲已病得较重，她想赶在母亲离开人世前将书写完。她生怕母亲看不到书全写完，就离开人世。

当时，守于闺中的陈端生在《再生缘》第十七卷第五十六回，首节记叙了自己的创作始末，她“侍父宦游游且壮，蒙亲垂爱爱偏拳”，“管隙敢窥千古事，毫端戏写《再生缘》”，而且，“慈母解颐频指教”。到乾隆三十五年春，历时不足三年，笔耕不缀，共写了十六卷，计六十余万字，全书以七言排律诗体写成，一气呵成，足见其才华过人。十六卷六十万字的《再生缘》全部用七言排律诗体写成，那个女扮男装的孟丽君就在她的笔下诞生了。那个时代十八岁的女儿应当出嫁才合乎情理，而十八岁的陈端生待字闺中不急着出嫁，却潜心写评弹，可见陈家是一个多么开明、通情达理的人家，能由着女儿的性子让她做自己高兴的事情。当时这家人也未必就想到陈端生创作的《再生缘》会唱响天下并流传后世。

频遭变故，中途缀笔

说起来，这确实是很不幸的事，那就是陈端生的写作高潮也随着十六卷的完成而结束。这之后，陈端的创作中断了，因为正当她援笔往下续写时，家中接连发生变故，接踵而来的打击使她沉浸在悲痛之中，祖父的去世，母亲的病故，使她不得不缀笔。直到乾隆四十九年（1784年），也就是十年以后，才重新提笔，续写了第十七卷。

写完十六卷时，陈端生有一段感叹光阴荏苒的《伤春词》：

起头时，芳草绿生才雨好，
收尾时，杏花红坠已春消。
良可叹，实堪嘲，
流水光阴暮复朝；
别绪闲情收拾去，
我且待，词登十七润新毫。

"流水光阴"一词出典《牡丹亭》，就是黛玉也曾伤感过的"如花美眷，似水流年"。陈寅恪说曹雪芹仅仅是揣摩女子心态，"间接想象之文"，而陈端生却是"直接亲历之语"，故《再生缘》之词更值得玩味。我以为这一点相似，至少让不相信可在人间找到杜丽娘、林妹妹那样多愁善感的人，可以相信了。

陈端生写完十六卷之后没有接着写，因为她母亲病得很重了，而且到七月，母亲便病故了。她母亲去世的时候不超过五十岁，以今天的寿命论，尽及中年。陈端生说："自从憔悴堂萱后，遂使芸缃彩华捐。"母亲其实就是她的第一知音。她这段写作时期，读者也只有母亲和妹妹。正如她所说的：

芸窗纸笔知多贵，秘室词章得久遗。
不愿付刊经俗眼，惟将存稿见闺仪。

陈端生的写作没有什么功利色彩，母亲是她全部的动力。她对母亲深深的爱，让她写得非常勤奋，常常挑灯夜战。陈端生说她在天气寒冷的冬天还依然惦记着写作：

仲冬天气已严寒，猎猎西风万木残。
短昼不堪勤绣作，仍为相续《再生缘》。

又说：

书中虽是清和月，世上须知岁暮天。
临窗爱趁朝阳暖，握管愁当夜气寒。

而从创作角度来说，她之所以那么努力地写作，完全是被按捺不住的写作冲动所驱使，与林妹妹所说“无奈诗魔昏晓侵”的情形相似。写作冲动来的时候，作家自己想挡也挡不住，如有神助一般。古今中外的名著大概都是这样的产物。

当时的写作活动非常愉悦，陈端生描述到：

姊妹联床听夜雨，椿萱分韵课诗篇。
隔墙红杏飞晴雪，映榻高槐覆晚烟。
午绣倦来犹整线，春茶试罢更添泉。

陈端生姐妹与母亲关系很密切，不仅生活上有母亲呵护照顾，而且母亲教她们读写，姐妹俩的才华全赖母亲的督课之功。陈端生曾经那么勤奋地写《再生缘》主要原因是为了愉悦母亲，而母亲的大力支持与辅导也与她创作出佳篇分不开的。母亲的去世恐怕是陈端生生命中第一次失去亲人。母亲过世了，陈端生不但少了一位良师，还失去了知音读者，这对她的打击是很大的，可能是心情极度悲痛，暂时搁笔停止了创作。人在世上，最大的损失莫过于失去知音，尤其对于有才华，需要有人来欣赏，来鼓励的人来说，知音比谁都重要，更何况那知音就是她的慈母。而母亲不在了，怎么还有心情写作呢？

据说，陈端生在此时遭遇的另一大伤痛是失恋。

她和云南大理赫赫有名的表哥汪子弦青梅竹马、两小无猜，但因为她身体单薄，舅舅怕她不能为汪家延续香火，便不肯成全。当大理

赫赫有名的潇洒公子汪子弦成婚时，才貌双全的陈端生还未出阁。对陈端生的残酷，不仅是她要亲眼目睹自己心爱人的婚礼，而且还要作为家人参加这场豪华的典礼。当时的陈端生是痛入心脾的，但她控制着自己的悲哀，强作笑颜，喝下丫鬟们送上的喜酒。酒席散后，陈端生在自己幽静的闺房内写下"悲戚戚，为谁"的感叹。苍白无力的笔端描几笔红笺小字，慵懒闲碎的思绪强压住悲伤。

本来，择一城终老，遇一人白首，如此，甚好。可惜，她无缘醉一场杏花烟雨。如此一个灵秀的女子，悲伤的爱情注定了她的诗词离不开对命运的反抗。爱情于她似乎注定就是一场奢侈的梦。

锦瑟喜同心好合

第二年，也就是乾隆三十六年（1770 年）夏天，大约是因为父亲陈玉敦离任，陈端生和家人返回杭州老家。返回江南，要先从蓬莱乘车到德州，再从德州乘船走水路，一路舟车劳顿，让娇弱的陈端生走得很辛苦。当时交通不发达，再富贵的人，也要经历颠簸之苦。这一年，陈端生二十岁。

回到杭州，乾隆三十七年(1771 年)，陈端生敬慕的祖父也去世了，家中的不幸与变故，使风华正茂的她心情十分悲哀，根本没精力恢复写作，所以她只是对旧稿做了一些修改润色，没有再接着写作。

"碧染长空池似镜，倚楼闲望凝情……暗想昔时欢笑事，如今赢得愁生。"这是陈端生当时真实的心情写照。

接下来的几年时间大概都是相亲备嫁时期，中间还好事多磨，费了一些周折。

三年后，陈端生二十三岁，终于嫁与名家子范菼为妻。当时范菼是诸生，尚未中举。但是，范菼已经年过三十，很可能已有婚姻，陈端生大约是继娶，并非原配。

范菼是陈端生祖父好友范璨之子，浙江秀水人，与陈端生母亲是同乡。他家世代住在湖州，与陈端生的妹妹陈长生夫家邻近。范、陈两家联姻似乎顺理成章。范璨是雍正年间的进士，曾任湖北巡抚、安徽巡抚、资政大夫、工部侍郎等高官。陈端生嫁给他儿子，也是门当户对。所以，陈端生婚后的物质生活不会有太大的变化。据说世家子弟范菼还算风流倜傥，两人很有共同语言，称得上情投意合，夫唱妇随，其乐无穷，日子过得很是幸福美满。她如此描述婚后的生活：

幸赖翁姑怜弱质，更忻夫婿是儒冠。
挑灯伴读茶汤废，刻烛催诗笑语联。
锦瑟喜同心好合，明珠蚤向掌中悬。

从这首诗中看出，这个时期的陈端生对自己的生活相当满意。

虽然日子过得很顺心，但写作却没有回到以前的状态。虽然丈夫也可能是她的知音，但此知音非彼知音，人与人之间的契合是因人而异的。不是那个特定的人，特定的灵感是出不来的。也许婚姻幸福与继续产生写作灵感相比，幸福更重要。陈端生一定也是这么认为的，所以她在幸福生活中没有产生非写不可的冲动。但是，她完成了另一种创作，婚后一年生一女，此后数年，再产一子。

在琐碎平实的生活中，陈端生相夫教子，像所有的普通主妇那样过着温馨的小日子。

心伤魂杳渺，肠断意犹煎

人在世上获得幸福并不难，难的是如何长久地守住幸福。这似乎是让绝大多数人都很难解的难题，因为幸福总是那么易逝，而不幸却往往是那么顽固。富家小姐又嫁得名家子的陈端生怎么也想不到，厄运会突然降临到她的头上。

而且，这样平静幸福的生活仅仅只有六年，六年之后陈端生的生活又出现了一个大变故。她的丈夫出事了，范菼为继母控忤逆，谪戍伊犁。

但陈文述《西泛闺咏》则云：范菼“以科汤事为人牵累谪戍”。

原来，陈端生的丈夫范菼尚未中举，更未中进士，以他的家世、社会关系，以及与陈端生的婚姻各方面论，考取功名是家族赋予的头等大事。所以陈端生说："亨衢顺境殊安乐，利锁名缰却挂牵。"是啊，明明有好日子过着，怎么不好啊？可在那种社会风气下，那种家庭环境中，是挣脱不了"利锁名缰"的。对于陈端生的丈夫，那"利锁名缰"中的"利"和"名"都竹篮打水一场空，"锁"和"缰"却成了实实在在的束缚。

乾隆四十五年(1780 年)九月，顺天乡试中发生了一起当时影响颇大的科场舞弊案，范菼竟然也牵连其中。原来他在顺天应乡试，请人代笔被破获。因为此次科场事件是乾隆年间少见的大案，乾隆下诏重罚七个案犯。主犯陈七判绞监候，其他六人则发配新疆伊犁服役，给边疆士兵们当奴仆。范菼便被押解到新疆去了。

夫君流放那年，陈端生二十九岁，婚后生活只有六年。失去丈夫是一层灾难，而恐怕还有另一层灾难，她和范家所有人都会受政治上的牵连，当时乾隆不但处罚了犯禁的七人，其中两家的家长还因管教子弟不严，而受到革职处罚。这一连串不幸事件，对陈端生精神上打击很大，使她的创作再次受到挫折。她在家侍奉婆母，抚养儿女，在贫寒中苦苦煎熬，"心伤魂杳渺，肠断意犹煎"。

陈端生一下子就从幸福颠峰跌入了黑暗，从此恩爱夫妻天各一方，在没有快捷的交通工具和通讯设施的二百多年前，陈端生和丈夫的分离无异于生离死别，从此音讯两茫茫。

更为残酷的是，陈端生的丈夫就这样一去十年，当时的她，无论如何，也没有想到，从此他们夫妻再也没有见过面，此一别既是生离也是死别。命运的残酷往往出乎人的最高意料。

抬头漫天梨花白，满地残阳，碧草萋萋，路遥人远。古琴响，弹奏着清淡的旧曲，那低低吟唱的浅淡忧伤，被雨打落，被风吹散，也许弹了千遍，也许只弹了一朝，指尖早已充血，一丝琴弦一丝红，一段心曲一段痛。不敢忆往昔，千年的等待，万载的悲伤，黯然回首，全不过是纷纷梨花如雪，处处伤。

生活中的陈端生并不像她创作的孟丽君那样敢于挑战命运、挑战礼教，她其实是一个多愁善感的文弱女子，对命运的安排，她无奈地接受了，而且这次打击使她一蹶不振。也就是说二十九岁的陈端生已经完全变了一个人，当年在北京、在登州写《再生缘》的快乐少女陈端生已经再也寻不回来了。她变得木讷，缺乏灵性，像所有的贫困妇人一样做着粗活，衣衫褴褛，不事装扮，过去的岁月变成了回忆，但是回忆既美好又痛苦，她不愿意回忆什么，她强迫自己忘记了许多过去的事情，包括她的《再生缘》。

雨打梨花点点愁，离人心上秋。陌上春树，梨花如雪，千年风华，暗换苍凉。陈端生曾想过再不言悲伤，但霏微细雨如雾，不思量，也自难忘。

停笔十二年，再续《再生缘》

陈端生所经历的这一切，我今天写起来，不过就是几页纸罢了，可在当时是怎样的煎熬，若是陈端生自己来写，怕是几百页纸都写不尽。可惜她除了在《再生缘》的第十七卷里边间插着提了几句，并没有详细写。

陈端生当时的情况很像是《红楼梦》里的李纨，可她比李纨更艰难。李纨的丈夫是病逝，所谓“寡妇失业”，获得很多人同情，也有老太太的撑腰。陈端生不是寡妇，她的丈夫还活着，但却背着发配边疆罪犯的沉重十字架。不知道范家的人际关系是怎样的，据她自己说，翁姑都很怜惜她。可是，旧时的大家族并不只有翁姑，还会有其他人。若是有那么些小人，她该是最容易被人嚼舌头根子，被排挤的对象。不过，陈端生还是有坚强的一面。从她所说的“强抚双儿志更坚”一句发狠的话，就可以看出她的坚强。

这时，她妹妹的支持和帮助便尤其重要，因此陈端生在这些艰难的日子里，除了养育儿女，还能在文化圈子里活跃着。

当年写《再生缘》前十六卷是在北京和山东，读者只有母亲和妹妹。她回到杭州老家后，《再生缘》却很快在浙江一省传开：

惟是此书知者久，浙江一省偏相传。

龆年戏笔殊觉笑，反胜那，沦落文章不值钱。

闺阁知音频赏玩，庭帏尊长尽开颜。

谆谆更嘱全始终，必欲使，凤友鸾交续旧弦。

“闺阁知音”和“庭帏尊长”都在争读她的《再生缘》，大家意犹未尽，催促她继续写下去，让大家看到最后的结局。因为《再生缘》的故事情节一环扣一环，惊险连着惊险，看了开头就放不下，所以当时那么多人传看，并催促陈端生继续写，一点也不奇怪。《红楼梦》那么优秀的作品，在曹雪芹生前并不那么广为流传，他的成名是在身后。陈端生却不是，她在生前就已经遐尔闻名，还有很多“缘迷”紧盯着她。这是陈端生的幸运。虽然当时写作对于作家来说，什么实际的好处都没有，但才子爱胜名，才女求知音。有那么多人首肯她的文字，那是比金钱更珍贵的财富。《红楼梦》中诸姐妹听宝玉说把自己的文字拿到外边去显摆，都很担心。陈端生却对自己的作品流传出去不但不介意，还很得意，她骨子里似乎确实有一种明星基因。因为读者的响应很热烈，她觉得有义务继续写下去：

知音爱我休催促，在下闲时定续成。

白芍霏霏将送腊，红梅灼灼欲迎春。

向阳为趁三竿日，入夜频挑一盏灯。

仆本愁人愁不已，殊非是，拈毫弄墨旧如心。

其中或有错讹处，就烦那，阅者时加斧削痕。

乾隆四十九年（1784 年）的早春二月，陈端生在母亲去世十二年、丈夫被流放四年后，过完一个寂寞凄楚的春节，终于决定重新开始续写《再生缘》。

重翻旧稿增新稿，再理长篇续短篇。

岁次甲辰春二月，芸窗仍写《再生缘》。

她重新拿起生疏的笔。经受了太多打击的陈端生身心疲惫，她想慢慢寻回“拈毫弄墨旧时心”，却无论如何也找不回当时的心境了。

此时，陈端生已停笔了十二年，这十二年时间，充满了陈端生的悲欢离合和独自带着一对儿女持家的辛酸。这十二年的停笔，正像她说的“悠悠十二年来事，尽在明堂一醉间”。“明堂一醉”是指郦明堂（孟丽君）的性别引起皇宫中人的怀疑，被灌醉了酒，正要脱靴查验是否小脚。正在惊险之际，故事却停了，而且一停就是十二年。谁也想不到的是，这十二年的时间空白，却是用陈端生自己的悲欢离合来填补的。外人不知其中的辛酸，陈端生自己却再清楚不过，所以忍不住长吁短叹。

三十三岁的陈端生终于重新开始续写《再生缘》。此一时彼一时，此时的写作心境和生活环境都已经大变，正如她自己说的，“仆本愁人愁不已，殊非是，拈毫弄墨旧时心，”她明显感觉自己老了，外表和心态一样沧桑，喜欢回忆过去的事情，回忆美好的童年时光，回忆过去亲人们给自己的温情。如今幸福时光一去不复返，她只能“搔首呼天欲问天，问天天道可能还”。

笔下遗留未了缘

应当说，起初陈端生也是为了寻找寄托而开始写《再生缘》第十七卷，没想到续写变得那样艰难，写作的速度已经大不如前，前十六卷总共只用了三年，但这次用了将近一年的时间，她只写了第十七卷一卷，而且这一年时间停停写写，她有几次都要放弃了，咬咬牙又坚持下来，等到这一卷写完，她心力憔悴，再也无力继续写了。并且，从此不复有新作，所以陈端生续完《再生缘》的宏愿并没有实现。在第十七卷中，她也只是写到了孟丽君周旋在朝堂之上，以后这位女状元能否全身而退，能否得偿夙愿洞房花烛，都成了一个谜。

原来，陈端生在写完第十七卷后，又经历了父亲病故、爱女夭折的不幸。含辛茹苦养大的女儿得了重病，因为无钱医治悲惨死去。而此时，丈夫尚在遥远的边疆服刑，相依为命的女儿又死了，陈端生的

精神支柱彻底坍塌了，她终于再也无力支撑下去。

对亲人的深切怀念，让陈端生心力交瘁，再加上家境日益贫困，诸多的痛楚和悲凄，郁郁结成病，陈端生也病倒在床。此后的十年，陈端生完全放弃了自己曾经热爱的文学。哀莫大于心死，陈端生的心早已死了。留连小巷长街，挑灯夜咏，未言别、泪飞声哽。梦早醒，春来芳草萋萋，惆怅植千顷。

至嘉庆元年(1796 年)冬，时逢颁诏大赦，陈端生的丈夫终于得以释放回来，而在丈夫未至家门时，陈端生就已去世。

就这样，江南才女陈端生来不及感受到“夜阑更秉烛，相对如梦寐”的悲喜交集，在病痛的折磨中，带着她那绝代才华，留下一部未完成的十七卷弹词《再生缘》，撒手人寰，时年四十六岁。

《再生缘》为此被后人称为“无尾的神龙”，随着作者陈端生的离世，只能是“笔下遗留未了缘”了。陈端生有一恨，则是她的“婿不归，此书无完全之日”的预言变成了事实。等到她的夫婿终于归来，她却已不在人世，也不可能写完全书了。至于她留给读者之恨，则是她心中为孟丽君所设计的最终结局，成了永远的谜。

临死之前，陈端生已经得到消息，苦盼十六年的丈夫已经在回家的途中了，她却支撑不到和他见面的那一天了。他们自当年被迫分开之后，至死也未能再见一面。

一代才女在凄风苦雨中耗干了生命的能量，带着对无限的幽怨、伤痛和绝望悄然离世。

寒光摇曳，终不暖，冰透的昨日今朝，寒肌玉魂。纵然后人再拾嫣然，笔墨添色，也藏不住流年暗伤。问谁堪知，旧时燕子，梦中依稀。闲却西湖半春色，幽兰愁缀一河堤。一缕愁绪飘飘，难越万千岭。迢迢红尘万丈，琴声断肠，夙愿已无期。旧陌梨花冷，柳烟凝碧秋风悲。

南缘北梦

创作于清朝中叶的弹词《再生缘》有极高的文学价值，《再生缘》

问世后，评弹、木鱼歌、潮州歌、鼓词等均有改编本，京剧、话剧和其他地方剧种，也竞相改编演出。当代文豪郭沫若先生对《再生缘》一书也有着高度评价，将其与《红楼梦》一书并称为“南缘北梦”。

《再生缘》讲述了元成宗时尚书之女孟丽君与都督之子皇甫少华悲欢离合的悲剧故事。原作共十七卷，近六十万字，但未有终篇。续本中流传较广的为杭州女诗人梁德绳与其夫许宗彦所续成的三卷，但艺术性不及原著。

《再生缘》的文体严格遵守七言排律，字句平仄一丝不苟，十分严谨。在整篇故事中，众多人物个性分明，写得栩栩如生。

孟丽君的传奇故事之所以受人瞩目，有两个因素。第一，故事的主人公用特殊的方式颠覆了传统的性别观念和女性社会身份观念。这样的观念突破是由女性作家来完成的，更为小说的社会和思想意义再加一层特殊色彩。因此，在西方汉学界已将其归入“女性主义小说”一类，甚至有学者专门从现代女性主义的视角，对其进行过深入的研究。第二，故事的叙事方式、谋篇布局上，非常特别。相较于西方小说的情节安排，以往中国古代小说都是分篇讲故事，长篇小说往往如同多个短篇小说汇编，各篇相对独立，连《红楼梦》《儒林外史》等经典都存在这个现象，直到欧美文学作品翻译进来后才有改变。结构比较缓慢和松散，读完一回，不必急着读下一回，可以几天以后再接起来读。《再生缘》则不然，整篇就是一个完整的故事，其故事情节安排非常近似于西方小说，一环扣一环，一个惊险接着一个惊险，结构缜密，系统分明，让人急于要知道后事如何，恨不得一口气看完。抛开其内容和思想性不谈，仅就其故事情节布局而言，在清代的时候就有如此特别的女性作家出现，也足够不凡了。因为这在中国的古代文学作品中，极为罕见。这个独特的价值，显露出陈端生的绝代天才，奠定了《再生缘》在中国古代文学中应占有特殊重要的一席，因此，“南缘北梦”之说并非夸大其词。

陈端生写的《再生缘》十七卷，至此辍笔。这悲情的故事，在控诉男尊女卑社会对于女子的巨大不公，也许这同样是陈端生短暂而悲愤的人生写照，她在冥冥中留下的一个遗憾，一个没有了结没有句号

的结局。

西方世界将《再生缘》归入女性主义，因为这是一部女人写给女人看的书，写的也是女人。虽然《再生缘》写的也是爱情故事，但在孟丽君心中，为人之妻决不是最高目标。孟丽君女扮男装，在多次差点暴露身份时都被机智化解，她不愿恢复女子面貌，表面上提出了四桩罪的理由：女身易服欺天子、入赘梁门戏大臣、搅乱阴阳居相位、误人婚嫁犯严刑，而实际上她只是想做“人”，做一个自由的、完整的“人”。为了做“人”，她不惜抛弃做“女人”的权利，她认为女人并不比男人差，“真所谓有智妇人赛过男子”。这个主题思想在当时是惊世骇俗的，这也就是《再生缘》有别于同时代其他文学作品的地方，连《红楼梦》都无法与之相比。在传统意义上，女人并非完整独立的人，需要依附男人而生。封建礼教中女子是没有地位的，只能将嫁人当作唯一的人生目标。孟丽君的困境正在于此，她在身份败露之后，就不能继续做相爷，施展才学和抱负，无法做自己想要做的独立的“人”。值得一提的是，在漫长的封建社会中，身为女子，如果为了爱而舍身，世人大多能够接受；如果去保家卫国，作为巾帼英雄，更会为世人所赞赏；可是要想成为独立和自由的女子，却很难得到世人的理解。封建的秩序在那时的确是严厉而不可侵犯的，十八岁的少女作家陈端生却公然敢于藐视和侵犯，其眼光、性格和才能，在旧时代中的确是超出一般人而出类拔萃的。

光华夺目的孟丽君形象

《再生缘》的情节紧凑跌宕，故事扑朔迷离，人物繁杂有序，语言俏丽典雅，风趣幽默。不拘泥三纲五常，伦理道德，意象奇特，常有超人之笔。能以这样优美韵文写就的长篇叙事诗歌，在中国文学史上当为翘楚，而能洋洋洒洒几十万字之巨（前十六卷三年时间一气呵成），且多为精妙好句，无“堆砌之死句”，皆可单独成篇者，又真的是仅此一部。所以陈寅恪说陈端生的诗才要超过李杜，也并非信口开河。想李杜也没有这细致与耐心从头道来这奇思妙想的惊绝之作。

尽管郭沫若在其文中写到："其实作者的反封建是有条件的。她是挟封建道德以反封建道德，挟爵禄名位以反男尊女卑，挟君威而不认父母，挟师道而不认丈夫，挟贞操节烈而违抗朝廷，挟孝悌力行而犯上乱。"但是以经受过诸多民主理念熏陶后的思想来看待陈端生未免是苛责了，也不该这样去苛责。在封建礼教的严格束缚之下，陈端生作为闺阁中才二八年纪的小女子就有这样的胸怀与志向，已是迥异于常人。看她在夫婿发配新疆，遭尽冷眼，独自艰难抚育儿女时，痛苦万分写的诗句：

一曲惊弦弦顿绝，半轮破镜镜难圆。
失群孤雁斜阳外，羁旅愁人绝塞边。
从此心伤魂杳渺，年来肠断意犹煎。
未酬夫子情难已，强抚双儿志自坚。
日坐愁城凝血泪，神飞万里阻风烟。

其精神之坚，情意之深非寻常女子可比。在陈端生的思想里，女子应是独撑一面的，是可以拥有一番惊天伟业的，是可以和男性平分秋色的。尽管在现实中陈端生并未能如孟丽君一样逃脱世俗羁绊，但是她却凭借自己杰出的文艺才华，塑造出了一个堪称女性独立之典范的孟丽君，这个主角具有超越常人的非凡胆识和魄力，还能把官做得游刃有余，步步高升，直到离皇帝最近的宰相之位。这在雍乾鼎盛的封建时代，是具有非同寻常意义的。就是在民国之后，这样的独立自由思想也并不广泛。

天才之作多是遗憾的艺术，《再生缘》的结局无人知晓，陈端生怕也并未安排好结局，所以她在时隔十二年后续写了第十七卷，却还是没有给孟丽君一个出路，终于先自撒手人寰。而我却也以为，这样的没有结局或许就是最好的，因为一个还在封建礼教严格约束下的陈端生，确实还没有勇气写出内心真实的结局，在别人的"阅当金殿辞朝际，辱父欺君太觉偏""评遍弹词推冠首，只嫌立意负微愆"的言辞中有勇气写下十七卷已非易事。孟丽君无论是死是出走，还是回到

皇甫少华之妻的角色，还是被皇帝纳妃，都可以说在中国文学中的女性艺术形象塑造中，是璀璨夺目的，是独具光华的。

有着这样才华与思想的陈端生正如陈寅恪先生所叹息的："抱如是之理想，生若彼之时代，其遭逢困厄，声名湮没，又何足异哉，又何足异哉！"

那个"说一番，悲欢离合新奇语。《再生缘》三字为名不等闲"的陈端生会否湮没红尘无人知晓？可是，今时今日的人却不能给陈端生理所应当获得的文学地位和尊重，以及注目和关切，实在是文学的大悲哀。

写至此，想起陈端生写的"闲绪闲心都写入，自观自得遂编成"又不禁莞尔，因为她那份闲情逸志，那信手所致，本就是不同寻常的。

红墙一抹水西流，别绪年年怅女牛。
金镜月昏鸾掩夜，玉关天远雁横秋。
苦将夏簟冬釭怨，细写南花北梦愁。
从古才人易沦谪，悔叫夫婿觅封侯。

——陈文述《西冷闺咏》

缓缓尘住花香散，孤寂伴春寒，寸寸芳心碾作尘，只余旧梦照流水。如今，勾山樵舍内再无浅吟低唱，陈端生青春年少的好时光早成她的怀想梦一场。柳浪闻莺外再无低眉回首，幽幽寒雨接更漏，子夜时分，流云散尽，静寂相看，俨然不尽欢，袂袂飞落琴瑟间。

香绽横枝，随月舞疏影，婉转唱三弄。江南水秀之地，除了莺莺燕燕的旖旎，当还有另一种让人仰慕的性情，柔中带刚。而陈瑞生正是把这种情致表现得最淋漓的那个妙人，江南因有陈端生而在香艳奢靡之外还可见清泉汩汩流。

芳华摇落，秀色已淡，浸染愁雨不得展，袅袅一曲折哀叹，沧桑了繁华，哽咽了流年，苍茫了青苔。依稀如梦的西湖水，乱了千里烟波。几世追忆，风碎前尘，几多飘零，几多泪流，争拼到头却是流烟浮影，香凋梧井。幽幽冷雨江南心，月尽更漏几时休，花香锦年中，犹听到，一代才女心声轻咏。